MARGIT KRUSE

Opferstock

DIE VERSCHWORENEN Als der Pfarrer der St.-Michael-Kirche in Ückendorf ermordet aufgefunden wird, werden bei Jens Eigenhardt unliebsame Erinnerungen wachgerüttelt. Gemeinsam mit seinen drei besten Freunden hatte er sich geschworen, niemals über das zu sprechen, was damals in der Sommerfreizeit 1985 im Bergischen Land geschah. Doch was, wenn einer der drei Freunde etwas mit dem Tod des Pfarrers zu tun hat? Gemeinsam mit Hobbydetektivin Margarete, der er zufällig während seiner Nachforschungen in Lieberhausen begegnet, begibt Jens sich auf die Suche nach der Wahrheit. In Jens scheint Margareta ihren Mr. Stringer gefunden zu haben. Von ihm ins Gemeindeleben eingeführt, lernt sie nicht nur seine Freunde samt Partner, sondern auch die alte Pfarrhaushälterin Gesine sowie die nervigen Chorfrauen Lisbeth und Gudrun kennen. Doch auf Margaretas Verdächtigenliste steht auch der damalige Herbergsvater, der auf einem einsamen Hof im Bergischen Land sein Dasein fristet und von ihr in die Enge getrieben wird. Obwohl sich die gläubige Gemeinde im Vertuschen übt, kommt Margareta dem Geheimnis auf die Spur und bringt sich dabei selbst in Gefahr.

Margit Kruse wurde 1957 in Gelsenkirchen geboren. Bekannt wurde sie vor allem durch ihre Revier-Krimis »Eisaugen«, »Zechenbrand«, »Hochzeitsglocken« und »Rosensalz«. Sie ist ein echtes Kind des Ruhrgebiets. Seit 2004 ist die Gelsenkirchenerin als freiberufliche Autorin tätig. Neben zahlreichen Beiträgen in Anthologien hat sie bislang neun Bücher veröffentlicht, darunter einen Roman, der für den Literaturpreis Ruhr 2009 nominiert war. Labrador Enja ist stets dabei, wenn Margit Kruse sich auf Recherche-Tour begibt. Besonders der Hauptfriedhof ihres Heimatortes hat es der Autorin angetan. Die Autorin ist Mitglied im SYNDIKAT sowie im Verband deutscher Schriftsteller.

Bisherige Veröffentlichungen im Gmeiner-Verlag:
Rosensalz (2016)
Wer mordet schon im Hochsauerland (2015)
Hochzeitsglocken (2014)
Zechenbrand (2013)
Eisaugen (2011)

MARGIT KRUSE

Opferstock

Kriminalroman

GMEINER SPANNUNG

Personen und Handlung sind frei erfunden.
Ähnlichkeiten mit lebenden oder toten Personen
sind rein zufällig und nicht beabsichtigt.

Besuchen Sie uns im Internet:
www.gmeiner-verlag.de

Im Ehnried 5, 88605 Meßkirch
Telefon 07575/2095-0
info@gmeiner-verlag.de

1. Auflage 2017

Lektorat: Claudia Senghaas, Kirchardt
Herstellung: Mirjam Hecht
Umschlaggestaltung: U.O.R.G. Lutz Eberle, Stuttgart
unter Verwendung eines Fotos von: © emscherbild / fotolia.com
Druck: CPI books GmbH, Leck
Printed in Germany
ISBN 978-3-8392-2136-5

Übrigens: Dieser Roman spielt unter anderem in einem Ortsteil von Gelsenkirchen, nämlich in Ückendorf. Viele Gebäude und Einrichtungen dort sind real. Die St.-Michael-Kirche jedoch, mit ihren umstehenden Gebäuden und Grünanlagen, ähnelt zwar einer tatsächlich existierenden Kirche in diesem Ortsteil, ist aber dennoch ein Fantasiegebilde von mir. Ebenso existiert zwar das Naturfreundehaus Käte Strobel, die Vorkommnisse in der Vergangenheit gab es jedoch nicht. Es handelt sich hier um nichts weiter als um einen Roman, die Personen sind erfunden, der Plot ist fiktiv.

PROLOG

Der absolute Albtraum saß hämisch grinsend am Lagerfeuer und wühlte mit einem Stock in den Ascheresten zu seinen Füßen. *Er* saß da und starrte in die Flammen in der Mitte des Feuers. Hin und wieder suchte *er* meinen Blick, fixierte mit seinen Rosinenaugen meine Lederhose und leckte sich über seine wulstigen Lippen. Der bärtige Herbergsvater neben ihm stimmte auf seiner Gitarre das letzte Lied für diesen Abend an.

Abend wird es wieder,
über Wald und Feld
säuselt Frieden nieder
und es ruht die Welt.

Ja, wieder wurde es Abend. Die dunkle Nacht würde sich über unser Ferienlager legen. Wie Blei auf meiner Seele. Das fröhliche Lachen der Jungen würde verstummen, ausgelassen rannten gleich alle in ihre Zimmer, um wenig später nach einem anstrengenden Tag in süße Träume zu versinken.

Säuselt Frieden nieder, hatten sie lautstark gesungen. Nein, für mich würde kein Frieden niedersäuseln. Wenn die Welt ruhte wie in dem Lied, würde sich die Tür des Krankenzimmers leise knarzend öffnen, und *er* würde hereinkommen, würde vor mein Bett treten und die Frage stellen, die *er* jeden Abend stellte: »Na, geht es dir schon besser?«

Ich würde wie immer sagen: »Ich bin gar nicht krank. Warum kann ich nicht bei den anderen Jungen schlafen?«

Der Mond würde einen schwachen Schein durch die Vorhänge auf ihn werfen. *Er* würde seinen ekeligen Bademantel öffnen und antworten: »Bald kannst du wieder zurück in den Schlafsaal. Wenn du gesund bist. Erst muss ich dich noch behandeln. So eine Behandlung dauert seine Zeit.«

Tränen würden mir über mein Gesicht laufen.

»Ich will nicht behandelt werden«, würde ich betteln. »Bitte, bitte, nicht so schon wieder!«

Rücksichtslos, unter heftigem Stöhnen, würde dieses Ekel das tun, was er schon des Öfteren getan hatte. In dem dunklen Krankenzimmer, fernab der anderen Jungen.

Warum kam mir niemand zu Hilfe?

Keiner würde mir glauben, sagte *er*, wenn ich ihm androhte, es zu erzählen.

Gehässiges Lachen folgte.

»Wem würde man glauben? Du kleiner Narr!«

1. KAPITEL

»Friede sei mit euch«, stand auf dem grünen Behang über dem Altar. Margareta seufzte spöttisch, setzte sich auf die Holzbank in der ersten Reihe der Bunten Kerke in Lieberhausen. Diese Dorfkirche aus dem 11. Jahrhundert wurde durch ihre besondere Deckenmalerei berühmt, hatte sie draußen auf der Hinweistafel gelesen.

»Alles klar, das ist genau das, was ich will, Frieden, nichts als Frieden«, sprach sie zu sich selbst und schaute die bunten Ornamente an der Decke an.

Lieberhausen! Lieberhausen im Oberbergischen Land, bei allen Gelsenkirchenern allein schon durch das damalige Landschulheim bekannt. Auch Margareta war vor drei Jahrzehnten in den Genuss einer solchen Klassenfahrt gekommen. Zähneknirschend hatte ihr Vater die 65 Mark dafür lockergemacht. An diesen kleinen Ort Lieberhausen erinnerte sie sich nur ungern, denn genau in diese Kirche führte sie der sonntägliche Kirchgang damals, steil bergauf, ungefähr drei Kilometer von dem Landschulheim entfernt.

Und was will ich heute hier?, fragte sie sich. Frieden finden? Nicht wirklich. Wieder einmal begleitete sie ihre Mutter auf einen Ausflug. Diesmal handelte es sich allerdings um eine abgespeckte Reise, denn auch die Kirche musste sparen. Ein klappriger Kleinbus des günstigsten ortsansässigen Unternehmens kutschierte 20 Frauen der Kirchengemeinde aus Buer-Erle für 20 Euro inklusive Mittagessen und regionaler Kaffeetafel hier ins Bergische Land. 100 Kilometer fernab von ihrer Heimatstadt.

Ihre Mutter Waltraud hatte sie überreden können, daran teilzunehmen. Mutters Freundin Monika, arm wie eine Kirchenmaus, die diese Fahrt schon bezahlt hatte, war erkrankt, und damit die Karte nicht verfiel, war Margareta eingesprungen.

Nein, es war kein Déjà-vu. Diese Ausflugsfahrt war nicht zu vergleichen mit der Tagesreise vor drei Jahren nach Bad Sassendorf. Sie musste lächeln. Zwischen alten Leuten saßen damals der Schönling Simon von Brehden und die steinreiche schmuckbehangene Brigitte. Als sie heute Morgen vor der Kirche in den Bus stieg, dachte sie im ersten Moment, das Armenhaus aus Lönneberga aus der TV-Serie »Michel aus Lönneberga«, in dem die Alten und Erwerbslosen ein erbärmliches Dasein fristeten, unternehme einen Ausflug. Eine Horde in tarnfarbenen Klamotten quälte sich in die alte Karre, um einen Platz in diesem muffigen, nach Diesel stinkenden Gefährt zu suchen. Der urige Busfahrer grinste nur, duftete vor sich hin und sagte nichts. Wahrscheinlich war seine Aussprache nicht die beste. Der damalige Busfahrer hatte witzige Anekdoten erzählt, und sie hatten »Lustig ist das Zigeunerleben, faria, faria, ho«, gesungen. Vor Scham wäre sie damals am liebsten unter den Sitz gekrochen. Heute konnte sie darüber nur schmunzeln.

Ihr Blick ging wieder zur Decke. Bunte Engel mit langen Flöten huschten um den lieben Gott herum. In der rechten Ecke riss ein Ungeheuer, halb Pferd, halb Wolf, das Maul weit auf, um darin wohl böse Menschen verschwinden zu lassen.

»Pah, Friede sei mit euch!« Margareta schüttelte den Kopf.

Anstatt sich weiterhin das Geschnatter der alten Frauen um Waltraud anzuhören, hatte sie sich in diese Kirche verzogen. Sie musste zugeben, dass diese Ruhe für ihre Ohren eine wahre Wohltat war. Okay, das Essen im Landgasthof Reinhold war lecker gewesen, die Atmosphäre urig, eben so, wie man sich einen Landgasthof vorstellte. Zarte Lendchen, die Pfifferlinge samt Soße hervorragend, die Röstis handgemacht und der Salat spitzenmäßig. Ihr gegenüber hatte Waltraud gesessen und den beiden anderen Damen am Tisch im Beisein ihrer Tochter erzählt, was diese aber auch immer für ein Pech mit den Männern hätte. Sie wäre ja schon mit einem Verbrecher liiert gewesen, dann mit einem polnischen Migranten und mit einem Heiratsschwindler. Zuletzt lebte sie mit einem Kommissar zusammen, der sich hatte versetzen lassen. Jetzt sei sie wieder auf der Suche, verkündete sie lautstark in den Raum. An einem Tisch in der Ecke saß eine Gruppe Vertreter, wie Margareta nach einem Blick aus dem Fenster auf sechs identische schwarze Luxuskarossen mit dem gleichen Firmenlogo vermutete. Außerdem sahen sie vertretermäßig aus und benahmen sich auch so. Die gesamte Gruppe starrte sie, die mit offenem Mund wie eine Debile dasaß, an und taxierte sie ab. Da half auch Margaretas wütender Einwand »Halt doch einfach die Klappe, Waltraud« nichts mehr. Die mit am Tisch sitzende mausgraue Anna Bienert mit ihrem Pferdegebiss sowie die ihr gegenübersitzende Elfriede Urban mit ihren Altersflecken im Gesicht zuckten zusammen. Sie hatten Angst vor der frechen Margareta, was unschwer zu erkennen war. Wer weiß, was Waltraud den beiden Frauen schon über sie erzählt hatte. Am liebsten hätte Margareta Anna Bienert mit dem Kopf in ihren Sauerbraten gedrückt und so lange gewartet, bis ihr dieses dumme Grinsen verging.

So entschied sie sich gegen die Wanderung zur Aggertalsperre und suchte die gegenüberliegende Kirche auf. Ein wahres Idyll, dieses Dörfchen mit dem romantischen Kirchplatz. Leise knarrend öffnete sich plötzlich die Tür. Margareta hörte Schritte, die näherkamen. Ihr Herz schlug schneller. Würde einer dieser Vertreter sie auf ihre weiblichen Qualitäten hin testen wollen? Hier mitten in der Kirche? Langsam drehte sie sich zur Seite und schaute in ein freundliches Männergesicht. Fast schon engelhaft erschien ihr dieser Mann in dieser frommen, Ehrfurcht gebietenden Umgebung. Neutraler heller Regenmantel trotz herrlichen Sommerwetters. Die Hände in die Taschen gestopft, grüßte er freundlich. Seine halblangen mittelblonden Haare waren gelockt, seine Augen blau, sein Mund wohlgeformt. Er sah weder verweichlicht noch männlich herb aus. Irgendwie wirkte er neutral.

»Ich wollte Sie nicht erschrecken, tut mir leid.« Er setzte sich neben sie auf die alte Kirchenbank und starrte auf den Altar.

»Hallo! Ich habe mich tatsächlich erschrocken und dachte schon, mich verfolgt einer dieser komischen Vertreter, die drüben im Gasthof abgestiegen sind.« Margareta betrachtete sein ebenmäßiges Profil. Zum Glück keine Geiernase oder ein Fliegerkinn. Sah ganz normal aus, der Kerl. Gleichzeitig schimpfte sie sich einen Narren. Dumme Kuh, war doch völlig egal, wie er aussah. Mit Männern bist du doch wohl durch. Ob schön oder schäbig, irgendwie haben sie alle eine Macke. Nach dem Ende der Liebesbeziehung mit dem schönen Kommissar Stefan Kornblum trug sie sich ernsthaft mit dem Gedanken, sich mit einer Frau zusammenzuschließen. Frauen waren ordentlich, machten keine Probleme im Haushalt, die meisten jedenfalls nicht. Na ja, da wäre noch der Sex. Sex mit einer Frau konnte sie sich bisher so gar nicht vorstellen. Doch sind nachts nicht alle Katzen grau?

»Haben Sie Probleme mit Vertretern?«, holte der freundliche Mann sie in die Gegenwart zurück.

»Nein, nein, heute beim Mittagessen gafften die nur so dämlich, da dachte ich, mir wäre einer von ihnen gefolgt.«

Der Regenmantelmann lachte. Ein sympathisches, freundliches, nicht anbaggerndes Lachen.

»Nein, ich leide nicht an Verfolgungswahn. Bin eigentlich psychisch stabil, momentan jedoch etwas angeschlagen, was mich bewog, mit meiner Mutter und ihren unmöglichen Bekannten einen Ausflug hierher zu unternehmen. Nichts gegen Lieberhausen, hier war ich als Kind schon mal, doch irgendwie hatte ich andere Vorstellungen.« Margareta zuckte zusammen. Was labere ich diesen fremden Mann voll? Geht es noch?

»Ich war als Kind auch schon mal hier, 1985, auf einer Kirchenfreizeit im Käte-Strobel-Haus. Mein Name ist übrigens Jens Eigenhardt.« Immer noch freundlich lächelnd reichte er ihr die Hand.

»Margareta Sommerfeld.«

Es folgte eine Zeit des Schweigens, in der beide nach vorne zum Altar schauten.

»Wieso hatten Sie andere Vorstellungen? Der Ort und auch die Umgebung sind doch zum Relaxen einfach hervorragend geeignet. Bleiben Sie länger?«

»Nein, es ist schon sehr romantisch hier, doch stehe ich momentan nicht auf Romantik. Nachdem meine Mutter und ihre Bekannten mich beim Mittagessen so vollgeblubbert haben, ist mir die Lust auf eine Wanderung vergangen. Nachher geht es wieder zurück gen Heimat. Und Sie?« Margareta wollte nicht neugierig sein. Es interessierte sie jedoch, was dieser Mann hier wollte.

»Ich bleibe noch bis morgen. Habe mich für drei Tage in der Herberge eingemietet, um alte Erinnerungen aufzufrischen. Na ja, auffrischen ist nicht der richtige Ausdruck. Sagen wir, alten Erinnerungen nachzugehen.«

»Ich hoffe doch guten Erinnerungen?«, hakte Margareta nach.

»Nein, leider keinen guten. Aber das ist eine lange Geschichte. Ich will Sie nicht langweilen.« Jens schaute Margareta fragend an. Was wollte er hören? Vielleicht: »Ich habe Zeit, legen Sie schon los!«

Ihr Blick blieb an seinem hellen langen Regenmantel hängen. Sie fragte sich, woher er dieses gute Stück hatte. Ein Erbstück seines Vaters? Wer läuft denn in seinem Alter – sie schätzte ihn auf höchstens 40 Jahre – so herum? Schlimm genug, dass die Alten sich ab einem gewissen Alter in Tarnfarben hüllten. Nichts mehr mit bunt und frisch, ausgenommen ihrer Mutter Waltraud, die sich noch immer farbenfroh kleidete. Ob die Senioren zum 65. Geburtstag ein Schreiben irgendeiner zuständigen Behörde bekamen, die ihnen mitteilte, dass sie sich ab dem soundsovielten nur noch in Klamotten in gedeckten Farben zu hüllen hatten? Beige, Schilfgrün, Lebergrau, Kotbraun führten die Hitliste der Seniorenfarben an.

»Lassen Sie mich raten? Ihre Frau, eine Sandkastenliebe, mit der Sie damals auf dieser Kirchenfreizeit waren, hat Sie verlassen, ist mit dem Küster ihrer Kirchengemeinde durchgebrannt. Nun wollen Sie herausfinden, ob damals vielleicht schon irgendetwas darauf hingedeutet hat, dass sie Gefühle für diesen Küster, der natürlich damals noch ein Kind war, gehegt hatte. Ist es so?« Margareta hoffte, dass er Humor hatte und das Gesagte als Scherz auffasste.

Er sah sie jedoch todernst und etwas verwirrt an. »Nein, so ist es nicht. Ich war nie verheiratet. Der Küster unserer Kirchengemeinde ist mein bester Freund, glücklich verheiratet und war damals tatsächlich mit auf dieser Freizeit.« Nun musste er doch schmunzeln. »Sie haben aber auch eine Fantasie!«

Geschockt starrte Margareta ihn an. »Sie sind tatsächlich Kirchgänger? Natürlich streng katholisch erzogen und haben deshalb kein passendes Gegenstück gefunden. Angefangen hat ihre Kirchgängerkarriere als Messdiener. Süßer Junge im Wahnsinnsoutfit, Kesselchen schwingend, sonntags in der Kirche. Oh Mann.«

Jetzt musste Jens schallend lachen. »Was ist schlimm daran, in die Kirche zu gehen? Ja, ich war Messdiener. Allerdings habe ich kein Kesselchen geschwungen. Sie sind also Atheistin?«

»Nein, wie kommen Sie darauf? Immerhin zahle ich Kirchensteuer und bin heute sogar mit auf einem Kirchenausflug. Das ist doch schon was, oder? Ich wurde getauft und konfirmiert. Bin allerdings ebenfalls nicht verheiratet und zurzeit überzeugter Single. Nach etlichen Pleiten habe ich keine Lust mehr auf eine Beziehung.«

»Mir waren die Frauen bisher immer zu oberflächlich«, sinnierte Jens und schaute nach vorne zum Altar.

»Was machen Sie beruflich?« Noch ehe er antworten konnte, stand für Margareta fest, dass er Lehrer von Beruf war. Irgendwie strahlte er etwas Lehrerhaftes aus. Sie hatte schon einmal Bekanntschaft mit einem Lehrer geschlossen und eine Nacht mit ihm verbracht. Dieser Kerl war ähnlich in seiner Art. Jens war allerdings etwas feiner.

»Ich bin Lehrer an einer Gesamtschule in Gelsenkirchen.«

Margareta lachte. »Ich wusste es. Dass Sie Lehrer sind, meine ich. Dass Sie aus meiner Heimatstadt stammen, natürlich nicht.«

»Ach, Sie kommen auch aus Gelsenkirchen?«

»Ja aus Buer, genauer gesagt, aus Buer-Erle. Ich lebe in dem Wohnturm einer alten Zechensiedlung.«

Jens blickte sie erfreut an. »Ich wohne auch in einer Zechensiedlung. Sagt Ihnen ›Flöz Sonnenschein‹ etwas?«

Margareta zuckte zusammen. Hatte sie es doch vermutet. Er wohnte hinter dem Rhein-Herne-Kanal. In einem der Stadtteile hinter dem Kanal zu wohnen, war für sie mehr als schrecklich. Schon als Kind hatte man ihr eingebläut, dass es sich um eine minderwertige Gegend handeln würde. Die dortigen Verwandten wurden äußerst ungern besucht, und jedes Mal, wenn Margareta damals im Auto des Vaters den Rhein-Herne-Kanal überquerte, zitterte sie vor Angst. Umgekehrt fühlen sich sogar noch heute die Leute, die hinter dem Kanal wohnen, von den arroganten Bueranern hochnäsig behandelt. Okay, Buer war fast Stadtrand und verfügte über wesentlich mehr Grünanlagen und Parks als der Süden Gelsenkirchens, doch mussten die Stadtteile hinter dem Kanal deshalb nicht schlecht sein.

Trotzdem hatte Jens ab dem Moment für sie einen Makel.

»Sie wohnen in Ückendorf«, stellte sie nüchtern fest.

»Ist das etwas Schlimmes?«, wollte er wissen.

»Irgendwie schon. Doch auch das ist eine längere Geschichte.«

Von draußen hörte sie plötzlich das Geschnatter der alten Leute, die wohl von der Wanderung zurück waren und sich in den Gasthof stürzten, wie sie durch die schmalen Kirchenfenster erkennen konnte.

»Ich muss dann mal da rüber. Im Reisepreis ist nämlich die Bergische Kaffeetafel enthalten, und die kann ich mir nicht entgehen lassen. Obwohl es mir schon davor graut, mit meiner Mutter und den alten Frauen am Tisch zu sitzen und mich belehren zu lassen. Schade, ich hätte gerne noch mehr erfahren, von wegen Vergangenheitsbewältigung.«

»Ich wollte auch noch einen Tee trinken, bevor ich zurück zum Käte-Strobel-Haus laufe. Keine Angst, ich werde Ihrer Mutter keinen Anlass geben, Ihnen Verhaltensregeln zu erteilen, dass man sich nicht von fremden Männern ansprechen lässt, zum Beispiel.«

Margareta musste lachen. »Und wenn schon, was soll's. Darauf kommt es jetzt auch nicht mehr an.«

Von ihrem Platz an dem Vierertisch der Gaststube konnte sie Jens an der Theke sitzen sehen. Auch er hatte sich eine Waffel bestellt und trank dazu Tee. Sein Ungetüm von Mantel hatte er an die Garderobe gehängt. Darunter trug er einen roten Pulli und Jeans. Sein liebes Lächeln verfolgte sie regelrecht. Magisch angezogen ging ihr Blick immer wieder zu ihm hin. Er musste ein toller Pädagoge sein, so unaufdringlich und einfühlsam, wie er war.

Elfriede Urban aß ihre Bergische Waffel, die mit heißen Pflaumen, Eis und Sahne serviert wurde, mit einem Teelöffel und bekleckerte sich ihre braune Bluse von oben bis unten. Anna Bienert schlürfte den Kaffee so laut, dass Margaretas Ohren klingelten. Als sie dann auch noch lächelnd Flatulenzen vom Allerfeinsten in den Gastraum verströmte, hatte Margareta die Faxen dicke. Die Krönung war jedoch, was Waltraud sie nun auch noch fragte.

»Gretchen, was schaust du denn den Mann dort hinten an der Theke so an? Hast du noch nicht die Nase voll von Männern? Suchst du schon wieder ein Abenteuer?«

Bienert und Urban kicherten daraufhin dämlich. Das brachte bei Margareta das Fass zum Überlaufen. Schließlich ließ sie sich nicht vor diesen alten Weibern zum Affen machen. Was zu viel war, war einfach zu viel.

»Weißt du was, Mutter? Ich habe den Kerl eben kennengelernt und werde die Nacht mit ihm verbringen. Hier im Gasthaus. Du musst also allein mit den Versehrten nach Hause fahren. Schönen Tag dann noch.« Wütend stand sie vom Tisch auf, schnappte sich ihre Tasche und verließ den Gastraum. An der Theke fragte sie die Chefin des Hauses nach einem freien Zimmer und überschlug gleichzeitig ihre Barschaft. Ungefähr 80 Euro würden sicherlich für eine Nacht in diesem Etablissement reichen, hoffte sie. Und als hätte sie es geahnt, hatte sie sich am Morgen für diesen Weekender als Tasche entschieden, in dem immerhin ein Slip zum Wechseln, ein frisches T-Shirt, Handtuch, Zahnbürste, Kamm und Bürste Platz fanden.

Die nette Dame schaute immer wieder in ihren Planer, dann auf die Wand mit den Zimmerschlüsseln. »Oh, das wird ein Problem. Ich habe kein Einzelzimmer mehr frei. Was machen wir denn da bloß?« Und schon war sie in der Küche verschwunden, wo sie wild gestikulierend mit ihrem Mann sprach.

Kaum zurück, kam folgender Vorschlag. »Nur noch das Hochzeitszimmer wäre frei. Das kostet die Nacht

86 Euro. Ich könnte Ihnen da vielleicht preislich entgegenkommen«, druckste sie herum.

Margareta überlegte. 86 Euro für eine Nacht und nur, weil ihre Mutter sie mal wieder genervt hatte?

»Wie weit könnten Sie mir entgegenkommen? Was würde ein Einzelzimmer für eine Nacht kosten?«

»50 Euro.«

»Na ja, dann sagen wir 55 Euro für das Hochzeitszimmer?« Margareta schaute die Gastwirtin bittend an.

»Okay, weil Sie es sind«, sagte sie nach kurzem Überlegen und reichte Margareta, die inzwischen neben Jens auf dem Barhocker Platz genommen hatte, den Schlüssel.

Wird verdammt knapp, dachte Margareta noch.

»Sie könnten es auch im Käte-Strobel-Haus versuchen. Dort kostet eine Nacht, soviel ich weiß, 35 Euro«, meinte Jens.

»Nachher haben die nichts mehr frei. Nein, ich bleibe lieber hier im Gasthof. Könnten Sie mich vielleicht morgen mit zurück nach Gelsenkirchen nehmen?«

»Ja klar, kein Problem.« Jens schien darüber richtig erfreut zu sein. »Was war denn los?«

»Ach, das alte Thema, meine Mutter meint, mich noch wie ein Kind behandeln zu können. Morgen hat sie sich wieder beruhigt und wird vor lauter schlechtem Gewissen sogar meine Zimmerrechnung bezahlen.«

Jetzt musste Jens lachen. »Und wir machen uns einen netten Abend bei einem Gläschen Wein.«

Schmollend zog Waltraud Sommerfeld mit ihren ältlichen Freundinnen wenig später naserümpfend an ihrer Tochter vorbei. Diese war inzwischen mit Jens Eigenhardt per Du und kippte sich einen Kräuterlikör in den Hals, als sie endlich den klapprigen Bus davonfahren hörte.

»Nie wieder mache ich einen Ausflug mit meiner Mutter! Nie wieder!«

Die Wirtin schaute immer wieder verstohlen zu Margareta und Jens herüber. Margareta ahnte, was sie dachte. Sie hoffte, dass Margareta diesen schnuckeligen jungen Mann nicht mit in das Hochzeitszimmer nehmen und es mit ihm in dem Baldachinbett treiben würde.

Das Lokal leerte sich, einige Hausgäste kamen zum Abendessen herunter, die Gruppe der Vertreter aß in einer Ecke des Gastraums und hatte Spaß an den Anekdoten ihres Vertreterlebens, die sie der Reihe nach zum Besten gaben. Margareta dachte kurz darüber nach, sich auch etwas zum Abendessen zu bestellen, verwarf den Gedanken jedoch sofort wieder. Ihr fielen die Butterkekse in ihrer Tasche ein. Sie wollte nicht schon wieder ihre Scheckkarte benutzen und ihr Konto überziehen. Und von Jens einladen lassen wollte sie sich auch nicht. Da es so ein schöner Abend war, verzogen die beiden sich nach draußen vor die Gaststätte und setzten sich an einem gemütlichen Tisch, der an den Kirchplatz grenzte, unter einen Baum. Ein wahres Idyll hier draußen. Kein Verkehrslärm, nur Natur.

»Was für ein aufregender Tag«, seufzte Margareta, während sie einen kräftigen Schluck aus ihrem Weinglas nahm. Ein eisgekühlter Rosé war genau das Richtige an diesem lauen Sommerabend.

»So, nun mal zurück zur Vergangenheitsbewältigung. Wieso bist du hier? Warum nimmst du Urlaub, um dich in dieser einsamen Gegend umzusehen? Was ist 1985 passiert?« Sie sah in sein nettes Gesicht, hing regelrecht an seinen Lippen. Sie wusste inzwischen einiges aus seinem Lehrerleben, was genau er unterrichtete, und dass er allein in seinem Elternhaus lebte, seit die alten Herrschaften in eine Seniorenwohnung gezogen waren. In der Siedlung wohnten auch seine drei Freunde, ebenso stark mit der Kirche verbunden wie er. Von sich hatte Margareta wenig preisgegeben. Dass sie Damenoberbekleidungsverkäuferin war und dringend nach Veränderung suchte, hatte sie ihm erzählt. Von ihrer Hobbydetektivinnentätigkeit, die ihr zweimal fast das Leben gekostet hatte, wusste er noch nichts.

»Tja, wenn ich das so genau wüsste. Vor einigen Tagen ist unser Pfarrer ermordet in der Sakristei der Kirche gefunden worden, und das lässt mir einfach keine Ruhe mehr.«

Margareta verschluckte sich an ihrem Wein und rief laut über den Kirchplatz: »Nein! Echt? St.-Michael-Kirche in Ückendorf? Das habe ich in der Zeitung gelesen und im Radio gehört!«

»Nicht so laut«, mahnte Jens. »Die schauen schon alle zu uns herüber.«

»Das darf nicht wahr sein. Dieser Fall geht mir seit Tagen nicht mehr aus dem Kopf, und da treffe ich dich, in der Einöde, der in der Sache recherchiert.« Margareta konnte es nicht fassen. Jens mit dem Engelsgesicht wurde ihr immer sympathischer.

»Was ist denn so Besonderes daran? Andere würden mich für verrückt erklären. Ich habe es auch noch niemandem gesagt.«

»Nun muss ich dir mal was erzählen. Damit gehe ich auch nicht hausieren.« Und schon legte sie los und berichtete ihm von ihren Ambitionen, Licht ins Dunkel von Mordfällen zu bringen. Nichts ließ sie aus. Sie fing mit dem Eisaugenmann an und endete mit der toten Frau unter ihrem Schlafzimmer sowie der entführten Inge.

Jens saß mit offenem Mund da und lauschte ihren spannenden Schilderungen. So eine Frau war ihm noch nie begegnet. Hier saß sein Gegenstück, eine Frau, die ihn verstehen würde. Oh welch ein herrlicher Tag, fand er und orderte für beide, trotz Margaretas Protest, eine große Schinkenplatte.

2. KAPITEL

Während Margareta in dem Frühstücksraum des Landgasthofs saß und sich mit Blick aus dem Fenster an frischen Brötchen und duftendem Kaffee labte, ließ sie den letzten Abend noch einmal Revue passieren. Wie toll sie sich unterhalten hatten, Jens und sie. Sie schwammen auf einer Welle, waren beide begeisterungsfähig, was die Aufklärung des Mordes an dem Pfarrer betraf. Wie kleine Kinder bei einem Detektivspiel diskutierten sie über Verdächtige und deren Motive. Irgendwie musste der Mord mit der damaligen Kirchenfreizeit im Jahre 1985 zusammenhängen. Übrigens, die erste Freizeit des Pfarrers, der zu dem Zeitpunkt neu in der Gemeinde war. Jens und seine drei Freunde waren dabei gewesen. In dieser Woche wollte der Pfarrer zu einer letzten Sommerfreizeit mit den Kommunionkindern aufbrechen. Wieder hätte sie der Weg nach Lieberhausen ins Käte-Strobel-Haus geführt. Wenige Tage vorher wurde er ermordet in der Sakristei der St.-Michael-Kirche gefunden. Was war damals passiert? Auch Jens wusste keine Antwort darauf. Er zuckte nur mit den Schultern und sah sie mit seinen bergseeblauen Augen an. Gegen 23 Uhr – sie waren die letzten Gäste draußen auf dem heimeligen Platz zwischen Lokal und Kirche gewesen – verabschiedeten sie sich voneinander. Er hatte sie an sich gezogen und kurz umarmt, anschließend mit seiner rechten Hand über ihre Haar gestrichen. Diese zarte Geste, die Berührung eines Engels, wie sie fand, ließ sie zusammenzucken. Vor wenigen Stunden kannte sie diesen Mann noch gar nicht, und nun hatte sie einen Freund gefunden. Und auch noch einen Gleichgesinnten. Einen »Mister Stringer« hatte sie sich schon immer gewünscht.

Er hatte sich abrupt umgedreht, die Hände, feine, gepflegte Hände, in die Taschen seines unmöglichen Mantels gesteckt und war regelrecht davongeschwebt, zurück zum Käte-Strobel-Haus. Immerhin fast drei Kilometer Fußmarsch durch einsames Gebiet.

Sie ging anschließend hinauf in ihr Hochzeitszimmer, hörte auf dem Gang Lachen, das aus einem der gegenüberliegenden Räume kam, und schmiss sich müde in das dunkelgrüne nostalgische Baldachinbett mit den neckischen Gardinen an den Seiten. Sogar ein Spiegel war unter dem Himmel des Bettes angebracht.

An Schlaf war jedoch nicht zu denken. Margareta dachte an Jens. Wie gerne hätte sie in diesem Bett in seinen Armen gelegen und seiner wohlklingenden Stimme gelauscht. Sie hegte dabei jedoch keinerlei erotische Gedanken. Dabei wäre es doch nicht unüblich in so einer Situation, im Himmelbett liegend in den Spiegel an der Decke schauend, an Sex zu denken. Sie dachte allerdings nur an Wärme und Geborgenheit. Dabei war Jens vom Äußeren her ein attraktiver Mann. Oder war er vielleicht doch ein Engel?

Die Wirtin servierte ihr eine Portion Spiegeleier und erkundigte sich, wie sie geschlafen hatte. Eine nette, sympathische Frau, stellte Margareta fest und wechselte ein paar Worte mir ihr. Die Frage, wer denn der Mann gestern Abend gewesen sei, mit dem sie sich so nett unterhalten hätte, ließ sie unbeantwortet. Als die Frau nachhakte, zuckte Margareta nur die Schultern. »Ich weiß auch nicht genau. Ich traf ihn am Nachmittag in der Kirche.«

Als Margareta sich wieder ihrem Frühstück zuwandte, verschwand die Wirtin in der Küche.

Was wollte sie hören? Dass Margareta mit ihm verabredet gewesen war und sie ihn anschließend mit in ihr Baldachinbett gezerrt hat? Wo dachte sie hin? Margareta war eine anständige Frau. Fast immer jedenfalls. Vielleicht war sie ja schon oben im Zimmer gewesen und hat an den Bettlaken geschnuppert, dachte Margareta, mahnte sich aber selbst, auf dem Teppich zu bleiben.

Gerade, als sie herzhaft in ihr Käsebrötchen biss, rief ihre Mutter Waltraud an und machte ihrer Tochter schwere Vorwürfe, wieso sie nicht mit dem Bus zurückgefahren war, wie sich das gehört hätte. Die anderen Frauen wären entsetzt gewesen über ihr Benehmen. Besonders Frau Bienert konnte es nicht fassen, dass Margareta sich einem wildfremden Mann zugewandt hatte und einfach vor Ort blieb.

»Ach Waltraud, das hat doch außer dieser senilen Bienert niemand mitbekommen. Und die soll bloß ihren

Schnabel halten und sich um ihre missratenen Kinder und Enkel kümmern. Was findest du eigentlich an dieser alten Betschwester? Und merke dir eins: Ich bin kein kleines Kind mehr.«

»Und dieser Mann, was ist mit diesem Mann?«

»Was soll mit ihm sein? Er nimmt mich nachher mit zurück nach Gelsenkirchen. Jens heißt er. Nein, ich habe nicht die Nacht mit ihm verbracht. Und wenn, dann ginge dich das einen feuchten Kehricht an.«

Als die Vertreter laut redend den Raum betraten, beendete Margareta das Gespräch und kurz darauf ihr Frühstück.

Um zehn Uhr wollte Jens sie abholen, und Margareta war schon gespannt, mit welchem Fahrzeug er vorfahren würde.

Als er wenig später mit einem schlichten dunkelblauen Golf neueren Baujahrs vor ihr hielt, war sie beruhigt. Keine Nobelkarosse, die sowieso nicht zu ihm gepasst hätte, aber auch keine alte Studentenrostlaube.

Er sprang gut gelaunt aus dem Wagen, entriss ihr ihre Tasche und verstaute diese im Kofferraum, begrüßte sie anschließend wie eine alte Freundin mit Küsschen rechts und Küsschen links. Im kleinkarierten Sommerhemd sah er besser aus als tags zuvor. Fröhlich strahlte er sie an.

»Du willst jetzt aber noch nicht zurück, oder? Was hältst du von einer Wanderuhg?«

Margareta schaute zu ihren neuen Pumps herunter. »Wanderung? Wohin denn und wie weit?«

»Na, das klingt ja total begeistert. Na ja, deine Schuhe scheinen wirklich nicht für eine Wanderung geeignet zu sein. Hat denn deine Mutter nicht gemeckert, als du mit diesen Schuhen gestern in den Bus gestiegen bist? Wir fahren bis zur Aggertalsperre und laufen dort ein paar Meter am Wasser entlang, okay?«

Damit konnte Margareta sich arrangieren. Sie nickte erfreut. Dass ihre Mutter sie tatsächlich getadelt hatte wegen ihrer für einen Ausflug untauglichen Schuhe, verschwieg sie ihm.

Während der Fahrt sprach Jens wenig. Besser als so ein Dauergelaber, fand Margareta und lehnte sich in dem Sitz zurück.

»Ich habe heute Morgen mit einer Dame aus dem Käte-Strobel-Haus gesprochen, und sie erzählte mir, dass der Herbergsvater von damals noch am Leben ist und bei Meinerzhagen wohnt.«

Jetzt war Margareta hellwach. »Der muss ja dann schon steinalt sein. Vielleicht könnte man den mal befragen.«

»Wenn ich wüsste, wonach ich ihn fragen sollte. Ich weiß ja nichts Genaues. Da muss damals was passiert sein, doch meine Freunde hüllen sich in Schweigen. Irgendwas ist vorgefallen. Ich kann mich allerdings nicht mehr genau erinnern. Habe es vergessen oder verdrängt.«

»Du meinst, der Pfarrer hat einen von euch …«

»Ich weiß es nicht. So etwas ist eine schwere Anschuldigung. Du wirst meine Freunde ja kennenlernen. Dann kannst du dir selbst ein Bild machen.«

»Ich soll es wagen, die Kanalbrücke zu überqueren?«, scherzte Margareta.

»Ja, ich dachte, du könntest morgen Abend zum Grillen dazukommen. Bei mir im Garten. Was ist? Hast du Angst? Die sind alle ganz nett. Eine ungezwungene Runde. Jeder bringt was mit.«

»Erzähle mir, was ich noch nicht weiß«, sprach Margareta und setzte sich auf den großen Findling, der direkt am Wasser der Aggertalsperre lag. Mit Mühe war sie den Abhang zwischen den Bäumen mit seinen teilweise unebenen Wurzeln heruntergekraxelt. Wie wunderschön die Talsperre mit dem türkisfarbenen Wasser an diesem Morgen aussah. Wenige Meter weiter hatten es sich einige Jugendliche an dem steinigen Strand gemütlich gemacht, lachten und hatten Spaß. Am anderen Ufer konnte sie kleine Holzhütten mit Bootsanlegern erkennen.

»Oh, da müssten wir ja drei Tage hierbleiben. Sag mir konkret, was du wissen möchtest.« Freundlich sah Jens sie an, krempelte sich seine Hosenbeine hoch, zog Schuhe und Strümpfe aus und watete ins Wasser.

»Warum hast du keine Frau? Hast du schlechte Erfahrungen gemacht?«

»Ich habe die Richtige noch nicht gefunden. Da waren einige, doch bei keiner von ihnen hatte ich das Gefühl, mit der mein Leben verbringen zu wollen. Das waren allesamt oberflächliche Egoistinnen, dumm wie Brot, berechnend und kaltherzig. Was schaust du mich so an? Denkst du vielleicht, ich sei schwul?«

»Nein, denke ich nicht. Und wenn? Was wäre schlimm daran? Okay, du bist gläubiger Katholik. Das hätte schon Probleme gegeben.«

»Meine Eltern hätten sich erhängt, wenn ich einen Mann als Partner angeschleppt hätte.«

»Oh, so schlimm sind die?«

»Nein, nicht schlimm, aber eben streng gläubig.«

»Du bist 40 Jahre alt. Warten die denn nicht, dass du endlich mit einer Schwiegertochter ankommst?«

»Das ist mir egal. Sie bemitleiden mich zwar bei jedem

Besuch, ich habe es jedoch aufgegeben, dagegen anzureden und ihnen klarzumachen, dass ich auch allein glücklich und zufrieden bin.«

»Bist du das wirklich? Sehnst du dich nicht mal nach Wärme und Zärtlichkeit? Oder gibt es in der Gemeinde ein paar scharfe Weiber, die du dir gelegentlich mit nach Hause nimmst?«

Jetzt musste Jens lachen.

»Du bist mir eine. So eine Frau wie dich habe ich noch nie kennengelernt. Klar gibt es in der Kirche, besonders im Chor, einige Frauen, die es mir leicht machen würden, ein Abenteuer mit ihnen zu erleben. Doch das gäbe nur Gerede. Außerdem kann ich Sex und Liebe nicht trennen. Da bin ich ganz altmodisch.«

Margareta lachte ebenfalls. »So einem Mann wie du bin ich auch noch nie begegnet. Und wenn einer solche Ansichten vertrat wie du, dann war er entsprechend hässlich.«

»Was ist mit dir? Ich kann mir schon vorstellen, dass es ein Leichtes für dich wäre, einen Mann für eine Nacht aufzugabeln.«

»Du, das habe ich hinter mir. Ein sogenannter One-Night-Stand kommt für mich nicht mehr infrage. Sich mit einem wildfremden Menschen einzulassen, birgt auch ein gewisses Risiko. Man könnte an einen Stalker geraten und wird zeitlebens nicht mehr glücklich.« Nachdem sie dieses ausgesprochen hatte, musste sie lachen. Wie rede ich bloß? Will ich einen guten Eindruck bei Jens hinterlassen? Ich höre mich ja an wie meine eigene Großmutter! Nicht, dass sie bisher eine Verfechterin der schnellen Nummer gewesen wäre, aber was sie da eben gesagt hatte, hörte sich total prüde an.

Jens schien jedoch schwer beeindruckt von dieser Frau, hatte er bisher mit dem weiblichen Geschlecht doch nur Pech im Leben und noch immer nicht die Richtige gefunden. Margareta war zwar nicht katholisch, aber sie schien das Herz auf dem rechten Fleck zu haben. Und das war doch schon mal was. Außerdem war sie ebenso an der Aufklärung des Mordes an Pfarrer Josef interessiert wie er, hatte schon Erfahrungen in Mordermittlungen und sogar mit einem Kommissar zusammengearbeitet, wie sie ihm berichtet hatte. Das gab einen Riesenpluspunkt. Dann sah sie noch unverschämt gut aus. Ein guter Anfang, fand er.

»Mensch, tut das gut.« Er sah auf seine krebsroten Füße und stakste vorsichtig aus dem Wasser. »Solltest du auch mal versuchen. Das Wasser ist zwar kalt, aber es wirkt Wunder. Es weckt die Lebensgeister.«

Ich wüsste wahrlich was Besseres, um meine Lebensgeister zu wecken, dachte Margareta, während sie den durchtrainierten Körper von Jens begutachtete. Da sie jedoch seine Einstellung zu Sex begriffen hatte, versuchte sie, diese zu akzeptieren.

Sie streckte ihr Gesicht der Sonne entgegen und überlegte, was sie zum morgigen Grillen bei Jens beisteuern könnte. Gut, dass ihr noch ein freier Tag beschert war. So konnte sie vormittags die toughe Hausfrau spielen und vielleicht einen tollen Kartoffelsalat zaubern, um die Freunde von Jens, die bald sicherlich auch ihre Freunde werden würden, zu beeindrucken. Mit ihr würden acht Personen anwesend sein, hatte er ihr erzählt.

Sie reichte ihm ihr Hello-Kitty-Handtuch, damit er sich seine Füße abtrocknen konnte. Er bestaunte dieses rosa Kinderhandtuch interessiert und benutzte es ganz vorsichtig.

Gepflegte Füße, stellte Margareta fest. Da hatte sie schon ganz andere Männermauken gesehen. Schmutzige Röhrchennägel, lang wie Blockflöten, waren noch harmlos. Gelbe dickschichtige Hornhaut war weit schlimmer.

Sie setzten sich unter einem Baum in den Schatten und genossen das See-Feeling der Aggertalsperre. Jens erzählte Anekdoten aus seinem Lehrerleben. Er unterrichtete an der Ückendorfer Gesamtschule Religion, Musik und Sport. Sport, daher der tolle Körper, dachte Margareta.

Ihre Gedanken schweiften beim Anblick seines nackten Oberkörpers – er hatte sein Hemd an den nahen Baum gehängt – immer wieder ab. Religion! Er unterrichtete Religion. Schlimm genug, dass er fast täglich in die Kirche rannte, beschäftigte er sich auch noch beruflich mit frommen Dingen. Hatte er denn überhaupt keine körperlichen Gefühle? Kam Gott für ihn an erster Stelle? Einem Mann in den besten Jahren? Er konnte also Sex und Liebe nicht trennen, wie er vorhin gesagt hatte. Also müsste er sich erst in mich verlieben, woraus dann später hoffentlich Liebe werden würde, irgendwann, bevor endlich Sex an die Reihe käme. Mensch, ich bin 43 Jahre alt! Wie lange soll ich noch abstinent leben?

Sie musste an ihren letzten One-Nigth-Stand denken. Tanz in den Mai dieses Jahres. Eine Arbeitskollegin hatte sie mit zu einer Parteiveranstaltung geschleppt, bei der man zu 100 Prozent nicht allein nach Hause gehen würde, wie sie mehrfach betonte. Okay, Margareta ging nicht allein nach Hause. Doch was schleppte sie mit? Ein Ruhrpotturgestein, das die Zähne nicht auseinander bekam. Er nuschelte sie an der Theke voll. Nach drei Stunden Abhängen und auf was Besseres warten sowie einem gewissen Alkoholpegel im Blut war für sie nur noch wichtig, dass er sauber war, nicht stank und einigermaßen aussah. Und das tat dieser Torsten mit der dunklen Wolfgang-Petry-Mähne. Er wäre Fleischereifachverkäufer bei REWE, erzählte er. »Und vom Würste abwiegen und Fleischwolf säubern kann man leben?«, fragte Margareta ihn. »Geht so«, nuschelte er. Sie wunderte sich noch, dass er trotz seiner miserablen Aussprache an der Wursttheke Fleischwaren verkaufte. Doch vielleicht ging das nach der Mitleidstour ab. Die Hausfrauen bedauerten ihn, und so manche Schmierwurst ging zusätzlich über die Theke. Tanzen konnte er erstaunlich gut. Ein regelrechter Disco-Fox-König verbarg sich in der Gestalt des Wurstverkäufers. Sie wunderte sich wohl, dass er bei der Hitze im Saal eine schwarze Strickjacke mit Gürtel trug, die er bis oben zugeknöpft hatte. Zwei Stunden später in ihrer Wohnung wusste sie wieso. Er litt unter Psoriasis, der gemeinen Schuppenflechte.

»Kann ich bei dir vorher duschen? Ich habe Schuppenflechte.«

Nachdem er sich seiner Strickjacke, seiner Hose und seines T-Shirts entledigt hatte, schabte er plötzlich mit den Händen an seinem Körper herum, als hätten ihn 1000 Wespen gestochen. Er würde ihr mit seinen sich lösenden Schuppen die ganze Bude vollstreuseln. Ein Würgereiz vom Allerfeinsten machte sich bei ihr breit. Einigermaßen geistesgegenwärtig antwortete sie: »Du machst dich jetzt ganz schnell vom Acker. Ziehst dich am besten im Treppenhaus an.« Sie packte ihn am Arm, zerrte ihn vor ihre Wohnungstür, schmiss angeekelt seine Klamotten hinterher und donnerte die Tür zu. Anschließend weinte sie die ganze Nacht und fragte sich, wie schlimm es mit ihr gekommen sei, sich so einen geistig minderbemittelten versehrten Wurstverkäufer aufzureißen. So schwor sie sich, nie wieder eine schnelle Nummer für eine Nacht! Recht hatte Jens! Sex und Liebe ließen sich nicht trennen!

3. KAPITEL

Die gelernte Pfarrhaushälterin Gesine Habermüller stand am offenen Kleiderschrank des ermordeten Pfarrers Josef Wolzenburger und begann mit dem Ausräumen seiner Habseligkeiten. Du meine Güte, diese vielen Strickjacken, dachte sie und zog eine nach der anderen aus dem Schrank, nahm sie vom Bügel, schaute sie genau an und packte sie in einen der bereitgestellten Wäschekörbe. In seinem Zuhause, hier im Pfarrhaus, kannte sie ihn nur in diesen Strickjacken, da er auch im Sommer ständig fror. Nun war er tot, drei Monate, bevor er offiziell in den Ruhestand verabschiedet worden wäre, ermordete man ihn in der Sakristei der katholischen St.-Michael-Kirche, in der er 30 Jahre lang Gott gedient hatte. Sie, die hagere Frau mit der grauen Knotenfrisur, war von Anfang an an seiner Seite gewesen. Damals im Jahre 1985, sie war 35 Jahre alt und mit ihrer Ausbildung als Pfarrhaushälterin gerade fertig, wurde sie in Gelsenkirchen eingesetzt. Sie verließ ihr kleines Dorf im Bayerischen Wald und zog in eine Großstadt im tiefen Westen Deutschlands, ins sogenannte Ruhrgebiet. Zuerst wenig glücklich gewöhnte sie sich recht schnell an das Leben hier.

Warum willst du Pfarrhaushälterin werden?, fragten die Freundinnen im Dorf, die alle glücklich verheiratet waren und Kinder hatten. Für Gesine fand sich kein Mann, sie lebte mit über 30 Jahren noch immer auf dem elterlichen Bauernhof und engagierte sich in der katholischen Gemeinde des kleinen Örtchens. Der damalige Pfarrer war es, der ihr riet, Pfarrhaushälterin zu werden. Sie erfüllte alle Kriterien, verfügte über soziale Reife, besaß praktische Erfahrung in der Haushaltsführung, die Fähigkeit, eine freundschaftliche Atmosphäre zu schaffen, und letztendlich zählte ihre positive kirchliche Einstellung. Kurz und gut, sie wurde zur Mittlerin zwischen den Gemeindemitgliedern und dem Pfarrer, was ihr hervorragend gelang. Nun war ihr Chef tot, und die Diözese hatte ihr schriftlich mitgeteilt, dass sie trotzdem, wie vereinbart, bis zum 31.10. im Pfarrhaus bleiben dürfe, um sogenannte Restarbeiten abzuwickeln. Der neue Pfarrer würde keine Pfarrhaushälterin mehr an die Seite gestellt bekommen, da dieser Beruf langsam ausstarb. Egal, sagte sie sich, mir bleiben noch vier Monate. Vier Monate ohne diesen meckernden Schnüffel, Gehalt, Kost und Logis inklusive. Was wollte sie mehr?

Sie würde das schöne Backsteinpfarrhaus von 1894, welches früher ein Minoritenkloster beherbergte, nur ungern verlassen, sie hatte sich hier immer sehr wohl gefühlt in ihrer kleinen Wohnung unter dem Dach, über den privaten Räumen des Pfarrers. Ein kleines Paradies hatte sie sich geschaffen, ein Puppenstübchen vom Allerfeinsten, in das sie selten Besuch ließ. Nur der Küster Jan, der öfters einen Kaffee bei ihr trank, genoss das Privileg, ihren Privatbereich betreten zu dürfen. Ihre Einrichtung war eine Mischung aus Trödel und alten Möbeln im Biedermeierstil. Von ihrem Gehalt, das immerhin 1500 Euro netto im Monat betrug, gab sie wenig für sich aus, gönnte sich stattdessen immer mal wieder etwas für ihre Wohnung. Zu ihrem Monatslohn hatte sie freies Wohnen und gratis Verköstigung. Das hieß, sie bekam Wirtschaftsgeld, wovon sie den Pfarrer und auch sich versorgen konnte. Außerdem durfte sie den Pkw der Gemeinde nutzen. Wer jetzt den Eindruck bekam, Gesine konnte sich auf die faule Haut legen, der lag falsch. Als Schwerpunkt hatte sie sich neben dem großen Haushalt noch um die Chorgemeinschaft zu kümmern, die wöchentliche Chorprobe vorzubereiten sowie den Schreibkram des Chores zu erledigen, wozu ihr ein kleines Büro zur Verfügung stand. Nicht zu vergessen waren die Pfarrhausbesucher, um die sie sich zu kümmern hatte. Also schon ein Fulltime-Job, den Gesine da bekleidete. Aus den, laut Vertrag, 40 Wochenstunden, die sie abzuleisten hatte, wurden meistens mehr.

Sie war die Einzige, die sich erlauben durfte, dem sturköpfigen Pfarrer auch mal den Marsch zu blasen. Oft forderte dieser ihre Meinung regelrecht ein, wollte wissen, wie sie zu dieser oder jener Sache stand. Irgendwie waren sie in all den Jahren zu einer Symbiose geworden. Sie kannten sich, verstanden sich und zankten sich. Wie ein altes Ehepaar. Körperliche Liebe, wie sie oft dieser Pfarrer-Haushälterin-Beziehung nachgesagt wurde, spielte bei den beiden nie eine Rolle.

Obwohl Gesine in jungen Jahren nicht abgeneigt gewesen wäre, dem ständig frierenden Pfarrer auch mal sein Bett anzuwärmen, zeigte er kein Interesse an der nicht hässlichen Frau. Sie fand ihn damals, als er noch nicht aussah wie ein halsloser abgeliebter Teddy, recht ansehnlich.

Und nun war er tot. Die Putzfrau der Gemeinde, Manuela Dopatka, die Frau des Küsters Jan, hatte ihn am frühen Morgen des 13. Juni gefunden.

Gesine fragte sich, wieso sie an einem Samstag vor dem Frühstück zur Kirche laufen musste. War es Neugier, die sie dort hineintrieb? Wollte sie wissen, wieso die Putzfrau kreidebleich aus der Kirche gerannt kam? Oder war es Intuition? Hing es mit dem Albtraum zusammen, den sie in der Nacht davor hatte? Wo sie immer und immer wieder einen Mann hatte schreien hören? Die Kirchturmuhr hatte acht Mal geschlagen, als Gesine auf die Kirche zulief. Den Pfarrer hatte sie an diesem Morgen noch gar nicht gehört oder gesehen, fiel ihr auf. Das Kirchenportal stand offen, und magisch angezogen betrat sie das Gotteshaus. Es roch nach Weihrauch und Moder. Alles war in Ordnung, nichts zu sehen, wieso Manuela erschrocken davongelaufen war. Vielleicht war ihr schlecht geworden? Die Sonne schien durch die bunten Kirchenfenster, alles wirkte friedlich. Nichts war zerstört, nichts deutete auf einen Einbruch hin. Gesine ging durch den Mittelgang bis zum Altar und sah, dass die Tür zur Sakristei offen stand. Musste das etwas zu bedeuten haben? Wieder war es Neugier, die sie in den winzigen Raum trieb. Plötzlich bekam sie es mit der Angst zu tun. Kehr um, sagte ihr eine innere Stimme. Geh frühstücken und halt dich da raus. Eine andere Stimme, eine mutige, meinte, schau nach, was da los ist. Zaghaft steckte sie zuerst den Kopf in den kleinen Raum und ging anschließend ganz hinein. Es war ziemlich dunkel, nur ein winziges Oberlicht spendete etwas Helligkeit. Der große Eichenschrank befand sich auf der gegenüberliegenden Wand. Daran hing ein Priestergewand, ordentlich aufgehängt. Ein Blick nach rechts ließ Gesine erstarren. Dort in der Ecke auf dem Boden lag Pfarrer Josef. Seine offenen Augen waren zur Decke gerichtet, der Mund stand weit offen. Gesines Knie wurden weich, sie rang nach Luft und taumelte ein paar Schritte zurück. Wie gelähmt versuchte sie, ruhig durchzuatmen. Es dauerte einige Zeit, bis sie registrierte, dass ihr Chef tot war. Unter seinem Kopf hatte sich eine Blutlache gebildet.

Gesines Gedanken überschlugen sich plötzlich. Der Pfarrer tot in seiner Kirche in Ückendorf.

»Was, um Himmels willen, ist hier los? Aus Manuela ist kein Wort herauszubekommen.« Küster Jan Dopatka, der herangeeilt war, fuhr sich mit der Hand durch sein zurückgekämmtes Haar und blickte nervös auf den Toten.

Gesine fuhr vor Schreck zusammen. Sie drehte sich um und blickte in das bleiche Gesicht des Küsters. Schweiß lief ihm von der Stirn.

»Die Tür stand offen.« Gesine erzählte ihm nicht, dass sie Manuela hatte aus der Kirche laufen sehen und einfach nachschauen wollte, ob alles in Ordnung wäre. Irgendetwas hielt sie zurück. Vielleicht, weil sie da schon einen ersten Verdacht hatte und in Manuela die Mörderin vermutete? Weil die Frau ihr schon von jeher unheimlich war und ihr Angst einflößte?

Jans Blick war verwirrt. Er fragte sie nicht, wieso sie am frühen Morgen überhaupt zur Straße lief, um feststellen zu können, dass das Portal offenstand.

Wieso stand es überhaupt offen? Wieso hatte Manuela nicht den Seiteneingang benutzt? Wieso kam sie wie eine Wilde um die Ecke gerannt, sodass Gesine gar keine andere Vermutung blieb, als dass der Haupteingang offen stand?

Weg hier, nur weg, hatte Gesine gedacht und sich an Jan vorbei zurück in die Kirche gedrängt. Was hatten Manuela und Jan überhaupt hier verloren, am Samstag um diese Zeit? Als könnte er Gedanken lesen, schaute Jan sie durchdringend an.

»Manuela wollte nach den Kerzen schauen, ob noch genügend da wären, und da sie total aufgelöst zurückkam, wollte ich nachsehen, was geschehen ist.«

Zusammen schritten sie durch die Kirche nach draußen. Eilig hastete Gesine zum Pfarrhaus, um die Polizei zu rufen.

Als sie sich noch einmal umblickte, sah sie Jan völlig verstört vor dem Gotteshaus neben seiner auf der Treppe kauernden Frau stehen.

Wenig später durchbrach laut das Martinshorn des Polizeiwagens die morgendliche Ruhe. Unspektakulär und eher sachlich hielt der Wagen vor der Kirche, und zwei Polizeibeamte stiegen aus. Kurz dahinter kam ein Krankwagen, ebenfalls mit eingeschaltetem Martinshorn, dahinter gleich der Notarzt. Alle stürmten in die Kirche. Weitere Sirenen gesellten sich zu den drei, die schon im ganzen Stadtteil für Gehör sorgten.

Ja, so war das am letzten Samstag, dachte Gesine, nahm die giftgrüne Lieblingsstrickweste des Pfarrers, die sie ihm zum 60. Geburtstag geschenkt hatte, und riss wütend die Holzknöpfe von dem Trachtenteil. Die soll keiner bekommen, weder die Diakonie noch die armen Leute in Afrika. Tränen rannen über ihre faltigen Wangen.

Auch sie war vom Kommissar befragt worden. Ein lieber, sympathischer Kerl, dieser Kommissar Blauländer, fand sie. Zum Schluss hatte er sie gefragt, wen sie verdächtigte. Sie zuckte nur mit den Schultern. Sollte sie ihm etwa auf die Nase binden, dass sie die Putzfrau Manuela für dringend tatverdächtig hielt? Oder die beiden lästigen Chorfrauen Lisbeth Saborowski und Gudrun Karpa, die seit Langem mit dem Pfarrer im Clinch lagen? Einen Teufel werde ich tun, dachte sie, holte sich ihr Notizbuch heraus und legte sich eine Liste ihrer persönlichen Tatverdächtigen an. Sie war nämlich ein großer Krimifan und schaute sich alles an, was in der Richtung über den Bildschirm flimmerte.

So viel hatte sich ereignet in den letzten Tagen, und die gute Gesine kam gar nicht mehr zur Ruhe. Der Küster Jan war noch immer völlig verstört, kam öfters zu ihr auf einen Kaffee, am Abend, wenn Ruhe im Pfarrhaus einkehrte und Gesine in ihrem gemütlichen Wohnzimmer saß. Mitgenommen sah er aus, saß ihr gegenüber auf der Couch und schwieg meistens vor sich hin, starrte auf die alte Puppe im Lehnstuhl, die Gesine heilig war. Sie hatte sie Dolly genannt, dieses große Ungetüm, das in einem vornehmen blauen Samtkleidchen steckte und eine komplizierte Haarfrisur trug. Sie hatte sie aus ihrem Dorf mitgebracht, dieses Erbstück von ihrer Oma, und hielt sie seit Jahrzehnten in Ehren. Niemand durfte sie aus dem Lehnstuhl heben und sich dort hinsetzen. Dieser Platz war ihrer Dolly vorbehalten. Wenn niemand dabei war, sprach sie mit Dolly, fragte sie, wenn sie nicht weiter wusste, was zu tun sei. Dolly antwortete ihr stets, doch behielt sie ihre Zwiegespräche mit ihr für sich. Sie wollte nicht als durchgeknallt gelten. Außerdem hörte es niemand, und sie schadete keinem damit. Das ging nur

Dolly und sie etwas an. So sah ihr Alltag aus, bevor der Pfarrer starb.

Manchmal nervten Jans Besuche Gesine. Gern hatte sie abends ihre Ruhe, legte die Beine hoch, machte es sich vor dem Fernseher gemütlich. Besonders wenn der Tag anstrengend gewesen war, der Pfarrer mit ihr am Abend noch angeblich wichtige Angelegenheiten besprechen wollte. Wenn sie dann müde die Treppe unters Dach hochstieg und irgendwann in ihrem Sessel saß, völlig erschöpft, schließlich war sie nicht mehr die Jüngste, konnte sie schon am Klingeln erkennen, wer um Einlass winselte. Oft fragte sie sich, was Jan bei ihr wollte. Bei einer alten müden Frau. Wieso erzählte er das nicht alles seiner Manuela, was er ihr oft im Vertrauen berichtete?

»Du siehst müde aus, Gesine. Hat dich doch alles sehr mitgenommen, was?« Jan sah die schlanke Frau an. Für ihn unvorstellbar, dass sie in ein paar Wochen nicht mehr hier im Pfarrhaus sein würde. Er kannte sie nun 30 Jahre lang und mochte sie, diese mütterliche Freundin, die den nicht ganz pflegeleichten Pfarrer fest im Griff gehabt hatte.

»Nun ist er schon bald eine Woche tot, und ich habe es immer noch nicht begriffen. So viel ist zu tun. Dauernd klingelt das Telefon, dann steht ewig jemand vor der Tür. Ich bin echt froh, dass er nicht hier beigesetzt, sondern in seine Heimat überführt wird.«

»Du wirst mir fehlen«, sagt Jan mit leiser Stimme.

»Noch bin ich ja hier. Obwohl ihr mir auch fehlen werdet. Du und die drei anderen, Jens, Matthias und Marc. Die Einzigen, die es immer ehrlich gemeint haben. Ist Jens schon wieder zurück aus Lieberhausen? Was wollte er eigentlich dort?«

Jan strich sich seine Haare aus dem Gesicht und schnaufte. »Wenn ich das wüsste. Sich kurz vor den Ferien, mitten im Schuljahr, beurlauben zu lassen, ist so gar nicht seine Art. Vergangenheitsbewältigung? Wer weiß. Heute Abend kommt er zurück. Morgen grillen wir bei ihm im Garten. Komm doch auch! Er hat uns eine Überraschung versprochen.«

Gesine lachte. »Jens will euch überraschen? Vielleicht präsentiert er euch den Mörder.«

»Du mit deinen makaberen Scherzen, Gesine.«

»Geh nach Hause, Jan. Manuela wartet sicherlich. Es ist gleich 20 Uhr. Jetzt, wo der Pfarrer tot ist, werden sie über uns reden, wenn du weiterhin meine Wohnung aufsuchst.«

»Lass sie reden«, sagte Jan, strich der wütend blickenden Dolly über den Kopf und verließ Gesines Puppenstubenwohnung.

Während Gesine sich ihres kneifenden Hüfthalters entledigte, sich die Perlonstrümpfe von den dürren Beinen zog und diese sorgsam aufwickelte, gingen ihre Gedanken wieder zum Pfarrer.

Vorige Woche Freitag hatte sie zum letzten Mal für ihn gekocht. Ein hektischer Morgen war es gewesen. Ein Besucher gab dem anderen die Klinke in die Hand. Mittags war der alte Josef völlig geschafft. Gegen 13 Uhr betrat er die Küche seiner Wohnung und setzte sich müde an den Küchentisch, wo ihm von Gesine sofort ein gefüllter Teller unter die Nase gestellt worden war. Der Pfarrer konnte sich jedoch nicht auf seine dampfende Mahlzeit konzentrieren. Frikadellen, Kartoffelpüree und Kohlrabi hatte Gesine ihm bereitet. Seit 30 Jahren kochte sie für ihn, nie hatte er sich beschwert, ihre Mahlzeiten immer mit Appetit verspeist.

Gesine hatte ihm gegenüber Platz genommen und ihn beobachtet. Alt ist er geworden, hatte sie noch gedacht. Sein Haar wurde immer lichter, der Bauch dafür umso größer und der Hals ständig kürzer. Die Hoffnung, irgendwann auch einmal das Bett mit Josef teilen zu dürfen, hatte sie vor ungefähr zehn Jahren endgültig begraben. Ihr innigster Wunsch starb an einem frostigen Dezembermorgen. Ein Wunsch, den sie über 20 Jahre im Stillen gehegt hatte. An diesem kalten Dezembermorgen hatte sie zum letzten Male Anspielungen in dieser Richtung in den kalten Raum gesprochen. Schuld daran war die zigste Wiederholung des TV-Mehrteilers »Die Dornenvögel«. Pater Ralph de Bricassart konnte sich nicht zwischen Gott und der tollen Meggie Cleary entscheiden. Letztendlich hatte Meggie ihn verloren, doch hatten sich die beiden auf dieser tollen Insel erst noch tüchtig ausgetobt, bevor er zurück zu Gott ging. Diese tollen Liebeszenen hatten Gesine beflügelt, ihr neue Hoffnung geschenkt. Josef ist doch auch nur ein Mann, ein Mann mit Gefühlen, Pfarrer hin oder her, hatte sie sich gesagt. Doch der inzwischen älter gewordene Josef öffnete auch nach diesem eindeutigen Angebot nicht die Tür zu seinem Schlafzimmer. Sie musste sich endlich damit abfinden. Sie sagte sich damals, er ist alt, viel zu alt, er wird es gar nicht mehr schaffen, dir körperliche Freuden zu verschaffen. Begnüge dich mit gelegentlichen gemeinsamen Fernsehabenden bei einem Glas Wein, den du aus dem Keller holen darfst, und Schnittchen, die du geschmiert hast. Du hast dich zwei Jahrzehnte umsonst für ihn, den einzigen Mann in deinem Leben, aufgespart und wirst nie erfahren, wie das so ist mit dem Sex. Der Zug ist abgefahren. Das machte sie schon traurig, damals vor zehn Jahren.

»Schmeckt es Ihnen nicht, Herr Pfarrer?« Besorgt hatte sie am Freitag auf den noch immer gefüllten Teller des alten Mannes geschaut. Sie spürte, dass ihn irgendetwas quälte.

»Doch Gesine, es schmeckt, aber ich bekomme heute einfach nichts herunter. Ich habe da eben etwas erfahren …« Er duzte sie, weil man eine Pfarrhaushälterin eben duzte. War halt die Gesine. Sie musste ihn siezen. Über 30 Jahre lang war er für sie der Herr Pfarrer.

»Hängt es mit dem Herrn zusammen, der eben wütend das Haus verlassen hat?« Sie hatte die Gabe, Zusammenhänge schnell zu begreifen, auch ohne viele Worte.

Eine Antwort bekam sie jedoch nicht. Er starrte sie nur aus seinen winzigen Rosinenaugen, aus denen die blanke Angst sprach, an. Wenige Stunden später war er tot.

4. KAPITEL

Margareta stellte die Tupperschüssel mit dem Kartoffelsalat auf den Rücksitz ihres Polos. Freitagnachmittag, 16 Uhr, die Fahrt nach Ückendorf konnte losgehen. Noch vor ein paar Tagen hätte sie jeden für verrückt erklärt, der ihr vorausgesagt hätte, sie würde einen Mann in Ückendorf besuchen.

Wie gehofft, hatte ihr ihre Mutter den Salat gezaubert, nach altem ostpreußischem Rezept ihrer Oma, mit Matjes und ordentlich Fleischwurst sowie hartgekochten Eiern darin. Und persönlich vorbei gebracht hatte sie ihn auch noch, immerhin 300 Meter zu Fuß. Ihre Mutter wohnte in derselben Straße wie sie. Margareta hoffte, mit dem Kartoffelsalat ordentlich Eindruck schinden zu können. Sie war mächtig aufgeregt, als sie den Gartmannshof zur Cranger Straße hinauffuhr. Ständig schaute sie in den Rückspiegel. Sie war mit ihrem Aussehen zufrieden. Ihr Friseur hatte ganze Arbeit geleistet. Die hellblonden Strähnen auf dem honigblonden Haar waren perfekt gesetzt worden.

Vor zwei Tagen gab es Jens noch gar nicht, heute besuchte sie ihn bereits zu Hause und auch noch, für sie immer noch unfassbar, in Ückendorf, einem Stadtteil hinter dem Rhein-Herne-Kanal.

Hatte sie sich nicht geschworen, sich nie wieder in irgendwelche Mordermittlungen zu mischen? Hoch und heilig und immer wieder? Und was tat sie seit vorgestern? Grübelte nach, wer diesen Pfarrer Josef, den sie überhaupt nicht gekannt hatte, umgebracht haben könnte. Konnte es ihr nicht egal sein? Täglich wurden eine Menge Menschen heimtückisch ermordet. Was kratzte es sie? Und in Jens schien sie auch noch den richtigen Hobbyermittler gefunden zu haben. Jens konnte allein deshalb voll bei ihr punkten. So einen Mann hatte sie noch nie getroffen. Sie konnte noch nicht einmal sagen, ob sie in ihn verliebt war. Irgendwie schon, doch so ganz anders als in die Männer, die sie bisher kennengelernt hatte. Er faszinierte sie auf eine ganz neue Art. Sie musste an die Heimfahrt von Lieberhausen nach Gelsenkirchen denken, wie gut sie sich unterhalten hatten. Diese Harmonie zwischen ihnen war schon beängstigend. Bis vor dem Wohnturm, in dem sich ihr Zuhause befand, hatte er sie gefahren. Sie hatte ihn gar nicht erst gefragt, ob er noch mit hinaufkommen wollte auf einen Kaffee oder ein Bier oder vielleicht, um ihr Fotoalbum anzuschauen. Sie kannte seine Antwort schon. Die Antwort des schüchternen, frommen Mannes, der nichts zu überstürzen gedachte, wäre Nein gewesen. Er hätte nach Ausflüchten gesucht und von verfrüht gesprochen.

Sie war auf seine Freunde gespannt. Jan, Marc und Matthias. Natürlich auch auf die Ehefrauen von Jan und Matthias. Marc lebte mit seiner Tochter allein. Wie nett er von ihnen gesprochen hatte, überhaupt nicht wertend.

Während sie schmunzelnd über die Kanalbrücke fuhr, musste sie an die vielen Grillabende vor zwei Jahren bei ihrem Bruder in der Zechensiedlung in Hassel denken. Ob es dort hinter dem Kanal genauso abging? War Zechenhausgarten gleich Zechenhausgarten? Oder war das hinterm Kanal anders? Sie konnte sich schlecht vorstellen, dass die Freunde von Jens auch so einfach gestrickt waren wie die Nachbarn ihres Bruders, die sich in Turnhose und Doppelripp-Unterhemd traumhaft cool vorkamen.

Sie passierte die Glückauf-Kampfbahn, durchfuhr den Ortsteil Schalke, bog am Musiktheater links ab, dann wieder rechts in die Ringstraße ein. Keine zehn Minuten später befand sie sich auf der Ückendorfer Straße, fuhr naserümpfend an grauen Häuserzeilen entlang. An der St.-Michael-Kirche hielt sie kurz an. Wahrlich ein imposantes Gebäude. Kaum vorstellbar, dass vor wenigen Tagen dort in der Sakristei ein Mann mit einem Kerzenständer erschlagen worden war. Hinter der Kirche bog sie in die Straße Flöz Sonnenschein ab. Keine üble Gegend, stellte sie überrascht fest, während sie wenige 100 Meter weiter vor der Doppelhaushälfte, in der Jens wohnte, hielt. Wieso hatte man ihr bloß immer erzählt, Ückendorf wäre nur grau und dunkel? Teilweise vielleicht. In dieser Straße, die zur Bergarbeitersiedlung Flöz Dickebank gehörte, befanden sich rechts und links vor den Häusern halbhohe Bäume, alles machte einen gepflegten Eindruck. In zwei Bauabschnitten war diese Siedlung in den Jahren 1879 und 1906 für die Arbeiter der beiden Zechen Alma und Rheinelbe errichtet worden. Sogar ein Marktplatz war vorhanden. Die Zechen waren längst Legende, die Wohnhäuer wurden privatisiert. Das eineinhalbgeschossige Haus, in dem Jens wohnte, war gelb gestrichen und verfügte über neue Fenster, stellte Margareta fest, während sie aus dem Auto stieg und sich ihre Schüssel griff.

Und da kam er auch schon um die Ecke, ihr neuer Freund, strahlte sie an, breitete seine Arme aus und zog sie an sich. Er trug Jeans und ein rotes T-Shirt. Man konnte ihm ansehen, dass er sich über ihren Besuch sehr freute. Er führte sie ums Haus herum, direkt in den Garten, der durch einen Gemeinschaftsweg getrennt vom Wohnhaus lag.

»Das ist Margareta«, verkündete er stolz, als er das Gartentor hinter sich schloss und sie quasi vor sich herschob.

So einen gepflegten Garten hatte sie gar nicht erwartet, das kannte sie aus der Siedlung, in der sie wohnte, ganz anders. Dort waren die Gärten eng, gedrungen und total zugewachsen. Dieser hier war äußerst gepflegt, kahl und lichtdurchflutet. Vor einem Holzgartenhaus, auf einer Art Terrasse, hatten sich seine Freunde nebst Anhang platziert. Alle Augen waren auf sie gerichtet. Mit Jeans und engem schwarzen T-Shirt war sie nicht overdressed. Margareta blickte in die Runde und stellte beruhigt fest, dass alle ganz zivilisiert aussahen, niemand fiel aus der Rolle, keiner in Assi-Klamotten, kein Schlägermützen-Vati, kein aus der Flasche trinkender Proll mit Taubenkot auf dem Hemd.

Ein schlaksiges achtjähriges Mädchen mit langen braunen Haaren und einer Riesenbrille mit dunklem Gestell stürzte auf sie zu und gab ihr die Hand.

»Hast du auch ein Kind?«, fragte das Mädchen, das Margareta an Puck die Stubenfliege erinnerte.

»Nein, ich habe kein Kind«, antwortete sie lachend.

»Na, was nicht ist, kann ja noch werden«, meinte ein freundlicher, gut gebauter Mann mit zurückgekämmten mittelblonden Haaren und drückte ebenfalls Margaretas Hand, bot ihr einen Platz neben sich an, nachdem er sich als Jan vorgestellt hatte. Aha, dachte Margareta, das war also Jan, der älteste der vier Freunde. Die dickliche Pagenkopf-Dame mit den dunkelbraunen Kulleraugen, die sofort versuchte, das Gespräch an sich zu reißen, war seine Frau Manuela. Sie riss Margareta die Schüssel aus der Hand und trug sie zu dem Tisch, der neben dem gemauerten Grill aufgebaut war. Gemauerter Spießer-Grill passte so gar nicht zu Jens.

»Ach, du hast den Kartoffelsalat selbst gemacht?« Emsig riss Manuela den Deckel von der Schüssel und steckte ihre Türstoppernase tief in den Salat. »So viel Arbeit machen wir uns gar nicht mehr. Gibt es doch alles zu kaufen. Die Zeit habe ich ja auch gar nicht.« Ihr Blick taxierte Margaretas schlanke Figur, mit der sie leider nicht mithalten konnte.

»Ach, ich mache Salate gerne selbst«, log Margareta. »Und Zeit habe ich auch genug. Ich arbeite ja nur Vollzeit, meistens bis 20 Uhr.« Sie musste dieser mit Dummheit gepuderten Frau einfach eins mitgeben. Obwohl sie sich vorgenommen hatte, heute ganz zurückhaltend mit ihren Kommentaren umzugehen und Jens nicht zu blamieren. Doch was zu weit ging, ging zu weit. Schon schlimm genug, dass sie von ihr sofort geduzt wurde.

Jens schmunzelte nur und zwinkerte Margareta zu. Manuela wusste nicht, was sie antworten sollte, zog einen Schmollmund und verzog sich. Dann wurde ihr Marc vorgestellt, der Vater dieses Mädchens, das auf den Namen Leonie getauft worden war, und dessen Mutter sich mit einem anderen Mann davongemacht hatte. Ein stiller, in sich ruhender Mensch mit rotblondem Haar und liebem Lächeln. Der vierte im Bunde der unzertrennlichen Freunde war Matthias, ein gutaussehender Blondschopf mit hervorragenden Manieren. Seine strohblonde Gattin Ina war eine Vorzeigefrau, schlank, blond, leider mit einem kleinen Sprachfehler versehen. Entweder hatte sie Schnupfen, oder sie sprach immer so nasal. Auch zum Grillen war das Ehepaar businessmäßig gekleidet und gestylt. Laut den Erzählungen von Jens waren beide in Essen bei einem Stromkonzern als Controller beschäftigt.

Endlich saß Margareta und bekam ein Glas Apfelschorle in die Hand gedrückt. Hey, gibt es hier keinen Alkohol, hätte sie am liebsten gefragt, schwieg jedoch lieber. Leonie nahm sie sofort in Beschlag, zog ihren Stuhl dicht an Margaretas heran und begann sie vollzuquatschen. Margareta hatte bisher null Kontakt mit Kindern. Den Nachwuchs ihres Bruders hatte sie seit Jahren, seit ihre Schwägerin das Weite gesucht hatte, nie wieder gesehen. Patentante hin oder her, sie wusste nicht einmal, wo die Kinder jetzt wohnten.

Während Jens das Grillfeuer entzündete, streifte Margaretas Blick den Tisch, auf dem sich neben den essbaren Dingen auch Besteck und Teller befanden. Manuela, die hier die Hausfrau spielte, legte letzte Hand an und platzierte die Salate, lief ins Haus, kam mit irgendeinem Teil wieder heraus und hantierte weiter an den Grillbeilagen herum. Immer, wenn sie an Margareta vorbeikam, fragte diese sich, ob die Frau nun nach Zwiebeln oder nach Schweiß roch. Im Gegensatz zu ihrem recht schlanken Oberkörper war ihr Hinterteil mehr als ausladend und hätte als Beistelltisch fungieren können. Was den gut aussehenden Jan wohl bewogen hatte, diese dümmliche, unterdurchschnittlich aussehende Frau zu ehelichen? Wo lagen ihre Qualitäten? Nachdem sie wieder und wieder in Jens' Haus rannte, kam ein wenig Neid in Margareta auf und sie hoffte, dass auch sie heute noch sein Reich zu sehen bekommen würde. Sie ging davon aus, wegen des Alkoholkonsums an diesem Abend – schön Weinchen zum Gegrillten – nicht mehr Auto fahren zu können und notgedrungen bei Jens nächtigen zu müssen. Nicht umsonst hatte sie ihren Weekender liebevoll gepackt und in den Kofferraum gestellt. Nachthemd, Wechselklamotten, Kulturtasche, alles an Bord, doch wie es schien, vollkommen unnötig.

Alles war so anders, als sie es sich vorgestellt hatte. Der Garten entsprach so gar nicht ihrem Bild von einem Zechenhausgarten. Wäschespinne, ein Rasen wie mit der Nagelschere bearbeitet, sterile Blumenrabatte, spießige alte Straßenlaterne, ein Garten, der gepflegter nicht aussehen konnte. Wie machte Jens das bloß, dass dieses Idyll so aussah, wie es aussah? Kam vielleicht sein alter Vater und schaffte hier Ordnung?

Der größte Teil der Beilagen war Päckchenware, und das Fleisch war ebenfalls nicht vom Metzger. Abgepacktes Zeug aus irgendeiner Fleischwarenfabrik. Dabei war sie auf der Ückendorfer Straße an einem Metzgerladen vorbeigefahren, der einen einladenden Eindruck machte, und hatte gehofft, das Fleisch käme von dort. Okay, die Typen, die in der Zechensiedlung wohnten, in der sie zu Hause war, waren zwar äußerlich nicht der Brüller, doch wussten sie, was schmeckte. Salate waren, wenn auch schon mal mit schmutzigen Händen, selbst gemacht, auch wenn sie oft ekelig aussahen, und die Würste und Steaks stammten vom Metzger und schmeckten entsprechend.

Angeekelt schob Margareta sich die Päckchenbratwurst von »Brat-Emil« in den Mund, strahlte Jens an und aß dazu nur von ihrem mitgebrachten Salat. Noch nicht einmal das Stangenbrot stammte vom Bäcker. Abgepackte Aufback-Baguettes waren nicht ihr Fall.

Jan, Matthias und Marc waren Margareta sympathisch. Sie wirkten alles anderes als fromm, scherzten, lachten und freuten sich. Manuela und Ina, die gegensätzlicher nicht sein konnten, nervten sie einfach nur. Inas nasale Hochfrequenzstimme kratzte an ihren Nerven, und Manuela hatte ihr nach drei Minuten mit ihren Blicken den Krieg erklärt.

Nun war sie schon zwei Stunden hier und hatte noch immer nicht das Innenleben von Jens' Haus zu sehen bekommen. Er war ein guter Gastgeber, bemüht, ihr alles recht zu machen.

Es dauerte gar nicht lange, da kam die Sprache auf den Pfarrer und sein unschönes Ableben. Sie freute sich schon darauf, endlich die Kirche und die Sakristei von innen zu sehen, hatte gehofft, dass der Küster Jan sich anbieten würde, ihr beides zu zeigen. Als Küster wäre es doch ein Leichtes für ihn, mal eben mit ihr herüberzulaufen und ihr eine Privatführung zuteilwerden zu lassen.

Stattdessen machte sie den Kinderbetreuer, spielte Memory mit einem achtjährigen Mädchen und bewunderte ihre selbst gemachten Armbänder. Hey Jens, das war so nicht abgemacht, hätte sie ihm am liebsten zugerufen. Doch er war in eine Diskussion mit Jan und Manuela vertieft, sodass er ihren Zuruf gar nicht gehört hätte. Natürlich ging es wieder um Pfarrer Josef. Jens wurde bedrängt, was er denn nun genau in Lieberhausen gewollt hätte, woraufhin er nur mit den Schultern zuckte und Margareta lächelnd ansah. »Egal was ich da wollte, ich habe Margareta kennengelernt. Allein deshalb hat sich die Fahrt schon gelohnt.«

Verliebt lächelte Margareta zurück.

Die Gäste strebten zu dem Tisch mit den Salaten, bedienten sich anschließend beim Grillgut, türmten sich die Würste auf die Teller sowie ordentlich von den fettigen Nackensteaks Marke »Bauernfreude«.

Manuela beäugte ihre Feindin weiterhin skeptisch, richtete hin und wieder eine Frage an sie – die Frage einer neugierigen, miesen neidischen Frau, die meinte, Besitzansprüche an Jens geltend machen zu können.

Bevor ihre Blase zu platzen drohte, suchte Margareta mit Jens an der Seite endlich sein Haus auf. Die Toilette lag gleich am Hintereingang, sodass er auf eine Hausführung verzichten konnte. Nachdem er wieder zurück in den Garten gegangen war, spähte sie beim Verlassen der Toilette kurz in das angrenzende Wohnzimmer. Bücherregale, weiße Ledergarnitur, die Wände fast kahl. Ordentlich, aber nicht weltbewegend, stellte sie fest. Kein Weihwasserbecken an der Wand, keine Bilder vom lieben Gott, alles ganz normal, alles andere als spießig.

Kurz bevor die Dunkelheit an diesem lauwarmen Sommerabend hereinbrach und Margareta eine Runde durch den Garten drehte, stieß sie hinter der Gartenlaube auf Marc, der schweigend in den Abendhimmel schaute. Ihr fiel auf, dass er den ganzen Abend kaum geredet hatte und wenn, dann meistens mit seiner Tochter Leonie. War er es vielleicht, der durch ein Ereignis im Jahre 1985 bei dieser Kirchenfreizeit traumatisiert war? Hatte er durch Pfarrer Josef dort im Bergischen Land tatsächlich Schlimmes erlebt? War er der Mörder des Pfarrers? Irgendwie eigenartig. 30 Jahre spielte er den treuen Kirchgänger, lebte in der Gemeinde Seite an Seite mit dem Mann, um ihn dann plötzlich umzubringen? Was könnte der Anlass gewesen sein? Hing es vielleicht damit zusammen, dass Leonie in wenigen Tagen ebenfalls mit dem Pfarrer zu einer Kirchenfreizeit aufgebrochen wäre, wie Jens ihr erzählt hatte?

»Und, wie gefällt es dir in Ückendorf? Jens hat erzählt, dass du die Gegend hinter dem Kanal abscheulich findest. Schön, dass du trotzdem hier bist.«

Nun musste Margareta lachen. »Ich bin angenehm überrascht von allem, von Jens' Freunden, vom Garten, von der Siedlung. Weißt du, wenn man als Kind jahrelang erzählt bekommt, dass hinter dem Kanal was ganz Fürchterliches lauert, glaubt man irgendwann daran. Ich muss meine Meinung revidieren.«

»Leonie mag dich. An und für sich ist sie sehr schüchtern, doch zu dir hatte sie sofort Zutrauen. Du hast ein Händchen für Kinder.«

»Überhaupt nicht. Jedenfalls nicht bewusst. Ich hatte nie Kontakt mit ihnen, nie die Gelegenheit, welche kennenzulernen. Die Kinder meines Bruder erlebte ich kurze Zeit als Kleinkinder, dann waren sie plötzlich von der Bildfläche verschwunden.«

Marc schaute sie lange an. »Schön, dich kennengelernt zu haben, Margareta. Wir werden uns ab jetzt hoffentlich öfters sehen. Ich muss dann mal, Leonie muss ins Bett.«

Kaum zurück zu den anderen, vernahm Margareta Gitarrenklänge. Während Jens bei Kerzenschein ein Lied von Cat Stevens anstimmte, verabschiedete Marc sich mit Tränen in den Augen, griff die Hand seiner Tochter und war auch schon verschwunden.

Während der Song »Wild World« erklang, wurde endlich Wein gereicht. Komische Sitte, zu so später Stunde erst Alkohol auszuschenken, wunderte sich Margareta. Bei den Grillgelagen, die sie kannte, zog man sich gleich zu Beginn die Birne zu.

Mit wunderschöner Stimme sang Jens zu seiner Gitarrenbegleitung den Refrain:

»Oh, baby, baby, it's a wild world
I'll always remember you like a child, girl
You know I've seen a lot of what the world can do
And it's breaking my heart in two«

Spätestens jetzt war Margareta hin und weg. Woher wusste Jens, dass sie ein großer Fan von Cat Stevens war? Wieder eine Gemeinsamkeit. Von wegen Gegensätze ziehen sich an. Textsicher sang er den kompletten Song, um gleich darauf einen anderen nachzulegen. Das Windlicht auf dem Tisch spiegelte sich in Jens' Augen. Immer wieder suchte er, während er mit dunkler Stimme sang, ihren Blick.

Leider endete der Abend anders, als Margareta erwartet hatte. Die aufgekommene romantische Stimmung durch die herrlichen Cat-Stevens-Songs war schlagartig vorbei. Gegen Mitternacht verdünnisierten sich die anderen Gäste, zuletzt die nervige Manuela, die auch noch so dreist war, sich den Rest Kartoffelsalat aus Margaretas Schüssel zu kratzen und mitzunehmen, um dann grußlos, Jens anschmachtend, zu verschwinden.

Nun standen sie sich im Garten gegenüber und schauten sich in die Augen. Margareta hoffte, dass sich ihr Mund nicht plötzlich öffnen, und sie nicht Sätze sagen würde, die sie wenig später schon bereute. Blöde, peinliche Sätze wie: »Ich könnte hierbleiben, habe alles dabei« oder »Morgen Früh könnten wir zusammen frühstücken und anschließend die Kirche besichtigen« oder noch schlimmer »Komm, lass uns endlich dein Schlafzimmer aufsuchen«. Sie biss sich auf die Zunge und schaute ihn weiterhin an.

Er war es schließlich, der den letzten Rest dieser erotischen Stimmung vernichtete, indem er sagte: »Es ist schon spät und ich bin müde!«

Müde? Von was? Vom Essen, Trinken und Gitarre spielen? Er war doch noch kein alter Opa. Gerade einmal 40 Jahre war er alt. Da fing doch um Mitternacht der Spaß erst an. Mit diesem blöden Satz hatte er den schönen Abend gänzlich kaputtgemacht. Noch nicht einmal sein Haus durfte sie von innen sehen. Okay, die Toilette hatte sie benutzen dürfen. Und was war mit Manuela? Sie ging in seiner Hütte ein und aus, als wäre sie die Hausfrau.

Gekränkt senkte sie den Blick und steuerte auf das Gartentor zu. Bloß weg hier! Dieser verklemmte Kirchenheini! Hatte er etwa Angst vor ihr?

Während sie, Jens neben sich, zur Straße ging, hoffte sie, dass er sie zurückhalten, in die Arme reißen und wild küssen würde. Doch nichts dergleichen geschah. Er schwieg, als sie ihr Auto bestieg und den Wagen startete. Noch nicht einmal in die Arme nahm er sie zum Abschied. Kein freundschaftliches Küsschen wie noch gestern, nichts. Heule jetzt bloß nicht los, mahnte sie sich.

Er stand nur da, als hätte es ihm die Sprache verschlagen. Irgendwann verließ ein leises »Tschüss« seinen Mund.

Feigling!

Lusche!

Und das will ein Lehrer sein? Eine pädagogische Fachkraft, die tagtäglich mit einer Horde Schüler zurechtkam? Unvorstellbar.

Sie bog in die Ückendorfer Straße ein und ließ ihren Tränen freien Lauf.

Wie ging es weiter? Blieben sie wenigstens Freunde? Sie hatte sich schon so auf die gemeinsamen Ermittlungen, was den Mordfall betraf, gefreut. Als sie über den Kanal fuhr, trocknete sie sich die Tränen und atmete tief durch. Okay, wenn er sie als Frau nicht wollte, hatte sie es zu akzeptieren. Sie hoffte, dass sie wenigstens Freunde bleiben würden. Alles war doch so gut angelaufen.

Als sie, zu Hause am Wohnturm angekommen, auf den Hof fuhr, war ihre Vernunftstimme wieder zum Leben erwacht. Was willst du eigentlich?, fragte sie sich. Er hat dir doch keine heiße Liebesnacht versprochen. Nur vom Grillen und Freunde kennenlernen war die Rede. Du kennst seine Einstellung. Er hat dir einen schönen Abend bereitet, du hast seine Freunde kennengelernt, und er hat wunderschöne Songs auf der Gitarre gespielt. Und satt geworden bist du auch. Okay, sein Essen hätte leider nur sechs von zehn möglichen Punkten bekommen, drei davon allein für den Kartoffelsalat ihrer Mutter. Irgendwann wirst du sein Haus schon noch von innen sehen, tröstete sie sich.

Gerade als sie aus dem Auto steigen wollte, vibrierte ihr Handy. Eine SMS von Jens. ›Ich weiß auch nicht, was eben mit mir los war. Entschuldige bitte. Sehen wir uns am Sonntag? Was hältst du von Frühstück im ›Unverwechselbar‹? Halb elf bei mir?‹

Sie hatte die Antwort, natürlich ein Okay, schneller getippt, als ihr lieb war.

Frühstück im Lokal »Unverwechselbar« hörte sich gut an.

Kaum oben in ihrer Wohnung angekommen, fuhr sie ihren PC hoch, um dieses Lokal, von dem er ihr schon erzählt hatte, zu googeln.

Wunderbar sah dieses moderne Restaurant mit der Glasfront aus. Die Frühstückskarte konnte sich ebenfalls sehen lassen. Es befand sich direkt neben den Malakowtürmen des Geländes der ehemaligen Zeche Holland.

Sie freute sich auf Jens und das gemeinsame Sonntagsfrühstück. Vielleicht zeigte er ihr anschließend die Kirche. Diese wunderbare alte Kirche mit dem dunkelroten Ziegelmauerwerk. Zum Glück hatte er ihr nicht vorgeschlagen, zusammen mit ihm die Heilige Messe zu besuchen. So wie sie ihn verstanden hatte, besuchte er regelmäßig sonntags den Gottesdienst.

Im Bett liegend, überlegte Margareta krampfhaft, wann sie zuletzt in der Kirche gewesen war, um an einem Gottesdienst teilzunehmen. Es musste bei der Taufe eines ihrer Patenkinder gewesen sein. Also mindestens schon zehn Jahre her.

Das wilde Gestampfe aus der Wohnung über ihr holte sie in die Wirklichkeit zurück. Rechtzeitig genug, bevor sie in ihren nächsten Tagtraum gleiten konnte, der sicherlich heiß und glühend geendet hätte. Warte es doch ab und lasse es langsam angehen, sagte sie sich, und drehte sich in ihrem Bett auf die andere Seite.

Es half jedoch alles nichts. Der ersehnte Schlaf stellte sich nicht ein, solange der dicke Kerl dort oben mit seinem Stechschritt auf und ab ging. Senile Bettflucht hatte der alte Mann. Sie hatte gleich so ein ungutes Gefühl gehabt, als er vor einem halben Jahr hier einzog. So stand sie auf, ging ins Wohnzimmer, goss sich einen doppelten Pfirsichlikör ein und schaltete anschließend den Fernseher an. Zum Glück hatte sie morgen noch einen freien Tag. Es war schon schön, so einen verständnisvollen Hausarzt zu haben. Eine Empfehlung ihrer Mutter Waltraud. Ein absolut fürsorglicher Krankschreiber, dieser Russe, der sich erst vor Kurzem mit seiner Praxis hier in der Nähe niedergelassen hatte. Sie musste lachen. Er sah zwar mit seiner Vorwärtsfrisur zum Abgewöhnen aus, roch aus dem Hals nach Aceton, und seine Praxis glich einer Rumpelkammer, jedoch war er äußerst lieb und verständnisvoll.

Sie wäre ein Lebertyp, meinte der Gute, kroch ihr ganz nah ins Gesicht, sodass sie schon Angst hatte, er wolle sie küssen. Dann diagnostizierte er eine Gallenblasenreizung, zog sie gleich für zwei Wochen aus dem Verkehr und gab ihr ein Mittelchen aus seinem alten Schuhschrank, das sie zu Hause sofort entsorgte. Sie wusste schließlich, woher sie diese Magenkrämpfe hatte. Waltrauds Geburtstagsfeier blieb nicht ohne Folgen. Jede Menge fettige Torte, danach Kartoffelsalat und Würstchen, Mettbrötchen und nicht zu vergessen jede Menge Wein und Likör. Das hielt der beste Magen nicht aus. Geschweige denn eine Gallenblase.

5. KAPITEL

Lisbeth Saborowski rührte mit Hingabe in ihrem Tee, den Gesine Habermüller ihr widerwillig serviert hatte. Schon gegen acht Uhr, die Glocken von Sankt Michael hatten soeben den Tag eingeläutet, waren sie, Lisbeth und ihre Freundin Gudrun Karpa, im Pfarrhaus aufgeschlagen, hatten an der Tür Sturm geklingelt und um Einlass gewinselt. Und das an einem Samstag. Die beiden konnten von Glück sagen, dass Gesine sich heute um diese Uhrzeit unten in der Wohnung des Pfarrers aufhielt. Wahrscheinlich hatten sie irgendwo gelauert und in die Fenster des Treppenhauses geglotzt.

Gesine mochte diese beiden Frauen nicht, die in alles ihre Nasen steckten und mit bösen Zungen Unfrieden verbreiteten. Schlimm genug, dass sie im Chor mitsangen – schlecht, dafür laut –, waren sie auch noch in den Gemeinderat gewählt worden und meinten, ohne sie liefe nichts. Gesine war überzeugt, dass es bei der Wahl nicht mit rechten Dingen zugegangen war, und die Weiber sich der Bestechung schuldig gemacht hatten.

»Also, was wollt ihr schon am frühen Morgen hier?«, wiederholte Gesine ihre Frage und sah Lisbeth mit bösem Blick an. Was hatte sie sich schon über diese vorlaute Frau geärgert, die ihr Maul aufriss wie ein altes Fischweib. Alles wusste sie besser, immer wieder mischte sie sich ein, steckte ihre dicke, grobporige Kartoffelnase in jede Angelegenheit. Pfarrer Josef war oft an ihr verzweifelt, obwohl er eigentlich Nerven wie Drahtseile hatte.

»Ja nun erlaube mal«, mokierte sich Lisbeth und pustete sich ihre fettigen Ponyfransen aus der narbigen Stirn. Ein schöner Anblick war diese 63-jährige korpulente Frau wahrlich nicht. Wahrscheinlich war sie heute Morgen nur am Badezimmer vorbeigerannt, statt mal ihren Kopf unter Wasser zu halten. Jedes Gemeindemitglied wunderte sich, wie sie an ihren gutaussehenden Mann geraten war, diesen stillen, dunkelhaarigen intelligenten Mann, der ihr auch noch jeden Wunsch von den riesigen Kuhaugen ablas. Die Tochter, die zum Glück vom Äußeren nach dem Vater schlug, hatte genauso ein großes Schandmaul wie die Mutter. Der Apfel fiel nicht weit vom Stamm.

»Wir müssen doch wenigstens eine Aussegnungsfeier für den Pfarrer veranstalten. Schön, mit traurigen Liedern und Gebeten. Schlimm genug, dass er nicht hier beerdigt wird, wo er zeit seines Lebens Gott gedient hat.«

Gesine Habermüller schüttelte schnaufend den Kopf und mahnte sich, ruhig zu bleiben, schließlich war sie eine gläubige Dienerin Gottes, und da hatte man sich in Gleichmut zu üben. »Die Leiche ist von der Gerichtsmedizin noch gar nicht freigegeben. Außerdem war es immer der Wunsch des Pfarrers, in seinem Heimatort bei Oberaudorf beigesetzt zu werden. Und diesem Wunsch wird die Diözese auch entsprechen, da mach dir mal keine Sorgen!«

»Und wir, seine Schäfchen, sollen nicht an der Beisetzung teilnehmen?«, meldete sich nun Gudrun Karpa zu Wort. Für ihre 58 Jahre sah sie noch ziemlich gut aus, hatte lockige blonde Haare, eine gute Figur und ein angenehmes Gesicht. Hinter ihrer schönen Fassade lauerte allerdings der Teufel, wusste Gesine. Ihre Stimme war immerhin um einiges leiser als die der lauten Lisbeth. Trotzdem sollte man sie nicht reizen, denn auch in leisen Tönen konnte sie wie eine Furie reagieren. Lisbeth und Gudrun waren seit vielen Jahren befreundet, und wenn sie gemeinsam auftraten, machten die meisten einen Bogen um sie. Wenn Gesine da noch an das letzte Sommerfest dachte, zog sich sogleich ihr Magen zusammen. Natürlich bildeten die beiden den Kopf des Festausschusses. Lisbeth war für das Kuchen-Büfett zuständig, bestimmte, wer in der Gemeinde welchen Kuchen zu backen hatte, wogegen Gudrun den Reibekuchen- und den Erbsensuppenverkauf, samt Würstchen, unter ihre Fittiche nahm. Obwohl alle Mitglieder des Festausschusses wussten, dass sich die beiden bei den Festen Geld in die eigene Tasche wirtschafteten und Tage später in neuen Klamotten um die Ecke bogen, traute sich niemand außer Pfarrer Josef, sie daraufhin anzusprechen. War es nicht eigenartig, dass der kleine Saftstand und sogar der Trödeltisch mehr Ertrag brachten als der gesamte Kuchenverkauf? Alle Kuchen und Torten, ungefähr 80 an der Zahl, waren Spenden. War es da nicht verwunderlich, dass Lisbeth nur 50 Euro eingenommen haben wollte? Auch die Frauen, die Lisbeth beim Kuchenverkauf unterstützten, konnten sich nur wundern, dass die Kasse ständig leer war. Bei der Erbsensuppe und den Reibekuchen sah es nicht anders aus. Ein Chormitglied, das Gudrun am Stand unterstützte, wollte gesehen haben, wie sie sich Geldscheine in ihren Büstenhalter gestopft hatte, während sie einer alten Oma ihr Würstchen klein schnitt.

Gesine war erschüttert, dass man diese Weiber nicht davonjagte und andere Frauen mit diesen Posten beauftragte. Leider wollte niemand diese undankbaren Aufgaben übernehmen. Den Pfarrer, der die beiden Frauen ins Gebet nahm, sie bat, ihnen die Beichte abzunehmen zu dürfen und sie aufforderte, anschließend das unterschlagene Geld der Kirche zurückzugeben, wollten sie anzeigen, weil er sie angeblich im Beichtstuhl bedroht hätte.

»Was interessiert es mich, ob ihr an der Beisetzung teilnehmen wollt. Ihr könnt ja nach Oberbayern fahren. Ob die Familie euch an der Trauerfeier teilnehmen lässt, sei dahingestellt.«

Auf Gesines Mordverdächtigenliste standen diese beiden Weiber ebenfalls ganz oben. Kurz vor seinem Ableben hatte der Pfarrer noch sämtliche Gesetzesbücher, die in seiner Bibliothek standen, gewälzt, um einen Paragrafen zu finden, der ihm erlaubte, diese Frauen, die ihm immer wieder Ärger bereiteten, aus seiner Gemeinde oder zumindest aus dem Gemeinderat zu entfernen. Doch so einfach schien sein Vorhaben sich nicht in die Tat umsetzen zu lassen. Wieder einmal hatten die beiden Unruhestifterinnen einen Brief an den zuständigen Diözesanbischof geschrieben, in dem sie ihn eines unsteten Lebenswandels bezichtigten, behaupteten, statt Gottes Wort würden für Pfarrer Josef nur Wein, Weib und Gesang im Vordergrund stehen. Angeblich hätten sie ihn in einer Spielhalle erwischt. Zum Glück blieb der Stein, den sie damit ins Rollen brachten, irgendwo hängen, und es wuchs Gras über die Sache. Die Wut des Pfarrers hingegen wuchs ins Unermessliche.

»Ja macht dir das denn nichts aus, dass er ohne dein Beisein beerdigt wird? Du warst doch jahrzehntelang mit ihm zusammen.« Lisbeth konnte es nicht fassen, schlürfte laut ihren Tee und starrte Gesine an.

Diese stand von ihrem Sessel auf und ging zum Fenster. Die Wolken hingen tief, und der Morgennebel stieg nur langsam auf. Trotzdem hatte der Blick in den Garten etwas beruhigendes für sie. Wenn sie doch nur endlich verschwinden würden, dachte Gesine.

»Ach, ehe ich es vergesse, die Chorprobe fällt auch in den nächsten zwei Wochen aus, ebenso die Gemeinderatssitzung.«

»Wer hat das bestimmt?« Lisbeth war erschüttert. Keine Plattform, um ordentlich abzulästern in den nächsten Wochen.

»Der Vertretungspfarrer. Um auf deine Frage zurückzukommen, ich werde selbstverständlich an seiner Beisetzung teilnehmen. Das ist der Wunsch der Familie und bereits beschlossene Sache.«

»Ach nein, das ist ja ein Ding! Das finde ich aber jetzt nicht schön. Wie kommst du denn da hin?« Jetzt wurde Gudrun Karpa auch noch frech. »Etwa mit dem Gemeindefahrzeug? Sprit von unseren Steuergeldern?«

»Das geht dich überhaupt nichts an, wie ich nach Bayern komme und mit wem ich reise. Außerdem zahlst du doch gar keine Steuern. Soweit ich weiß, gehst du keiner Arbeit nach. Was willst du eigentlich?«

»Aber mein Eugen geht arbeiten und zahlt Steuern. Für mich mit. Ich versorge meine Familie. Ist das etwa keine Arbeit?«

Gesine blieb ihr eine Antwort schuldig. Sie war es leid, sich schon wieder mit den beiden Frauen streiten zu müssen. Sollte sie Gudrun etwa an den Kopf werfen, dass ihre Familie nur aus ihrem versifften Eugen und ihrer Wenigkeit bestand, sie in einer zugemüllten 50-Quadratmeter-Bude hockten und das einzige Hobby, dem Gudrun frönte, das Kirchenleben war? Ach, nicht zu vergessen, ihr schmieriger Liebhaber war ja auch noch da. Sie zählte im Stillen bis zehn und wandte sich den beiden zu. »Ich denke, ihr geht jetzt, wenn ihr den Tee ausgetrunken habt. Auf mich wartet noch eine Menge Arbeit. Ich kann euch nicht sagen, wann genau die Beisetzung stattfindet, und wenn ich es weiß, glaube ich nicht, dass ich es euch verraten werde.«

Gesine erinnerte sich an die vielen Streitigkeiten mit den beiden Frauen in den letzten Jahren, und wie oft ihr göttlicher Gleichmut fast versagt hätte, und sie kurz davor war, sich hinreißen zu lassen, Gewalt gegen die Frauen anzuwenden. Einen kurzen Augenblick kam Freude auf, im Oktober hier in Gelsenkirchen ihre Zelte abbrechen zu können. Sie hoffte für den neuen Pfarrer, dass er sich gegen diese zänkischen Weiber besser durchsetzen würde, als Pfarrer Josef in der Lage gewesen war.

Lisbeth hatte gemerkt, dass Gudrun wohl zu weit gegangen war, und dass man es sich mit Gesine nicht verderben durfte. »Gudrun hat es doch nicht so gemeint. Ist doch klar, dass du zur Beisetzung anreist, wo er auch dein Chef war, der gute Josef. Gott hab ihn selig!« Honigsüß lächelte sie Gesine an. »Ach ja, heute ist er genau eine Woche tot. Wenn ich noch an vorigen Samstag denke … Mir will immer noch nicht in den Kopf, was Manuela so früh in der Sakristei wollte.«

Gesine hätte sich gern für einen Moment auf das Sofa gelegt und wäre in sich gegangen, statt sich von den beiden Frauen vollquatschen zu lassen. Obwohl sie Manuela ebenfalls nicht mochte, fand sie es unmöglich, dass sie jetzt auch noch mit Dreck beworfen wurde. Müde senkte sie den Blick und schwieg zum Thema Manuela.

»Ich glaube, es ist tatsächlich besser, wenn wir jetzt gehen, Gudrun. Gesine geht es nicht gut. Ist ja auch ein herber Verlust, einen so nahestehenden Menschen zu verlieren. Da habe ich doch neulich so einen Bericht in der Zeitung gelesen, in dem stand, dass ungefähr 20 Prozent der Pfarrhaushälterinnen ein Techtelmechtel mit ihrem Pfarrer haben oder gehabt haben. Und dass die katholische Kirche sogar die Alimente für die vielen in Sünde gezeugten Kinder zahlen soll. Stellt euch das mal vor.«

Gudrun schnaubte verächtlich und strich sich ihr lockiges Haar nach hinten. »Also ich glaube nicht, dass Pfarrer Josef jemals scharf auf Gesine war. Ich meine, ich bin ja erst seit 17 Jahren in der Gemeinde. Damals sah er noch recht gut aus, der Herr Pfarrer. Da hätte er sich doch wohl was Weiblicheres mit ins Bett genommen, wenn er gewollt hätte.«

Lisbeth verschluckte sich an ihrem Tee und prustete los. »Gudrun, du und deine Scherze. Vielleicht war er ja scharf auf dich.« Obwohl Lisbeth es ins Lächerliche zog, wusste sie genau, dass Gudrun es ernst gemeint hatte.

Gesine hielt die Augen noch immer geschlossen und betete, dass die beiden bald verschwinden würden.

»Jajaja, stille Wasser sind tief. Unsere Gesine hat ja auch einen Verehrer. Nicht wahr, Gesine? Man hat Jan abends in deine Wohnung huschen sehen. Ist der nicht ein bisschen jung für dich? Könnte dein Sohn sein. Außerdem hat er ja seinen Drachen zu Hause. Oh ja, mit Manuela möchte ich mich nicht anlegen.« Lisbeth lachte laut und obszön wie eine Kneipenwirtin.

»Ihr seid verrückt, alle beide. Ich hatte nie etwas mit dem Pfarrer und auch nicht mit Jan.« Gesines Hände begannen zu zittern. Was zu viel war, war zu viel. Ihr Blick ging zu dem güldenen Schürhaken, der an einem Ständer direkt neben dem offenen Kamin hing. Ein Griff hätte genügt, ihn an sich zu reißen und damit auf die beiden ollen Weiber einzudreschen. Doch wäre das christlich?

»Man erzählt sich, dass der Pfarrer eher ein Faible für kleine Jungen hatte. Stimmt das, Gesine? Hast du da was mitbekommen?« Gudruns Augen wurden größer und größer.

Gesine ging Richtung Tür und klatschte laut in die Hände.

»So, jetzt ist hier Feierabend. Schön, dass ihr mich besucht habt, doch jetzt geht eurer Wege. Und was deine Anschuldigungen betrifft, halte dich lieber mal zurück, Gudrun. Wer im Glashaus sitzt, sollte nicht mit Steinen werfen. Was ist denn mit dir und dem Metzger Eberle?« Jeder in der Gemeinde wusste, dass der korpulente Metzgermeister ihr nicht nur Schweinsbockwürste über die Theke reichte.

Hüstelnd stand Gudrun auf, nuschelte eine Entschuldigung in den Damenbart und hechtete zur Tür.

»Nichts für ungut, Gesine«, bollerte Lisbeth los und klopfte der zarten Gesine auf die schmale Schulter. »Aber eines würde mich noch interessieren. Stimmt es, dass Jens jetzt eine Freundin hat? Seine Nachbarin hat mir da heute Morgen etwas in der Richtung erzählt.«

Gesine wunderte sich, dass dieses neugierige Waschweib an einem Samstagmorgen schon vor acht Uhr mit Jens' Nachbarin gesprochen hatte. Unmögliches Pack, alle beide, dachte sie, während sie die Damen zur Tür begleitete.

Da liefen sie, die eine dick, die andere dünn, beide falsch wie nur was. Sie sah den Frauen nach, bis diese hinter der Kirche rechts abbogen.

Um sich zu beruhigen – der Besuch der beiden Xanthippen hatte der alten Frau stark zugesetzt – machte sie sich auf den Weg zur Kirche, in der Hoffnung, dort ein wenig Frieden zu finden. Sie schloss die Seitentür auf und betrat die heilige Stätte. Von Jan und Manuela keine Spur, das Eingangsportal war verschlossen. Sie öffnete die rechte Tür des Beichtstuhls und setzte sich hinein. Diese Stille tat ihr gut. Die Sünder würden erst in zwei Wochen wieder Gelegenheit haben, bei einem Beichtvater um Vergebung ihrer Verfehlungen zu bitten. Gesine hatte nicht oft gebeichtet. Jedenfalls nicht beim Pfarrer. Oben in ihrem stillen Kämmerlein sprach sie zu Gott, öfter noch zur Muttergottes Maria. So wie jetzt. Sie beklagte, dass sie nicht genug Geduld mit den beiden Frauen gehabt hätte, laut und forsch geworden wäre und sie im Stillen sogar des Mordes an Pfarrer Josef bezichtigte. Nach ein paar Minuten verließ sie den Beichtstuhl und lief hinüber zur Sakristei. Von dem Mord keine Spur mehr, alles war wieder hergerichtet. Ein Blick in den Schrank ließ sie stutzig werden. Schon wieder fehlten zwei Flaschen vom Messwein. Dabei war am letzten Sonntag hier in der Kirche die Messe ausgefallen. Hatte Manuela sich etwa daran gelabt? Oder gar Jan? An dem guten trockenen Messwein vom Zisterzienser Weingut Schnabel, der ein Vielfaches des Kaufhausweines kostete? Vom Grauburgunder fehlten zwei Flaschen, wogegen vom Roten und von der Spätlese noch die Anzahl stimmte. Musste sie sich jetzt auch noch darum kümmern? Die Hostien waren unangetastet.

Wäre ja noch schöner, wenn sich jemand daran bediente und sie wegfuttern würde wie Kartoffelchips.

Nach einiger Zeit setzte sie sich an die Orgel und spielte den zweiten Satz der Orchestersuite Nummer 3 in D-Dur von Johann Sebastian Bachs »Air«. Als hätte sie nie etwas anderes getan, als Orgel zu spielen, griff sie voller Inbrunst in die Tasten. Ohne Noten, fehlerfrei. Danach ging es ihr besser.

»Herr, verzeih mir, dass ich schlecht über andere Menschen gedacht habe. Doch der Mord an unserem Pfarrer muss einfach aufgeklärt werden.« Sie bekreuzigte sich, betete ein Vaterunser und verließ einige Zeit später ihre geliebte Kirche.

Eine Stunde später standen Lisbeth und Gudrun noch immer vor der Kirche, um alles wieder und wieder durchzuhecheln. Sie wunderten sich über die wunderschönen Orgelklänge, die plötzlich ertönten, und fragten sich, wer denn da am frühen Samstagmorgen auf der Orgel spielte. Sie rissen an den Griffen des Eingangsportals. Vergeblich. Ob der Organist, der, wie sie wussten, in Wattenscheid wohnte, schon so früh übte? Morgen würde hier wieder wie gewohnt die sonntägliche Messe stattfinden. Hysterisch rannten sie zum Seiteneingang und warteten dort. Nach einer knappen Stunde trat Gesine aus der Tür und sah sie aus trüben Augen an. Eine Alkoholfahne schlug ihnen entgegen.

»Hast du vorhin Orgel gespielt, Gesine?«, wollte Lisbeth wissen.

»Hinweg, ihr elenden Sünderinnen«, lallte Gesine und schob die stämmige Lisbeth beiseite, um zum Pfarrhaus zu taumeln.

6. KAPITEL

Mit dem Koffer in der Hand stieg ich aus dem Bus. Mir war mulmig zumute. Eben noch fröhlich mit den anderen gesungen, Mundorgellieder vom Allerfeinsten, spürte ich nun Beklemmungen. Deine Freunde sind dabei, dir kann nichts geschehen, sagte ich mir immer wieder. Der Koffer war leicht, da ich nicht viele Sachen dabeihatte. Meine Mutter meinte, es wäre Hochsommer, da brauchte ich keine warme Bekleidung. Mit dem Ärmel meiner Strickjacke wischte ich mir den Schweiß von der Stirn. Am liebsten wäre ich wieder in den Bus gestiegen und mit dem Fahrer zurück nach Gelsenkirchen gefahren. Dabei hatte ich mich so auf diese Freizeit gefreut. Alle Kinder und einige Jugendliche stürmten in das Haus und suchten ihre Zimmer auf.

Ich stand einfach nur da und starrte *ihn* an. *Er* grinste, legte den Kopf schief und winkte mich zu sich. Es gab kein Zurück mehr, ich würde die drei Wochen hierbleiben müssen. Wo waren meine Freunde hin? Ich lief an *ihm* vorbei, hinein ins Haus, den anderen hinterher. Der Herbergsvater, ein noch recht junger Mann mit Bart, lachte mich freundlich an.

Ich rannte den Gang entlang und suchte meine Freunde. Im letzten Zimmer, einem Vierbettzimmer, fand ich sie. Froh gelaunt hatten sie schon ihre Koffer und Taschen auf die Betten, die sie sich ausgesucht hatten, geworfen. Für mich blieb das Bett unten am Fenster. Wie gerne hätte ich in dem Stockbett oben geschlafen.

»Was hast du? Geht es dir nicht gut?«, wollten die Jungs wissen, neckten sich, bewarfen sich mit den Kopfkissen und hatten Spaß. Auf mich achteten sie kaum.

Ich schaute aus dem Fenster in den angrenzenden Wald. Eigentlich ein schönes Gelände. Überhaupt eine schöne Gegend. Direkt unter dem Fenster ein Sportplatz, daneben eine Lagerfeuerstelle. Die dunklen Bäume des Waldes dahinter wirkten bedrohlich auf mich. Ich spürte plötzlich ein Brennen im Nacken. Noch ehe ich mich umdrehte, wusste ich, wer hinter mir stand und mich anstarrte. Wo waren meine Freunde?

»Na, geht es dir gut, mein Junge? Du wirst doch wohl nicht krank werden?«

Ich hörte *ihn* atmen, während *er* sich ganz nah hinter mich stellte und mir von hinten seine fleischige Hand auf die Stirn legte.

»Du hast Fieber!«, sagte *er*. »Vielleicht stecken wir dich lieber ins Krankenzimmer.«

Ich drehte mich wütend um. »Ich bin nicht krank«, schrie ich *ihm* entgegen und rannte hinaus, um meine Freunde zu suchen. Draußen auf der großen Wiese sah ich sie Ball spielen.

Wieder spürte ich seine Blicke auf mich gerichtet. Wieso war *er* plötzlich so komisch? Was wollte *er* von mir? *Er* hatte mir noch nie Angst gemacht. Ich mochte *ihn* doch immer, hatte Vertrauen zu *ihm*. Schon im Bus hatte *er* dauernd meinen Blick gesucht, was mir unangenehm gewesen war.

Ich spürte Unheil auf mich zukommen.

Wie sollte ich das bloß drei Wochen lang aushalten? Halbherzig und völlig unkonzentriert spielte ich mit den anderen Jungen Fußball, bis der Pfiff aus Carstens Trillerpfeife ertönte. Carsten war als Helfer mitgefahren, um sich sein Taschengeld aufzubessern. Er war schon 18 Jahre alt. Ich mochte ihn. Er rief uns zu, auf unsere Zimmer zu gehen und unsere Sachen auszupacken. Anschließend wollte der Herbergsvater uns im Speisesaal zeigen, wie man die Betten bezog. Ich wollte mein Bett gar nicht beziehen. Nach Hause! Ich wollte wieder nach Hause!

Beim Mittagessen sahen mich alle an. Fragen über Fragen stellten sie mir. Bist du krank? Warum bist du so still?

Ja, warum war ich so still?

Da war *er*! Seine Blicke klebten an mir. Was wollte *er* von mir? Ich hatte *ihm* doch nichts getan.

Ich bekam kaum einen Bissen herunter. Kohlrabigemüse mochte ich sowieso nicht, und die Bratwurst, die es dazu gab, war grob und fettig. Die anderen Jungen aßen mit großem Appetit. *Er* saß bei mir am Tisch, mir schräg gegenüber.

»Du isst ja gar nicht. Schmeckt es dir nicht? Du wirst doch wohl nicht krank?« *Er* grinste wieder dieses ekelhaft übertriebene Grinsen. Hatte *er* immer schon so blöd gegrinst?

Was wollte *er* bloß von mir?

»Nun iss schön, mein Junge! Gottes Gaben werden aufgegessen.« Wieder dieses Grinsen.

Ich schaufelte die Gemüsemasse in mich hinein, dazu ein Stück dieser ekelhaften Bratwurst. Komische Gottesgabe! Meine Mutter hätte mir die Bratwurst in kleine Stücke geschnitten und das Gemüse zerstampft. Außerdem waren die Kohlrabi holzig.

Die anderen Kinder aßen ihre Teller leer, schluckten anschließend den Nachtisch, Götterspeise mit Vanillesoße, gierig hinunter und stürmten aus dem Saal. Ich musste sitzen bleiben.

»Nun lassen Sie ihn doch gehen. Es sind Ferien, und wenn er das nun mal nicht mag!« Carsten sah mich mitfühlend an.

Er kannte jedoch keine Gnade. »Er wird solange hier sitzen bleiben, bis er aufgegessen hat. Misch dich da gefälligst nicht ein.«

Ich versuchte zu schlucken, würgte und würgte. Tränen liefen mir die Wangen hinunter. Ein paar Sekunden später erbrach ich auf den Teller.

»Du isst das auf«, lauteten seine harten Worte.

Irgendwann schlief *er* am Tisch ein, und ich verließ den Speisesaal, um mein Zimmer aufzusuchen, wo wir bis um 15 Uhr Mittagsruhe halten sollten. Zitternd legte ich mich auf mein Bett und sehnte mich nach Hause.

Ich musste eingeschlafen sein. Irgendwann stand *er* an meinem Bett und schüttelte mich.

»Steh auf! Du hast dich mir widersetzt. Wer hat dir erlaubt, vom Tisch aufzustehen und auf dein Zimmer zu gehen?«

»Hey, nun mal langsam. Wir sind hier auf einer Freizeit und nicht im Knast. Außerdem schreiben wir das Jahr 1985. Warum lassen Sie den Jungen nicht einfach in Ruhe?« Carsten stellte sich vor *ihm* auf und schaute mich wieder mitfühlend an.

»Ich habe dir schon mal gesagt, dass du dich da raushalten sollst. Ich leite die Freizeit, nicht du. Willst du vielleicht nach Hause fahren? Auch im Jahre 1985 ist Erziehung wichtig. Auch in den Ferien!«

Carsten verließ kopfschüttelnd den Raum, die anderen Jungen schauten *ihn* ängstlich an.

Wäre ich doch bloß nicht mitgefahren.

7. KAPITEL

Kurz nach elf Uhr saß sie Jens gegenüber, im Restaurant »Unverwechselbar« in Ückendorf, an einem Tisch in der Ecke, mit freiem Blick durch die Glasfront nach draußen auf die schon gut besetzte Terrasse des Lokals. Sie hatte sofort die superbequemen hochlehnigen Stühle registriert, kaum dass sie saß. Da kannte sie ganz andere Lokale und vor allem deren Stühle. Schmerzen in den Kniekehlen von der scharfen Stuhlkante, unbequeme Lehnen, die ihr fast die Rückenwirbel brachen, waren noch das kleinste Übel.

Jens strahlte Ruhe und Zufriedenheit aus. Das blau-weiß karierte Hemd war frisch gebügelt, sein Haar gewaschen und top geföhnt. Er hatte sich für das süße Frühstück entschieden und bestrich sich hingebungsvoll ein Brötchen mit Erdbeermarmelade. Dazu wurde eine Waffel mit Himbeerschmand serviert. Als wäre es noch nicht genug der Süße, gab er auch noch drei Löffel Zucker in seinen Kaffee.

Margareta labte sich an dem »Steigerfrühstück«. Mett mit Zwiebeln, Rührei mit Speck und Brötchen mit fingerdick Leberwurst entsprachen mehr ihrem Geschmack. Sie konnte eben nicht leugnen, dass sie einer Bergarbeiterfamilie entstammte.

Jens schaute ihr begeistert zu, wie sie genussvoll den Klumpen Mett ohne Brot verzehrte, während die Straßenbahn der Linie 302, die von Bochum nach Buer pendelte, am Fenster vorbeiratterte. Das Lokal war wirklich sehr verkehrsgünstig gelegen. Bewundernd hatte Margareta, bevor sie das Lokal betraten, einen Blick auf die Malakowtürme werfen können, die sich dem Lokal anschlossen. Diese ehemaligen Fördertürme gehörten zur Zeche Holland, die Ende der 1980er-Jahre stillgelegt wurde, und erinnerten an alte Festungen. Heute befanden sich exklusive Wohnungen in den Bauwerken.

»Und, was gibt es Neues an der Mordermittlungsfront?« Immerhin hätte an dem gestrigen Samstag einiges passieren können, was sie zwölf Kilometer weiter, in ihrer verschlafenen Zechensiedlung, gar nicht mitbekam. Während sie am Nachmittag bei ihrer Mutter am Kaffeetisch saß und mit ihr über Sinn und Zweck einer Verlobung diskutierte, hätten sich theoretisch die Ereignisse in und um die Kirche überschlagen können.

»Nichts, gar nichts hat sich ereignet. Gestern am frühen Morgen haben diese beiden lästigen Chorfrauen Lisbeth und Gudrun meine Nachbarin zur Linken verhört, ob ich denn nun eine Freundin hätte, wo sie doch dachten, ich sei stockschwul. Natürlich haben sie dich am Freitag im Garten gesehen, die Nachbarin und die beiden Nervensägen. Anschließend waren sie bei Gesine in der Wohnung des verstorbenen Pfarrers und haben sie in die Mangel genommen.«

»Du meine Güte, der Nachrichtendienst hier hinter dem Kanal funktioniert ja tadellos. Woher weißt du, dass die Frauen bei Gesine waren?«

»Jan hat es mir gestern Abend erzählt. Er hat ein gutes Verhältnis zu Gesine, geht öfters zu ihr auf einen Kaffee.«

»Ich hoffe, ihr Verhältnis beschränkt sich tatsächlich nur auf freundschaftliche Kaffeekränzchen. Oder meinst du, Gesine ist seine Geliebte?« Margareta schaute ihn sensationslüstern an.

Jens musste lachen. »Du hast wirklich eine blühende Fantasie, Margareta. Du hast Gesine noch gar nicht gesehen. Sie ist 20 Jahre älter als Jan, knochig und unscheinbar. Außerdem ist Jan verheiratet und, soviel ich weiß, mit Manuela sehr glücklich.«

»Na ich weiß nicht, eine Schönheit ist Manuela ja auch nicht gerade. Nerviger ist jedoch ihr Wesen. Die ist unmöglich. Ohne Grund wird er sich doch schließlich nicht vom Acker machen und zu Gesine Kaffee trinken gehen. Auf mich machte die Frau jedenfalls keinen guten Eindruck.«

Während Jens sich nun ein Croissant mit Butter bestrich und es anschließend in den Honigtopf tunkte, sah er Margareta nachdenklich an. Vorbei war es mit seiner Tiefenentspanntheit. »Manuela hat auch ihre guten Seiten, glaub mir. Man sollte außerdem nicht so wertend über andere Menschen reden. Damit schadet man nur sich selbst, liebe Margareta.«

»Du meine Güte, da hat jetzt aber der Herr Lehrer gesprochen. Wieso soll man nicht wertend über andere Leute reden? Das ist doch meine freie Meinung, wenn ich sage, dass ich diese Manuela total bescheuert finde und mir kaum vorstellen kann, dass sie auch gute Seiten an sich hat. Und sie kam nicht so rüber, als spräche sie nicht schlecht über andere. Die wird sich mit Freude ihr Maul über mich zerrissen haben. Und weißt du was? Es juckt mich kein bisschen!«

Über Jens' Engelsgesicht zog eine Gewitterwolke. »Du wirst dich doch nicht mit Manuela auf eine Stufe stellen wollen. Ich dachte, du unterscheidest dich von solchen Tratschweibern und stehst über den Dingen. Sollen sie Gift verspritzen, Manuela, Lisbeth und Gudrun. Das kostet mich nur ein müdes Lächeln. Irgendeine gute Seite haben auch solche Tratschen, verlass dich drauf.« Es folgte eine lange Belehrung, wie sie mitfühlender mit anderen Menschen umgehen könnte, weil das für sie selbst von Vorteil wäre. Indem man wertend urteilen würde, bekenne man sich nur zu eigenen Fehlern, würde sich unwohl fühlen und so weiter und so fort.

»Du hättest echt Pfarrer werden sollen. Es ist ja schön, wenn du so denkst und danach handelst, die Äußerungen solcher Menschen gelassen hinnehmen kannst. Ich kann es nicht. Ich will es auch gar nicht. Dann stelle ich mich eben mit denen auf eine Stufe. Na und? Was ist schlimm daran?«

Wütend schlürfte Margareta ihren Kaffee. Die Freude über das tolle Frühstück war ihr gründlich vergangen. Jens ein Engel? Das war wohl nichts. Wieder ein Fehlgriff? Hatte ihre Mutter Waltraud vielleicht doch recht, wenn sie ihr riet, vorsichtig zu sein? War sie mit ihrem Urteil über Jens mal wieder zu voreilig gewesen?

Sie blickte zu ihm hinüber. Er schaute sie nachdenklich an. Die Zornesfalten auf seiner Stirn hatten sich verzogen, und in seinen Mundwinkeln erschien ein winziges Lächeln. Sie kannten sich gerade fünf Tage und hatten den ersten Streit. Na, Streit wäre zu viel gesagt, passender wäre, es eine kleine Meinungsverschiedenheit zu nennen.

Jens spürte, dass er zu weit gegangen war. Zärtlich nahm er ihre Hand. »Hey, so habe ich es nicht gemeint. Ganz im Vertrauen, ich finde Manuela auch ziemlich daneben. Doch ich kann sie nicht ändern. Und diese wertende Haltung habe ich mir echt abgewöhnt, weil es mich runtergezogen hat. Natürlich kannst du weiterhin deine Meinung sagen, auch über meine Freunde.«

So schnell war Margareta jedoch nicht versöhnt. Dazu hätte es schon ein wenig mehr gebraucht als ein paar fromme Worte. Er hätte sie zum Beispiel an sich ziehen und sie küssen, ihr ins Ohr flüstern können: »Nach dem Frühstück gehen wir zu mir.« Nichts dergleichen geschah jedoch.

Nach einigen Schweigeminuten zog er einen Schlüssel aus seiner Hosentasche. »Was hältst du von einer privaten Kirchenführung? Den Schlüssel habe ich von Manuela. So schlecht kann sie also auch nicht sein, oder?«

Margareta schenkte Jens ein versöhnliches Lächeln. »Okay, Mr. Stringer, sehen wir uns nach dem Frühstück die Kirche an.«

Obwohl sie sich freute, endlich den »Tatort Kirche« von innen zu sehen, klingelten noch immer die Alarmglocken in ihrem Kopf. Sie schwor sich, in Zukunft mit ihren Äußerungen bezüglich seiner Freunde und deren Anhang vorsichtiger zu sein. Dass er irgendwie komisch tickte, hatte sie ja schon bemerkt, doch dass es so ausgeprägt und er so voller Macken war, dessen war sie sich bisher nicht bewusst gewesen. Wen hatte sie sich da bloß angelacht?

Da Jens nicht vor 14 Uhr in der Kirche aufschlagen sollte – nach dem Gottesdienst wurde noch Ordnung geschaffen –, schlug er, als sie das Restaurant verließen, noch einen Spaziergang über das alte Zechengelände vor. Eine Hausbegehung seines Allerheiligsten wäre Margareta viel lieber gewesen, doch auf dieses Angebot wartete sie vergeblich. Nur Manuela genoss das Privileg, bei Jens ein und aus zu gehen. War Margareta etwa eifersüchtig?

»Sag mal, kannst du eigentlich kochen?«, fragte Jens, wahrscheinlich um ein unverfängliches Thema anzuschneiden.

»Na klar kann ich kochen. Ich habe sogar mal volle Punktzahl beim perfekten Dinner bekommen mit meinem Kaninchenbraten ›Koslowski‹«. Belustigt schaute sie ihn an.

»Echt, du warst bei dieser TV-Serie dabei?«

»Nein, wir haben nur so zum Spaß gekocht. Eine Art Pseudo-Krimi-Dinner, mit dem wir einen Mörder anlocken wollten, der eine der Kochfrauen umgebracht hatte. Das Essen war toll, der Mörder wurde durch die Aktion nicht gefasst.«

»Aber kochen kannst du?«

»Was soll die Frage? Ist das wichtig für dich? Muss eine Frau kochen können?« Wütend verschränkte Margareta die Arme und fragte sich, worauf seine Frage hinauslief.

»Doch schon, eine Frau sollte kochen können, wenn sie eine Familie gründen will.«

»Ich will aber gar keine Familie gründen. Und wenn du es genau wissen willst: Ich hasse kochen. Klar könnte ich mir einige Rezepte aneignen und was auf den Tisch zaubern. Das habe ich mir an besagtem Abend bewiesen. Doch habe ich mich bewusst gegen das Kochen entschieden. Dazu habe ich wenig Lust. Wenn ich abends müde von der Arbeit komme, stelle ich mich jedenfalls nicht mehr an den Herd.«

»Und am Wochenende? Kein schönes Sonntagsessen? Was haben deine bisherigen Partner denn dazu gesagt, wenn kein warmes Essen auf den Tisch kam?«

»Das wird ja immer schöner. Sag mal, du glaubst nicht wirklich, was du da von dir gibst, oder? Bisher hat sich jedenfalls keiner meiner Lebensabschnittsgefährten beschwert, dass ich nicht das Heimchen am Herd gespielt habe. Entweder haben die selbst gekocht, oder wir haben uns was bestellt. Jetzt mal ehrlich, an deinem Grillabend gab es doch auch alles nur aus dem Päckchen. Wieso hat sich denn keine von den Frauen in die Küche gestellt und was gezaubert? Oder die Männer? Was ist mit dir, kannst du überhaupt kochen?«

»Um mich zu versorgen, reicht es. Ach, dann hast du den Kartoffelsalat, der übrigens sehr gut war, also auch nicht selbst gemacht?«

»Nein, der war von meiner Mutter. Was ist schlimm daran?«

»Nichts.« Die tolle Margareta wurde von Jens vom hohen Thron gestoßen und unten auf den Boden geworfen.

»Aber wenn du Kinder hättest …!«

»Also sollte ich tatsächlich in meinem Alter noch mal ein Baby zur Welt bringen, vielleicht mit der Hilfe des Heiligen Geistes in Form der Unbefleckten Empfängnis, würde dieses Kind nicht verhungern, glaube mir.« Wütend schüttelte Margareta den Kopf. Die Engelsflügel des ach so tollen Jens bekamen tiefe Risse und schienen bald abzufallen.

»Jetzt ganz ehrlich, Jens, mir wird langsam klar, wieso du die passende Frau noch nicht gefunden hast. Die gibt es nämlich gar nicht. Du bist eine Generation zu spät geboren.«

»Danke gleichfalls«, meinte er brummig.

Als Margareta das Kirchenschiff betrat, war sie schon wieder halbwegs versöhnt. Wenn er schon als Partner nicht infrage kam, vielleicht eignete er sich ja tatsächlich zum Mr. Stringer.

Sie benutzten den Seiteneingang. Ehrfürchtig sah Margareta sich um. Sie roch Weihrauch und Feuchtigkeit, aber auch Kölnisch Wasser, dessen Duft wohl irgendwelche alten Kirchgängerinnen hinter sich hergezogen hatten. Die Kälte, die trotz des Hochsommers hier herrschte, war direkt unheimlich. Jens ging zum Weihwasserbecken an der Wand, tauchte seine rechte Hand darin ein und bekreuzigte sich murmelnd. Anschließend ging er durch bis zum Altar, verneigte sich dort und setzte sich in die erste Bankreihe. Er schien Margareta völlig vergessen zu haben.

Sie hatte den Beichtstuhl an der Seite entdeckt, riss die mittlere der drei Türen auf und stampfte nicht gerade leise hinein.

»Komm doch mal her, Jens«, rief sie ihm zu.

Er schaute sich genervt um. »Man stört niemanden beim Beten. Was ist denn?«

»Beten kannst du immer noch. Komm her und nimm mir die Beichte ab.«

Mit finsterem Blick näherte sich Jens dem Beichtstuhl.

Margareta hatte sich inzwischen in den für den Pfarrer bestimmten Teil gesetzt. »Komm, nimm mir die Beichte ab. Ich bin eine Sünderin.«

»Komm raus! Da macht man sich nicht drüber lustig. Außerdem ist das der Stuhl des Beichtvaters. Die Sünder sitzen auf der anderen Seite des Beichtgitters, links oder rechts.«

»Aha, richtet sich das nach der Schwere der Sünde, ob rechts oder links? Komm schon, ich will dir meine Sünden bekennen. Ich war böse, habe schlimme Sachen über Manuela gesagt. Dabei ist sie so eine nette Person. Komm sag, was ich als Buße tun soll. Zehn Mal das Vaterunser beten? Mir fällt da eventuell noch was viel Besseres ein.«

Jens zog sie wütend aus dem Beichtstuhl. »Das ist Gotteslästerung und kann ein böses Ende nehmen.«

»Oh, was denn? Schlägt hier gleich der Blitz ein? Oder holt mich vielleicht der Teufel?«

Ihr Lachen brachte Jens noch mehr in Rage. »Hätte ich gewusst, wie du dich hier benimmst, hätte ich das mit der Kirchenführung vergessen.«

»Vielleicht hast du ja recht, lass uns in die Sakristei gehen.«

Neugierig lief sie Jens hinterher, der ohne zu zögern den Tatort betrat. »Alles wieder hergerichtet, nichts mehr von der abscheulichen Tat zu sehen.«

An einer hellen Schrankwand hing ein Priestergewand, auf einem Sideboard standen silberne Kerzenleuchter.

»Wurde er mit so einem Kerzenständer erschlagen?« Margareta nahm einen der Leuchter in die Hand und wog ihn auf und ab, um festzustellen, dass er ganz schön schwer war.

»Ja, ich glaube schon.«

Jens öffnete die Schrankwand, und Margareta kam ins Staunen. Kelche, Hostienschalen, Leuchter, liturgische Bücher, Kerzen, Hostien und verschiedene Flaschen Messwein.

»Alle Achtung, was da so steht. So viele verschiedene Weine?«

Margareta bekam den Mund vor lauter Staunen nicht mehr zu.

»Ja, alle von einem speziellen Winzer, der nach katholischen Anbaubedingungen keltert. Die stammen von einem ganz bestimmten Zisterzienser Weingut.«

»Du verarschst mich, oder?«

»Nein, nein, das ist so.« Er nahm eine Flasche mit Roséwein in die Hand. »Gesine hat Jan erzählt, dass in letzter

Zeit immer wieder Wein wegkommt. Er vermutet, dass sie sich selbst daran bedient.«

»Sie säuft den teuren Wein aus und füllt die Flaschen mit Aldi-Südhang wieder auf? Nanana, ob mit dem billigen Wein die Sünden genauso gut vergeben werden?«

»Margareta, jetzt bleib doch mal ernst. Ist dir denn nichts heilig?«

Margareta hätte laut loslachen können. Sie überlegte, ob man ihr vielleicht im »Unverwechselbar« etwas in den Kaffee getan hatte, was für ihr Clownsgehabe verantwortlich war.

»Doch, es gibt schon Dinge, die mir heilig sind. Aber das erzähle ich dir das nächste Mal.« Sie holte ein Notizbuch aus der Tasche und setzte sich auf einen Hocker vor einem großen Spiegel.

»Also fassen wir zusammen: Wer kommt für die Tat infrage? Da wäre zuallererst Manuela, die ihn gefunden hat, dann der Küster Jan und natürlich auch Gesine, die dazukam. Bevor du dich jetzt wieder künstlich aufregst, kann es auch ein Fremder gewesen sein, der den Pfarrer beobachtet hat, wie er rüber zur Kirche lief und die Sakristei aufsuchte. Er ist ihm gefolgt, es kam zum Streit, und er hat ihn mit dem Kerzenständer erschlagen.«

»Ich überlege die ganze Zeit, ob die beiden Chorfrauen Lisbeth und Gudrun überhaupt Kraft genug hätten, den schweren Kerzenständer über den Kopf eines so groß gewachsenen Mannes wie Pfarrer Josef zu heben und ihn damit niederzuschlagen.« Jens kroch am Boden herum. Was wollte er dort finden? War er wirklich der Meinung, die Spusi arbeitete so schlecht, dass er noch auf etwas stoßen würde?

Er richtete sich wieder auf und überlegte. »Vielleicht hängt es mit der Freizeit vor 30 Jahren zusammen. In wenigen Tagen wäre der Pfarrer zum letzten Male mit Kindern in den Urlaub gestartet. Genau wie damals, nach Lieberhausen. Das kann kein Zufall sein, dass er gerade jetzt ermordet wird.«

»Was ist damals genau passiert? Was hat er getan? Und vor allem, wem hat er etwas angetan?«

Schulterzuckend mit in Falten gezogener Stirn lief Jens in der Sakristei auf und ab. »Vielleicht doch nur Zufall, und der Wind weht aus einer ganz anderen Richtung. Aus Richtung Lisbeth und Gudrun zum Beispiel.«

»Wir könnten noch mal nach Lieberhausen fahren und diesen alten Herbergsvater aufsuchen. Vielleicht kann der sich an irgendetwas erinnern.« Margareta gefiel der Gedanke, noch einmal mit Jens ins Oberbergische zu starten. Eventuell könnte man im romantischen Gasthof übernachten? In dem tollen Hochzeitszimmer? Vergiss es, schalt sie sich selbst einen Narren. Nur mit Gewalt würde sie Jens in dieses Zimmer schleppen können.

»Hast du schon mit dem Kommissar gesprochen?«

»Nein. Jan, Manuela, Gesine und auch Lisbeth und Gudrun wurden von ihm vernommen. Mehr weiß ich leider nicht.«

»Von wem weißt du, dass damals etwas vorgefallen sein muss in Richtung Kindesmissbrauch?«

Mit schmerzverzerrtem Gesicht blieb Jens vor dem Spiegel stehen und stützte sich auf der Kommode ab. Konnte oder wollte er sich nicht erinnern?

»Jan ... ich glaube, Jan hat davon erzählt«, sagte er fast flüsternd.

»Näheres weiß er nicht?«

Jens schüttelte nur den Kopf und verließ die Sakristei.

Sie standen vor der Kirche und blickten die Straße hinunter, wo Jens sein Zuhause hatte. 15 Uhr an einem herrlichen Sonntagnachmittag. Gartenwetter, Spaziergeh- und Eisdielenzeit. Was war nun mit einer Hausführung? Margareta wurde unruhig, Jens schaute sie nur an.

»Willst du mich nicht bitten, noch mit zu dir zu kommen? Auf einen Kaffee oder einen Tee oder meinetwegen auch auf ein Mineralwasser. Du könntest mir was auf der Gitarre vorspielen.«

Jens fühlte sich überrumpelt und in die Enge getrieben. Einerseits würde er sie gerne mit nach Hause nehmen. Andererseits hatte er Angst vor seinen Gefühlen. Was, wenn sie sich auf ihn stürzen würde – sie war schließlich nicht ohne – und er seine Gefühle nicht mehr unter Kontrolle hatte? War das nicht viel zu früh? Sie kannten sich schließlich erst fünf Tage.

»Es ist schon sehr spät, und ich bin müde«, sagte er und hoffte, dass sie nicht hier, mitten auf der Straße, einen Lachkrampf bekommen würde. Doch war es nicht seine Entscheidung? Er musste sie nicht zu sich nach Hause einladen.

Margaretas Kinnlade fiel herunter. »Müde? Spät? Okay, ist deine Sache. Du musst es wissen.«

Ohne ein Wort des Abschieds ging sie zu ihrem Wagen, drehte sich jedoch noch einmal um. »Darf ich dich noch was fragen?«

»Immerzu«, meinte Jens. »Schieß los!«

»Findest du mich eigentlich attraktiv?«

Er sah sie an und nickte. »Oh ja!«

Und das meinte er so, wie er es sagte. Ihm war bewusst, wie bescheuert er sich verhielt. Und doch konnte er nicht anders.

Margareta setzte sich ins Auto und fuhr Richtung Heimat. Immer wieder zermarterte sie sich den Kopf, was mit Jens los war. War er vielleicht der Junge, der damals, vor 30 Jahren, von Pfarrer Josef missbraucht worden war? Rührte sein eigenartiges Verhalten daher? Sie hatte sich ihm angeboten wie eine Nutte, was sie jetzt im Nachhinein wütend machte. Hatte sie es so nötig?

Nimm es locker, sagte sie sich, es war ein schöner Tag, wenn auch nur ein halber. Das Frühstück war okay, die Kirchenführung mehr als interessant. Auf der Ückendorfer Straße ein letzter Blick hinter die Kirche zum Pfarrhaus ließ sie zusammenzucken. War das nicht Jens, der soeben dort hineinging? Sie konnte die kleine Frau, die ihm die Tür geöffnet hatte, nicht erkennen, doch sie tippte auf Gesine. War sie die Anlaufstelle für gefrustete Seelen? Schmiss Jens sich Gesine etwa an den Hals und jammerte sich über seine neue Freundin aus? Die böse Margareta, die ihn voller Fleischeslust auf die Matratze ziehen wollte?

8. KAPITEL

Jan lümmelte auf dem alten Ledersofa, während Manuela geschäftig hin und her stapfte, um die Spuren des Mittagessens zu beseitigen. Es war bereits 15 Uhr durch. Sonntags wurde wegen des Gottesdienstes, bei dem das Ehepaar anwesend sein musste, erst spät gegessen. Jan überlegte, während er an die Zimmerdecke starrte, ob sein Freund Jens mit Margareta noch immer in der Kirche herumlief. Wie gerne wäre *er* es gewesen, der ihr die Kirche zeigte. Zum Gottesdienst war Jens heute nicht erschienen. Stattdessen saß er mit der toughen Margareta beim Frühstück im »Unverwechselbar«. Was die beiden wohl nach der Kirchenbesichtigung trieben? Ob Jens sie zu sich nach Hause eingeladen hatte? Wahrscheinlich nicht, so wie er ihn kannte. Hatte Jens überhaupt schon mal eine Freundin gehabt? Einige Male war er mit einer Frau aus seinem Kollegium ausgegangen. Regina hieß sie. Jan musste schmunzeln, wenn er an diese verhungerte Bohnenstange dachte, die noch in den 68ern lebte. Batikbluse, Jeans mit Schlag, Walla-Walla-Mähne. Sie hatte den biestigen Blick einer Vegetarierin und schaute jeder Würstchen essenden Person angeekelt hinterher. Irgendwann war Regina Vergangenheit. Sie wurde ihm zu zudringlich, forderte Sex, wozu Jens nicht bereit war.

Margareta passte seiner Meinung nach überhaupt nicht zu ihm, und er fragte sich, wie lange diese Freundschaft halten würde. Allerdings teilten sie eine große Leidenschaft: Sie spielten gerne Detektiv und mischten sich in Mordermittlungen. Margareta eilte der Ruf voraus, darin sogar recht erfolgreich zu sein, wie er gehört hatte. Manuela mochte Margareta nicht. Doch hatte das etwas zu bedeuten? Wen mochte sie schließlich schon? Sicherlich beruhte es auf Gegenseitigkeit, und Margareta fand seine Frau ebenfalls ätzend, was er verstehen konnte. Ihm ging es oft nicht anders. Gelegentlich hatte er sich vorgenommen, einfach abzuhauen und irgendwo ein neues Leben anzufangen. Sie hatten keine Kinder, was hielt ihn also noch hier in dieser Enge der Zweizimmerwohnung? Eigentlich nur seine Freunde und das Kirchenleben. Wieso hatte er damals bloß sein Studium nicht beendet? Dreimal hatte er umgesattelt, mit Biologie begonnen, mit Lehramt Deutsch aufgehört, als die Stelle als Sakristan in der Kirchengemeinde frei wurde. Das Gehalt war karg, doch zu der Zeit saß Manuela noch Vollzeit an der Nähmaschine einer Kleiderfabrik, und sie kamen zurecht. Irgendwann vor langen Jahren hatte sie keine Lust mehr, Akkord am Band zu schuften, und bewarb sich auf den Halbtagsposten als Kirchenreinigungskraft, was Jan so gar nicht passte, weil er sie nun auch noch tagsüber ständig um sich hatte. Sein Blick blieb an ihrer schmutzigen Jogginghose hängen, deren Nähte zu platzen drohten. Klar, 30 Kilo Übergewicht ließen sich nicht ewig kaschieren. So eine Hose wuchs zwar mit, doch irgendwann stieß auch der dehnbarste Stoff an seine Grenzen. Kaum zu Hause angekommen, schlüpfte sie in diese abartige Hose, dazu gesellte sich ein fleckiges T-Shirt. Was war bloß aus dem einstigen Blumenkind geworden? Ob Margareta sich zu Hause auch so gehen ließ? Sei nicht ungerecht, schalt er sich und fasste sich an sein künstliches rechtes Knie, welches ebenfalls in einer hässlichen Jogginghose steckte. Du bist auch nicht mehr taufrisch.

Und wieder hatte er ein Dosengericht essen müssen. Hirschragout von Netto, Wochenangebot zu 3,99 Euro. Dazu gab es Spätzle aus dem Päckchen sowie Rotkohl aus dem Glas, nicht zu vergessen die klumpige Rahmsoße mit ordentlich Glutamat, ebenfalls Päckchenware.

»Am nächsten Sonntag will ich aber einen anständigen Braten essen, mit selbstgemachtem Rotkohl. Ewig dieser Mist aus Dosen«, beschwerte er sich.

»Ja, dann musst du dir halt einen besorgen und zubereiten. Ich habe keine Zeit. Ich arbeite am Sonntag.« Genervt schaute sie ihn an, als nehme sie ihn gar nicht für voll.

»Ich nicht, oder wie? Wie machen das denn andere Frauen? Die bereiten das Essen vor. Du machst einen Wirbel mit deiner Putzstelle. Was verdienst du denn? 325 Euro im Monat. Damit würdest du allein glatt verhungern. Ach ja, von deinem alten Vater gibt es ja auch noch 200 Euro dafür, dass du ihm die stinkige Bude putzt.« Verächtlich schaute er zu ihr herüber. Sie hatte es sich in ihrem Sessel bequem gemacht und zappte mit der Fernbedienung zwischen den Sendern hin und her, um schlussendlich an irgendeiner Heimatsülze hängenzubleiben.

»Reichtümer bringst du auch nicht gerade heim als kleiner Küster. Gerade einmal 1650 Euro im Monat. Ohne mein Geld würden wir alt aussehen. Hast du mal nachgerechnet, wie viel du an Rente bekommen wirst?«

»Ich bin als Sakristan angestellt und arbeite mindestens 50 Wochenstunden. Du weißt, wie viel Verantwortung ich habe. Und ich alleine würde mit dem Geld schon hinkommen. Du gibst wesentlich mehr aus, als du nach Hause bringst. Rechne mal nach, was du allein nur für deinen Dekokram aus dem Fenster wirfst. Überall diese künstlichen Sträuße, beknackten Kissen, Teelichter. Dann diese bescheuerten Zeitschriften. Den halben Laden kaufst du auf.« Als Rentner werde ich nicht mehr hier sein, wollte er noch hinzusetzen. Schließlich war er nicht verrückt. Er war gerade 45 Jahre alt geworden. Bis zum Ruhestand waren es noch 20 Jahre. 20 Jahre an der Seite dieser Frau? Mit Sicherheit nicht, das stand für ihn fest.

»*Sakristan, Sakristan*. Außer dem Pfarrer in den Hintern zu kriechen, sich um seine Berufsbekleidung zu kümmern, die Messe vorzubereiten, den Altar zu schmücken, verrichtest du doch überwiegend Hausmeistertätigkeiten. Wozu dann überhaupt die Ausbildung als Katholischer Sakristan, zu der Pfarrer Josef dich quasi gezwungen hatte?«

»Ach halt doch endlich den Mund. Was machst du denn? Du hast die Kirche auch schon mal besser geputzt. Heute Morgen lagen noch alte Taschentücher unter den Bänken. Und zu Hause? Ich darf dich daran erinnern, dass ich es war, der in der letzten Woche hier die Fenster geputzt hat.«

»Na und? Fällt dir dabei ein Zacken aus der Krone?« Manuela biss in einen Apfel und warf ihm böse Blicke zu.

Jan griff zu seiner Tablettenpackung. Seine Beine schmerzten, besonders das linke Knie. Er futterte Ibuprofen wie Smarties. So ging es nicht weiter. Er starrte auf ihren fettigen Haarschopf. Was, wenn der schwere Kerzenständer ihren Kopf getroffen hätte statt den des Pfarrers? Okay, die ersten Tage würde es schon komisch werden, wenn sie nicht mehr da wäre. Besonders der alte Knacker, der nebenan wohnte und sich Vater nannte, würde rumkrähen, und er hätte ihn am Hals. Doch auch dafür würde es eine Lösung geben. Schließlich gab es Pflegeheime. Irgendwann wären meine Tränen getrocknet, und ich könnte mir eine andere suchen. Es liefen doch genug tolle Single-Frauen herum. Margareta war das beste Beispiel. Ja, sie gefiel ihm. Er beneidete Jens um diese schöne Frau. Hoffentlich stellte er sich nicht zu blöd an, und sie suchte bald das Weite.

»War das Shampoo alle oder warum läufst du heute so herum? Du lässt dich in letzter Zeit ganz schön gehen. Von deiner großen Klappe ganz zu schweigen.«

»Schau doch selbst mal in den Spiegel. So alt, wie du aussiehst, kannst du gar nicht mehr werden. Und was ich zu viel rede, redest du zu wenig. Jedenfalls mit mir. Was du bei Gesine so rauslässt, möchte ich gar nicht wissen. Die Spatzen pfeifen es bereits von den Dächern, dass du ein Verhältnis mit der alten Fregatte hättest. Dauernd kriechst du zu ihr hin und heulst dich bei ihr aus.«

»Ich werde doch wohl hin und wieder einen Kaffee bei ihr trinken dürfen. Was spricht dagegen? Außerdem muss ich sie trösten. Das ist meine Christenpflicht. Falls du es noch nicht mitbekommen hast: Pfarrer Josef ist ermordet worden.«

Manuela lachte laut. Man konnte ihre fehlenden Zähne sehen. Nur noch vorne waren ihre Beißerchen vollzählig. Nach den Vierern kam nichts mehr, was im Normalfall, wenn sie den Mund nicht so weit aufriss, nicht auffiel.

»Vielleicht hast du ja den Pfarrer auf dem Gewissen. In letzter Zeit habt ihr euch oft gestritten. Um wen ging es? Wen hast du verteidigt wie eine Löwenmutter ihr Junges? Es muss mit der Jugendfreizeit damals zusammengehangen haben.«

»Du spinnst, Manuela. Kauf dir ein Kochbuch und steck deine Nase mal da hinein statt in Dinge, die dich nichts angehen.«

Lange schaute er sie an. Was empfand er eigentlich noch für sie?

Ist unsere Ehe noch zu retten, fragte er sich, zog sich seine Jacke über, um zu Matthias zu laufen, der sicherlich den Sonntagnachmittag in seinem Garten verbringen würde. Er erhoffte sich Aufheiterung durch ihn und seine Ina.

Matthias war wenig erfreut, seinen Freund Jan zu sehen. Er hasste unangemeldeten Besuch. Seine Tage waren durchstrukturiert, auch die Wochenenden. Er bewohnte in der Straße Flöz Dickebank eine Doppelhaushälfte, die er mithilfe seines Vaters sowie seines Schwiegervaters kernsaniert hatte. Ein wahres Schmuckstück war dieses Zechenhaus geworden. Lichtdurchflutete Räume, moderne Gardinen vor den Fenstern, nur wenige Farben in Erdtönen. Die Einrichtung war minimalistisch und hochmodern, Nippes wie in Jans Wohnung, fand man hier nicht. Überhaupt ging es den beiden finanziell gut. Mit ihren 38 Jahren hatten Matthias und seine Frau im Leben viel erreicht. Sie fuhren teure Autos, kleideten sich nach dem neuesten Trend, fuhren mehrmals im Jahr in den Urlaub, beschäftigten Putzfrau und Gärtner.

Dafür arbeiteten sie viel. Pünktlichen Feierabend kannten sie nicht. Auch zu Hause rief noch der Rechner, wenn andere längst an der Matratze horchten. Alles hatte eben seinen Preis.

Sie saßen bei dem herrlichen Wetter im Garten an ihrem supertollen Designer-Holztisch mit passenden Stühlen sowie Auflagen in der Farbe Brombeere. Der Tisch war mit edlem Geschirr gedeckt. Tischdecke, Stoffservietten, alles aufeinander abgestimmt. Gerade trug Ina den Kaffee heraus. Der Geruch des frischen Pflaumenkuchens aus saftigem Hefeteig und blauen Zwetschgen vom eigenen Baum brachte Jan fast um den Verstand. So setzte er sich unaufgefordert und langte sofort kräftig zu.

Matthias, in blauem Oberhemd mit dazu passender Krawatte, wirkte, als würde er gleich hohen Besuch empfangen, verzog mürrisch sein Gesicht. Ina, in grauem

Minirock und weißer Seidenbluse, grinste nur und nahm Jans Besuch gelassen.

»Was führt dich zu uns? Kommt Manuela auch noch?« Matthias betete, dass dies nicht der Fall sein und seine vorlaute Frau nicht wieder die ganze Siedlung unterhalten würde. Sein Blick blieb an Jans grüner Strickjacke hängen, in deren Wolle sich sämtlicher Unrat versammelte. Alte Blätter, vertrocknete Insekten und winzige Lehmklumpen schleppte er in dieser ekelhaften Joppe mit herum. Das mochte Matthias gar nicht. Außerdem hätte er heute lieber seine Ruhe gehabt, wo sie sich doch am Freitag erst alle gesehen hatten. Der grausame Tod des Pfarrers zog ihn ganz schön herunter. Er grübelte und grübelte, alte Erinnerungen kochten hoch. Wer hatte den alten Mann umgebracht? Was war das Motiv? Obwohl er schon hin und wieder Wut auf diesen Kerl verspürt hatte, war er ihm nicht gleichgültig gewesen. Er war ein Stück Heimat, gab ihm irgendwie Halt. Einen Großteil seiner Kindheit hatte er in der Kirche unter den Augen des Pfarrers verbracht. Die erste Kirchenfreizeit im Jahre 1985 blieb nicht die einzige, an der er teilgenommen hatte. Als Messdiener war er als Kind ständig um ihn gewesen, wollte ihm alles recht machen, erntete jedoch oft nur harsche Worte.

»Nein, Manuela sitzt vorm Fernseher. Da mir die Decke auf den Kopf fiel, dachte ich, besuche ich mal Ina und Matthias. Oder störe ich euch? Erwartet ihr noch Besuch?«

Matthias starrte auf seine Fingernägel. »Nein, wir erwarten niemanden. War eine anstrengende Woche. Da wollten wir am Sonntagnachmittag mal ausruhen. Nach der Messe heute Morgen saßen wir noch bei Inas Eltern, ansonsten steht heute ausnahmsweise mal nichts an.«

»Nun ist er schon acht Tage tot. Kaum zu glauben, oder?« Jan starrte in den Garten.

»Mein Verhältnis zu ihm war schon ambivalent. Manchmal denke ich, gut, dass er weg ist, der olle Knacker. Dann tut er mir wieder leid. Hat sein ganzes Leben der Kirche geopfert und auf vieles verzichtet. Aber ein Arsch vor dem Herrn. Ich frage mich in den letzten Tagen oft, wieso ich so gerne mit ihm auf die Kirchenfreizeiten fuhr. So gut hat er uns doch auch nicht behandelt. Weshalb haben wir ihn trotzdem alle verehrt? Wieso zog er uns alle so in seinen Bann? Kannst du mir das sagen?«

Jan sah seinen jüngeren Freund erstaunt an. »Du bist der Erste, der die Sache realistisch sieht. Jawohl, er war nicht immer einfach, und oftmals habe ich mich gefragt, wieso die Leute sich das alles gefallen lassen? Wieso konnte er mit den Kindern so umgehen? Null Ahnung von Erziehung, kommandierte er sie oft herum. Von mir ganz zu schweigen. Als Arbeitgeber war er schon oft zum Kotzen.«

»Mir geht es gar nicht gut. Ich komme einfach nicht aus dem Grübeln. Immer wieder denke ich an diese Freizeit. Was war damals genau geschehen? Hängt der Mord damit zusammen? Bin ich ein Meister im Verdrängen? Ich war erst acht Jahre alt damals. All die Jahre lief die Sache doch. Jetzt kocht wieder alles hoch, und ich hole mir jede Szene von damals ins Bewusstsein. War er ein Kinderschänder? Sag es mir, Jan, stand er auf kleine Jungen? War er ein Päderast? Du warst damals schon 15 und musst doch was mitbekommen haben!«

»Wenn ich das wüsste. Klar war da was gewesen. Wir alle wollten es nicht wahrhaben. Waren 30 Jahre lang gut im Verdrängen. Wollten uns bei ihm lieb Kind machen.

Bruchstücke fallen mir nun wieder ein. Doch es jetzt noch an die große Glocke hängen? Soll er in Frieden ruhen.«

Der Teller mit dem Pflaumenkuchen war verputzt, Matthias grübelte weiter vor sich hin, Ina telefonierte mit einer Freundin. Zeit für Jan zu verschwinden. Zurück in die Höhle des Löwen. In die vollgestopfte kleine Wohnung zwei Straßen weiter. Oft beneidete er seinen Freund Matthias um dessen Wohlstand und Besitz. Geschenkt wurde ihm auch nichts, tröstete er sich, dafür malochten die beiden auch mehr als üblich. Außerdem konnte er sich seine Manuela in einem Businesskostüm in einem edlen Büro absolut nicht vorstellen. Dass er selbst ebenfalls nicht zum Dressman taugte, darauf kam er allerdings nicht.

Während Jan mit hängenden Schultern den Heimweg antrat, saß Marc mit seiner Tochter Leonie in der Eisdiele auf der Ückendorfer Straße und stocherte mit dem Löffel lustlos in seinem Fruchtbecher herum. Leonie plapperte munter drauflos und labte sich an den zwei Kugeln Schokoeis mit bunten Streuseln.

Auch ihm ging es seit dem Mord an Pfarrer Josef schlecht. Schon Wochen vorher, genau genommen, als Leonie freudestrahlend mit der Anmeldung zur Kirchenfreizeit vom Kommunionsunterricht heimkam, zu der Pfarrer Josef als Abschluss, bevor er in den Ruhestand ging, antreten wollte. Marc spürte plötzlich wieder den Schlag ins Gesicht, den er von ihm verpasst bekam, nur weil er seine Soutane mit der Wasserpistole nassgespritzt hatte. Ein Kinderscherz, mehr nicht. Ihm war, als wenn die Hülle, die sein Gehirn 30 Jahre lang geschützt hatte, plötzlich einriss und Szene für Szene von damals freigab. Dieses dreckige Grinsen immer und überall. Wieso wollten wir Kinder diesem Alten immer nur gefallen? Ein klein wenig war er froh, dass er tot war und seine kleine Tochter nicht mit dem alten Stinkstiefel verreisen musste, dem damals der Ruf vorausgeeilt war, sich an kleinen Jungen zu vergreifen. Okay, Leonie war ein Mädchen. Doch was hieß das schon? Die Fahrt fiel aus und basta. Er würde mit seiner Tochter eine Woche irgendwo Urlaub machen als Entschädigung. Gestern Abend hatte er im Internet nach dem Käte-Strobel-Haus gegoogelt. Man konnte sich auch privat Zimmer mieten. Jens war letztens auch ein paar Tage dort gewesen, was immer er da gewollt hatte. Vielleicht fand sich ja noch jemand aus Leonies Kommunionsgruppe, der sich den beiden anschließen würde. Könnte ja sein, dass Jens und Margareta Lust hatten mitzufahren, überlegte er. Wie er hörte, wollten die beiden mit dem alten Herbergsvater reden. Seit zwei Tagen, seit dem Grillen in Jens' Garten, sprach Leonie nur noch von Margareta. Sie schien Gefallen an der Frau zu finden. Marc mochte sie auch. Er hoffte für seinen Freund Jens, dass er nun endlich die richtige Partnerin gefunden hatte. Für ihn gab es seit der Scheidung von Leonies Mutter vor drei Jahren keine Frau mehr in seinem Leben. Seine Tochter, sein Beruf als Automobilverkäufer und das Gemeindeleben füllten ihn aus.

»Wer hat eigentlich Pfarrer Josef erschlagen und warum?« Leonie schaute ihren Vater mit großen Augen durch noch größere Brillengläser an.

»Ja, wenn ich das wüsste. Die Kripo ermittelt noch. Vielleicht war es ein Einbrecher, der in der Sakristei etwas stehlen wollte.«

Das Mädchen überlegte. »Gehe ich dann im nächsten Jahr nicht mehr zur Kommunion?« Keine Kommunion, kein tolles Kleid, keine Geschenke, schlussfolgerte die Achtjährige. Man konnte ihr Gehirn regelrecht rotieren sehen.

»Ach Quatsch. Es kommt ein neuer Pfarrer. Der hat heute schon die Messe gehalten. Ein netter junger Mann, viel besser als Pfarrer Josef. Du wirst schon sehen.«

»Hat der Pfarrer Josef denn nichts getaugt? Niklas aus meiner Klasse hat erzählt, er wäre ein Schwein gewesen, und alle wären froh, dass er eins auf die Rübe bekommen hat.«

»So etwas darf man nicht mal denken. Es ist sehr schlimm, dass der Pfarrer ermordet wurde. Niklas ist dumm, wenn er so etwas sagt.« So dumm ist der Junge gar nicht, woher er auch immer sein Wissen bezogen hat, dachte Marc. Er fuhr sich mit der Hand über sein rotes Stoppelhaar, bezahlte nervös das Eis, nahm Leonie an die Hand und verließ die Eisdiele.

Während sie zum Flöz Sonnenschein liefen, wo sich schräg gegenüber von Jens' Häuschen ihre Wohnung in einem Vierfamilienhaus befand, nahm er sich fest vor, nachher Jens anzurufen und ihm vorzuschlagen, zusammen ein paar Tage nach Lieberhausen zu fahren. Schließlich begannen bald die großen Ferien. Marc hoffte, dass es mit dem Urlaub in seiner Firma keine Schwierigkeiten geben würde. Ursprünglich sollte er während Leonies Abwesenheit arbeiten. Doch außergewöhnliche Umstände erforderten nun mal außergewöhnliche Maßnahmen. Ihm gefiel der Gedanke, Zeit mit Leonie, Jens und Margareta zu verbringen. Zum ersten Mal seit Wochen fühlte er sich besser.

9. KAPITEL

In einer Woche begannen die Schulferien, und in genau einer Woche endete Margaretas Arbeitsunfähigkeit, und sie würde wieder am Kleiderständer stehen, um sich von nervigen Kundinnen vollquatschen zu lassen. Ihr Magen und ihre Gallenblase hatten sich längst beruhigt. Inzwischen ärgerten sie andere Körperteile. Jens würde wahrscheinlich nach Lieberhausen aufbrechen, zu weiteren Recherchen, während für sie die schöne Zeit vorbei wäre. Es sei denn, sie würde diesen Arzt mit der Vorwärtsfrisur noch einmal aufsuchen und um Nachschlag betteln. Eigentlich gar keine schlechte Idee.

Margareta ließ, während sie bei einer Tasse Kaffee auf ihrem Sofa saß, den gestrigen Sonntag noch einmal Revue passieren. Sie hatte nicht damit gerechnet, dass Jens sich am Abend noch einmal bei ihr melden würde. Es tat ihm leid, dass er sie nicht zu sich nach Hause eingeladen hatte. Gitarrenspiel bei Kaffee und Kuchen im Garten hätte ihm vielleicht doch Spaß gemacht, wie er ihr am Telefon erzählte.

Ihr Herz schlug plötzlich schneller. Würde sie vielleicht doch noch die Freuden der Liebe mit ihm entdecken? Viel eher, als sie erhofft hatte? Eventuell schon heute Nachmittag? Sie hatte ihn spontan zum Brainstorming im Mordfall Pfarrer Josef, einschließlich Kaffee, eingeladen, und er hatte sofort zugesagt, nach dem Unterricht, der nach der siebten Schulstunde endete, zu ihr zu kommen. Na ja, sofort nicht gerade. Sie hatte ihn schon heißgemacht, von ihrem neuen Flipchart geschwärmt und zu welchen Erkenntnissen sie durch die Aufzeichnungen an diesem Ding gekommen sei. Aufgeregt raste sie ins Schlafzimmer, schaute auf die Satin-Bettwäsche in Zartrosa. Sie steckte ihre Nase hinein. Zwar schon vor einer Woche aufgezogen, jedoch noch taufrisch. Sie schlug das Oberbett zurück und besah sich die weißen Bettlaken, steckte auch hier ihre Nase dran und beschnupperte sie ordentlich, nachdem sie alles nach Flecken abgesucht hatte. Völlig okay, stellte sie fest und schalt sich gleichzeitig einen Narren. Bist du eigentlich bescheuert? Die Chance, dass dieses Brainstorming hier in ihrem Bett stattfinden würde stand 1:1000. Er hatte zugestimmt, auf einen Kaffee vorbeizukommen, um sich ihre Aufzeichnungen mit ihren angeblich neuesten Erkenntnissen an ihrem Flipchart anzusehen, und nicht, um mit ihr ins Bett zu steigen. Ein Blick auf das fast weiße Blatt des Flipcharts sagte ihr, dass ihre Aufzeichnungen darauf recht karg waren und sie noch ordentlich was dazuschreiben müsste, damit der Vorwand glaubwürdig klang. Lediglich eine armselige Kirche in Schwarz, sowie ein Strichmännchen in Blau, welches Pfarrer Josef darstellen sollte, waren darauf zu erblicken. In Windeseile zeichnete sie darunter fünf Kreise in Rot und verband diese mit der Kirche und dem Pfarrer. In die Kreise kamen Namen wie Jan, Manuela, Gesine, Gudrun und Lisbeth. Dazu gesellte sich noch ein schwarzer rechteckiger Kasten, der ebenfalls mit der Kirche per Strich verbunden wurde. Darein kam das Wort »Unbekannter«. Es sah jetzt schon richtig professionell aus, fand Margareta, obwohl es im Grunde überhaupt nichts aussagte. Sie schlug das Blatt um, setzte auf ein weiteres das Wort »Brainstorming« und schrieb das heutige Datum darunter.

Jawohl! Ihr Treffen heute sollte natürlich unter dem Deckmantel eines Brainstormings stattfinden, und sie hoffte, Jens würde sie nicht durchschauen. Schnell noch die Ziffern 1-7 darunter und dann rasch unter die Dusche. Ziffer 1 gebührte dem großen Unbekannten. Das Gekritzel auf dem Flipchart sagte im Grunde noch weniger aus als die Notizen in ihrem Büchlein.

In fünf Stunden musste sie so umwerfend aussehen, dass man sie auf höchstens 38 schätzen würde statt auf 43, ihr wahres Alter. Nackt vor dem Spiegel lächelte sie sich zufrieden an. Sie hatte für ihr Alter eine tolle Figur. Sie brauchte noch keine Bruststraffung und keine Fettabsaugung sonst wo. Hoffentlich würde Jens heute Augen dafür haben. Sie hatte sich tatsächlich in diesen Typen verliebt, in diesen Lehrer mit dem Engelsgesicht und dem frommen Gebaren. Vielleicht gerade, weil er so anders war als alle ihre bisherigen Bekanntschaften? War es etwa nur Gehabe oder lebte er tatsächlich den frommen Katholiken? Okay, er war vielleicht altbacken in seinen Ansichten, doch waren seine Vorgänger besser gewesen, diese treulosen Versager? Ganz bestimmt nicht.

Nun war Jens in ihr Leben getreten, und alles würde gut werden, davon war sie überzeugt. Von Gott gesandt, traf sie ihn in der kleinen Kirche in Lieberhausen. Wenn das nicht Schicksal war. Und sie teilten auch noch dasselbe Hobby! Wie schön wäre es, wenn sie den Mord an Pfarrer Josef aufklären und es der Kripo mal wieder zeigen würde. Dem sturen Ersten Hauptkommissar Helmut Blauländer vom KK11 im Polizeipräsidium Buer, bei dem sie nie wusste, woran sie war. Mal gab er sich als ihr guter Freund, mal zeigte er ihr seine dunklen Riesenhauer. Seine rechte Hand, Stefan Kornblum, Margaretas damaliger Lebensabschnittsgefährte, war Vergangenheit. Sie war froh, dass er weit weg war. Vom Aussehen her ein supertoller Mann, doch Treue zählte nicht zu seinen Tugenden. Dafür hatte Blauländer nun Jenny Gehrke an seiner Seite. Dieses hässliche Flittchen, mit dem Stefan sie, als er noch mit ihr zusammen war, betrogen hatte und es ihr hinterher auch noch als erzieherische Maßnahme verkaufen wollte. Jens würde niemals fremdgehen, wenn sie tatsächlich zusammenkommen sollten. Da war sie sich sicher. Sein Glaube würde ihn daran hindern, seine Frau zu betrügen. Ob sie jedoch jemals mit Jens zusammenkommen und ein Paar aus ihnen werden würde, stand in den Sternen. Verliebt war sie in ihn, das war klar. Er brachte Saiten in ihr zum Klingen, von denen sie vorher gar nichts gewusst hatte. Sie freute sich auf den gemeinsamen Nachmittag.

Die Befürchtung, ihre Mutter könnte zufällig aufschlagen und sie bei ihrem Brainstorming, oder wobei auch immer, stören, konnte sie getrost in den Wind schreiben, denn soeben klingelte es, und wenig später stapfte Waltraud die hölzernen Stufen hoch. Margareta blickte auf die Uhr. 13 Uhr. In zwei Stunden musste sie verschwunden sein, damit sie Jens nicht in die Arme lief. Sie atmete tief durch, dachte kurz an Jens, der jetzt gerade seiner achten Klasse die Religionslehre näher brachte, und öffnete süß lächelnd die Tür.

»Was grinst du denn so blöd? Und wie siehst du überhaupt aus?« Waltraud ging Kopf schüttelnd an Margareta vorbei, direkt durch ins Wohnzimmer. »Blazer und Minirock? Was hast du vor?«

»Dir auch einen guten Tag, liebe Waltraud«, zischte Margareta und folgte ihr.

»Was ist denn das für eine Tafel? Was willst du damit?« Waltraud hatte auf dem Sofa Platz genommen und ihre große Einkaufstasche neben sich gestellt.

Ihr Mohnblumen-Sommerkleid war recht spack geworden, stellte Margareta fest. Immerhin hatte es mindestens 20 Jahre auf dem Buckel. »Das ist keine Tafel. Das ist ein Flipchart. Darauf mache ich meine Notizen im Mordfall Pfarrer Josef.«

»Kind, Kind, ich mache mir Sorgen. Für so einen Dreck hast du Geld. Ich dachte, du bist mal wieder pleite!« Sie schüttelte den Kopf und griff in die Schale mit Keksen, die auf dem Tisch stand, um sich eine Waffel herauszusuchen.

»Ich habe das Flipchart geschenkt bekommen. Ach lass die Kekse doch bitte stehen, die sind für meinen Besuch, der gleich kommt. Okay, du kannst dir einen nehmen, aber iss nicht alle Waffeln.«

Beleidigt warf Waltraud die angebissene Waffel wieder in die Schale zurück. »Wer kommt denn? Wer will denn das Gekritzel auf der Tafel sehen?«

»Jens kommt zu einem Brainstorming. Aber du brauchst nicht gleich zu gehen. Einen Kaffee kannst du schon noch haben.« Halte sie dir warm, sagte Margareta sich und schaute auf den Wandkalender. Der nächste Erste war noch lange hin.

»Was soll denn das sein, Brainstorming?«

»Brainstorming ist ein Austausch von Ideen zu einer bestimmten Sache.«

»Und da gibt es kein deutsches Wort für?«

»Mir fällt keins ein.«

»Ach Kind, du machst mir großen Kummer. Ob dieser Mann der Richtige für dich ist? Wenn er so fromm ist und noch Junggeselle, wird er ganz bestimmt nicht gerade dich heiraten wollen. Außerdem bist du nicht katholisch.«

»Das nennt man heute nicht mehr Junggeselle, sondern Single. Außerdem will ich ja gar nicht heiraten. Ich mag Jens. Mal sehen, was sich daraus entwickelt. Er kommt her, weil wir uns, wie schon gesagt, im Mordfall Pfarrer Josef austauschen wollen.«

»Und dazu braucht man unbedingt so eine Tafel? Würde ein Block nicht reichen? Den Pfarrer kanntest du doch überhaupt nicht. Was geht es dich an, wer ihn erschlagen hat? Ach Kind, warum kannst du nicht normal sein? Die Tochter von der Bienert, die Helga, ist ja auch in deinem Alter. PTA in einer Apotheke hat die sogar gelernt. Nicht bloß einfache Verkäuferin wie du. Und die hat ihren Beruf rechtzeitig aufgegeben, um nur noch für ihren Mann und ihre drei Kinder da zu sein. Die hat nicht solche Flausen im Kopf.«

Margaretas Puls war auf 180. Bleib ruhig, bleib ganz ruhig, Waltraud ist dumm, sagte sie sich und zählte bis zehn. »Die Tochter der Bienert ist also normal? Und ich nicht? Den Posten als Apothekerin hat sie nicht freiwillig aufgegeben, sie wurde wegen ihres Alkoholkonsums gefeuert. Natürlich stellt sie auch nach dem Entzug keiner mehr ein. Ihr Mann haut ihr regelmäßig eins aufs Auge, ihre halbwüchsigen Kinder wurden alle beim Stehlen erwischt und sind vorbestraft. Die ist also normal? Ich bin nur eine einfache Verkäuferin, ja? Warum denn nur, Mutter? Fällt dir dazu nichts ein? Mein Abschlusszeugnis der Realschule hatte einen Notendurchschnitt von 1,2. Ich durfte mich doch nirgendwo bewerben, und weiter zur Schule gehen sollte ich auch nicht, weil ihr auf die paar Kröten Lehrgeld scharf gewesen seid. Ich sollte einen tollen Beruf erlernen, doch die Voraussetzungen dazu habt ihr nicht geschaffen. Nur blöd rumgelabert habt ihr! Halte lieber deinen Mund, bevor du mir so eine versoffene Versagerin als Beispiel vor Augen hältst.«

»Die Helga hat sich gebessert.«

»Alles klar, Mutter!«

Tränen traten in Margaretas Augen. Wie war das denn damals, als sie noch zur Schule ging? Für alles musste sie einen schriftlichen Antrag stellen, für jeden Füllfederhalter, für jedes Schulheft. Die billigste Wolle wurde für den Handarbeitsunterricht angeschafft. Der Pullover, der daraus entstand, war hart, die Farbe, ein blasses Rot, war hässlich. Entsprechend war auch die Note, die Margareta dafür bekam. Dabei waren ihre Eltern damals gar nicht so arm, wie sie ihr immer vermitteln wollten. Für Essen und die eine oder andere Schnapsflasche reichte das Geld ohne Probleme.

»Ich meine ja nur.« Waltraud senkte den Blick und schwieg. Nicht lange. »Ich meine es nur gut. Wenn du verheiratet wärst, brauchtest du nicht mehr den ganzen Tag im Kaufhaus zu stehen.«

»Mutter, in welcher Zeit leben wir denn? Okay, mein Vater hat dich mit der Heirat aus dem Supermarkt befreit, wie ich mir immer anhören konnte. Ich will selbstständig sein. Mich braucht niemand zu befreien.«

»Ich dachte, der Dirk Bauernholz würde dir gefallen.«

»Häh? Was für ein Bauernholz? Kenne ich nicht.«

»Der war doch auf meinem Geburtstag. Der nette Herr, der neben der Gudrun saß.«

»Sag, dass das nicht wahr ist. Du hast diesen runzligen Alten meinetwegen eingeladen? Ich dachte, du hättest wegen deiner Rente was mit ihm zu klären?«

»Ja, habe ich gesagt. Doch im Stillen habe ich gehofft, dass …«

»Sprich nicht weiter bitte!« Tränen liefen Margareta die Wagen hinab. Sie blickte aus dem Wohnzimmerfenster und schwieg.

Verschämt schnappte Waltraud sich ihre Einkaufstasche und verließ geduckt Margaretas Wohnung.

Im Hinausgehen rief Margareta ihr noch hinterher. »Mische dich nicht ständig in mein Leben ein. Auch das Flipchart geht dich einen feuchten Kehricht an. Ich frage dich doch auch nicht, was du mit dieser ollen Küchenmaschine, die du dir auf Raten gekauft hast, willst.«

»Thermofix, man nennt diese Maschine Thermofix«, rief die Mutter ihr schluchzend zu, bevor sie die Treppen hinunterstampfte.

»Von mir aus kann dieser olle Pott Karl der Große heißen. So ein Mist!«

Da zog Waltraud ab. Margareta schaute ihr hinterher. Sie würde sich schon wieder beruhigen. Was kreuzte sie auch dauernd hier unangemeldet auf. Puh! Dirk Bauernholz sollte ihr Befreier werden und sie ehelichen? Sie hatte ihn in der letzten Woche an Waltrauds Geburtstag überhaupt nicht wahrgenommen, diesen alten Mann – sie schätzte ihn auf mindestens 65 Jahre – in seinem dunkelblauen Pullover mit dem roten Hemd darunter und das bei 30 Grad im Schatten. Ein unauffälliger Typ, freundlich, ruhig, der nicht nach Aceton und Franzbranntwein roch. Deshalb fiel er ihr weder positiv noch negativ auf. Er war eben der Knappschaftsälteste, verwitwet und, wie sie soeben erfahren hatte, auf der Suche nach einer Frau. Hilfe! So ein Opa! Nein danke!

Overstyled, eindeutig overstyled, dachte Margareta, als Jens in Jeans und T-Shirt fröhlich pfeifend die Treppen hinaufkam. Sie hätte sich auch lieber für saloppere Kleidung entscheiden sollen. Doch erforderte ein Brainstorming nicht auch ein entsprechendes Outfit?

Jens wirkte total locker, nahm Margareta in die Arme, gab ihr die obligatorischen Küsschen links und rechts sowie einen Streichler über ihr Haar, was sie eigentlich hasste. Kopf streicheln sollte ihrer Meinung nach den Hunden zugutekommen.

Neugierig ging er ins Wohnzimmer und sah sich um. Sein Blick streifte die offen stehende Schlafzimmertür und blieb schlussendlich an dem Flipchart hängen. Er musste sich ein Grinsen verkneifen. Hatte er dieses unprofessionelle Gekritzel mit einem Kennerblick durchschaut?

»Kaffee? Schnittchen?«, fragte Margareta ihn, hoffte jedoch gleichzeitig, dass er auf Schnittchen verzichten würde, da sie nur noch Leberwurst im Hause hatte und das Brot auch nicht mehr taufrisch war.

»Ein Kaffee reicht«, erwiderte Jens und griff nach einem Keks.

Emsig lief sie in die Küche und warf die Kaffeemaschine an. Sie konnte die Stimme ihrer Mutter hören. »Kind, der Mann ist müde und kommt direkt von der Arbeit. Du hättest ihm etwas kochen können.« Sie schüttelte sich, blickte aus dem Fenster, während der Kaffee durchlief, und erblickte in weiter Ferne Waltraud, wie sie mit ihrer riesigen Gießkanne Richtung Friedhof rannte, Papa gießen. Schon zurück vom Einkauf, dachte sie kurz, wandte sich dann aber Jens zu, der es sich auf ihrem Sofa gemütlich gemacht hatte. Anscheinend fühlte er sich bei ihr wohl. Von Angst, dass sie eventuell zudringlich werden könnte, spürte Margareta nichts. Vielleicht hatte er gestern auch nur einen schlechten Tag. Auf eine Wohnungsführung verzichtete sie aus taktischen Gründen.

Aus seiner Hosentasche zog er einige verknickte Fotos und legte sie mit stolzem Blick auf den Tisch.

»Was sind das für Fotos?« Margareta war neugierig geworden und griff nach den Aufnahmen, nachdem sie im Sessel gegenüber Platz genommen hatte.

»Die meisten meiner Kindheitserinnerungen kleben in Fotoalben, doch die wollte ich nicht mitschleppen. Du kannst sie dir bei mir ansehen. Diese hier habe ich vorsichtig herauslösen können.«

Margareta wurde plötzlich ganz warm. Er hatte gesagt, sie dürfe sich seine Fotoalben ansehen. In seinem Haus! Keine Briefmarkensammlung, sondern Fotoalben. Unbändige Freude machte sich in ihr breit. Doch nun interessierten sie erst einmal die Fotos. Schließlich war heute Brainstorming angesagt.

Ein besonders buntes Polaroidfoto zeigte einige etwa gleichaltrige Jungen, einen kurzhalsigen Mann in Freizeitkleidung und einen hochgeschossenen Jugendlichen mit hellblonden Haaren und Aknegesicht.

»Wer ist dieser Mann?« Margareta zeigte auf den Kerl in der Mitte des Bildes, der sich protzig in Pose gestellt hatte.

»Das ist Pfarrer Josef. Links daneben stehe ich, daneben Marc, rechts vom Pfarrer Matthias und rechts außen Carsten.«

»Wurde das Bild damals in Lieberhausen aufgenommen?«

»Ja, das war vor dem Käte-Strobel-Haus. Erkennst du das nicht?«

»Nein. Pfarrer Josef war keine üble Erscheinung. So

in normaler Straßenkleidung wirkte er gar nicht wie ein Pfarrer.«

»Ja, da sah er noch einigermaßen aus. Später wichen die Haare, der Hals wurde kürzer, der Bart grau und der Bauch immer dicker.«

»Dank Gesines guter Küche?« Margareta musste schmunzeln.

»Nein, dank des Rebensaftes, den er täglich trank, und kiloweise Käse, den er sich reinzog. Natürlich nur vom Besten.«

Nachdem Margareta die anderen Fotos angeschaut hatte, die allesamt Kinder bei irgendwelchen Freizeitaktivitäten zeigten, griff sie wieder nach dem Bild mit dem Pfarrer. »Dieser große schlaksige Junge, dieser Carsten, wo steckt der heute?«

»Ja, das wüsste ich auch gerne. Schon auf der ersten Freizeit 1985 hatte er sich oft mit dem Pfarrer angelegt, wollte uns ständig beschützen, was dem Josef gar nicht gefiel. Carsten gehörte der Jugendgruppe unserer Gemeinde an und gründete später selbst eine. Übrigens ein toller Kerl. Irgendwann war er untergetaucht. Das mag so ungefähr 1990 gewesen sein. Carsten, inzwischen schon über 20, leitete seine Gruppe mit großem Erfolg. Die Kinder liebten ihn. Doch immer wieder geriet er mit Pfarrer Josef aneinander. Als Carsten den Pfarrer bei seinem Chef anzeigte, weil er angeblich Sex mit Gesine gehabt hätte, war er plötzlich verschwunden. Dafür hatte Josef ganz schnell gesorgt.«

»Und, hatte er Sex mit Gesine?«

»Ich weiß es nicht.«

»Warum hast du mir nicht schon eher davon erzählt?« Margareta schaute ihn mit großen Augen an.

»Das fiel mit heute Nacht plötzlich wieder ein. Ich hatte Carsten und die Vorkommnisse um ihn völlig verdrängt.«

Margareta schnappte sich den grünen Filzschreiber, schritt zum Flipchart, malte einen Kasten für Carsten und zog einen langen Strich, der oben an der Kirche endete.

Sie redeten sich die Köpfe heiß. Wo war Carsten?, war die große Frage. Es musste unbedingt nachgeforscht werden, was aus ihm geworden war. Ja und natürlich, ob nun Gesine und der Pfarrer tatsächlich ein sexuelles Verhältnis hatten. Margareta und Jens machten sich akribisch genau Notizen in ihren Kladden. Es freute Margareta, dass Jens nun auch so ein Büchlein besaß.

Nach drei Stunden ließen sie erschöpft ihre Stifte fallen. Margareta hatte ihren Blazer gegen ein rotes T-Shirt getauscht. Sie schlug vor, Pizza zu bestellen, was Jens begeistert annahm. Na sieh an, dachte sie, auch ein Lehrer aß Pizza, die von einem Lieferservice ins Haus gebracht wurde. Dazu genossen sie einen leichten Weißwein, Jens jedoch mit Mineralwasser verdünnt, als Schorle, da er noch fahren wollte. Er musste zwar nicht, aber Margareta gedachte nicht, den Bogen zu überspannen. Sie war froh, dass er ihre Einladung überhaupt angenommen hatte.

Als er ihr dann noch den Vorschlag machte, in der nächsten Woche mit ihm, Matthias und Leonie nach Lieberhausen zu fahren, hatte er damit voll gepunktet. Ihr Herz begann wild zu klopfen, und ihre Gedanken überschlugen sich. Sie würde den Arzt aufsuchen müssen, ihm ordentlich die Ohren volljammern, dass es ihr noch nicht so gut ginge. Die Aufklärung des Mordes an Pfarrer Josef hatte für sie oberste Priorität. Das erforderte schon mal Opfer. Sie durfte gar nicht an ihren Chef, den guten

Ottfried Zarske, denken. Ausrasten würde er, die Lefzen hochziehen und sie aufs Übelste beschimpfen, wenn sie ihn über der Verlängerung ihres Krankenstandes informierte. Sie könnte Waltraud mit der AU-Bescheinigung in den Laden schicken. Das ersparte ihr den Anruf. Ja, das war die Lösung! Zarskes Zorn würde sie nach ihrem Lieberhausenaufenthalt noch früh genug zu spüren bekommen. Begeistert über diese gute Idee, schenkte sie sich noch ein Glas Wein ein und prostete Jens zufrieden zu.

10. KAPITEL

Komische Freizeit! So hatte ich mir das nicht vorgestellt. Ich wollte Spaß haben, mich amüsieren, wenn ich schon nicht mit meinen Eltern in den Urlaub fahren konnte, da das Geld bei uns in diesem Jahr knapp war. Doch das hier war alles andere als spaßig. Die anderen Jungen schienen es nicht so dramatisch zu finden wie ich. Sie zeigten keine Anzeichen von Heimweh. Die Freizeit bestand eigentlich nur aus Andachten. Morgenandacht, Mittagsandacht, Messe, Abendandacht. Und immer sein grinsendes Gesicht vor Augen.

Beten, beten, beten!

Jeden Tag die gleiche Abfolge.

Jeden Morgen nach der Andacht folgte das Frühstück, dann ging *er* in die Schlafräume und kontrollierte die Schränke, steckte seine Wurstfinger zwischen meine T-Shirts, inspizierte meine Unterhosen und grinste. War nicht alles ordentlich genug übereinandergestapelt, zog *er* den Stapel heraus und warf ihn zu Boden. »Einräumen, aber vernünftig«, befahl *er* in rauem Ton.

Er nahm meinen Kulturbeutel in die Hände, zog den Reißverschluss auf und wühlte in dem Inhalt herum, begrapschte mein Shampoo, mein Duschgel, meinen Kamm, meine Bürste, meine Zahnpastatube, meine Zahnbürste sowie meinen Waschlappen. Sein hämischer Blick blieb an der blauen Niveadose hängen. *Er* nahm sie in die Hand und hielt sie mir unter die Nase. »Was willst du damit?«

Ich ignorierte seine Frage. Was sollte ich *ihm* sagen? Dass ich eine empfindliche Haut hatte und gelegentlich wunde Stellen damit eincremte?

Auf seiner Stirn zeigten sich Schweißperlen. *Er* leckte sich über seine wulstigen Lippen. »Ich habe dich etwas gefragt.«

»Ist doch meine Sache, was ich mit der Creme mache«, erwiderte ich patzig.

Er konfiszierte die Dose.

Die Abendmesse fand schon wieder am Lagerfeuer statt. In einem weißen Oberhemd saß *er* da, die verschmierte Gitarre fest an sich gepresst. Zwei Abende lang hatten wir Lieder aus der Mundorgel gesungen. Der Herbergsvater hatte dazu Gitarre gespielt. Heute verteilte Carsten kleine Liedermappen mit Kirchenliedern. Wir sollten das Danke-Lied singen und auch noch alle Strophen. *Er* begleitete uns auf der Gitarre. Ich mochte dieses Lied mit den gefühlten 1000 Strophen nicht und konnte wieder einmal nicht verstehen, wieso die anderen Jungen so viel Freude daran hatten. Ich dankte also für eine Arbeitsstelle, die ich gar nicht hatte, für meine Freunde, bei denen ich das Gefühl hatte, dass sie mich im Stich ließen, für jeden schrecklichen Morgen hier auf dieser Freizeit dankte ich ebenfalls. Bei der Strophe, in der ich für Traurigkeiten danken sollte, stand ich auf und lief weg in Richtung Münzfernsprecher. Ich kramte in meiner Hosentasche nach zwei Groschen, nahm den schweren Hörer ab und warf die Münzen in den Münzeinwurf. Dann wählte ich mit klopfendem Herzen die Nummer meiner Eltern. Mein Vater war bestimmt wieder zur Mittagsschicht. Das Freizeichen ertönte, einmal, zweimal, dreimal. Nimm doch endlich ab, Mama. Ich würde ihr erzählen, wie fies er mich behandelte. Sie mussten mich hier abholen. Sofort!

Noch ehe ein weiteres Freizeichen ertönte, drückte *er* mit seinen Wurstfingern die Gabel nieder, zog mich grob aus der Telefonzelle und sah mich böse an.

»Es wird nicht dauernd zu Hause angerufen. Nur samstags, also einmal die Woche. Willst du dich beschweren?«

»Ich will nach Hause.«

»Dafür gibt es keinen Grund. Die anderen Kinder haben Spaß. Du bist ein Quertreiber. Oder bist du krank?«

Ich sagte nichts.

Wieder spürte ich seine feuchte Hand auf meiner Stirn.

»Ja, du bist tatsächlich krank. Du ziehst ins Krankenzimmer. Sofort. Geh in dein Zimmer, pack deine Sachen.« *Er* gab mir einen Schubs.

Schluchzend räumte ich meine Sachen aus dem schmalen Schrank, während ich die anderen Jungen bei untergehender Sonne draußen fröhlich singen hörte. Was hatte ich bloß verbrochen? Was wollte *er* von mir?

Ich hatte keine Groschen mehr. Noch einmal anrufen war also nicht drin. Das Taschengeld wurde uns gleich am ersten Tag weggenommen. Wir bekamen eine Art Sparbuch, in dem alles genau notiert wurde. Blöde Bemerkungen hatte *er* gemacht, als ich *ihm* meine 30 Mark übergab. Fünf Mark die Woche wäre ausgemacht, krähte *er*. Meine Oma hatte es gut gemeint und mir noch einen Zehner extra mitgegeben. Jeden Morgen nach dem Frühstück konnten wir uns Geld auszahlen lassen. Doch dieses Gebettel um mein eigenes Geld war furchtbar. Um jede Mark musste ich kämpfen, musste angeben, was ich davon kaufen wollte, musste mir blöde Bemerkungen anhören, zum Beispiel, dass ich ein großer Verschwender sei. Allein schon wie *er* dasaß, wie der Allmächtige, breitbeinig, auf der Terrasse, an dem großen Tisch vor seiner Geldkassette. Die Jungen, brav aufgereiht, mussten *ihn* bitten, etwas von ihrem eigenen Geld zu bekommen. Ja, das genoss *er*, wenn man *ihm* in den Hintern kroch.

Noch bevor draußen Ruhe einkehrte, führte *er* mich ab ins Krankenzimmer, welches genau neben seinem lag. Wo waren meine Freunde? Wo war Carsten? Warum half mir denn keiner?

Es roch nicht gerade frisch gelüftet in dem altbacken eingerichteten Raum. So alte Möbel in einem Krankenzimmer? In den anderen Räumen waren die Möbel hell und freundlich. Wem gehörte dieses Zimmer wohl, bevor es zum Krankenzimmer umfunktioniert wurde? Ich setzte mich auf das alte Bett, das mit weißer Damastbettwäsche bezogen war. An der Wand gegenüber stand ein dunkler halbhoher Wohnzimmerschrank von anno Tobak. Hinter den Glasscheiben der Vitrine befanden sich Bücher. Vor dem Bett standen ein alter Nierentisch und ein einsamer Cocktailsessel. An der rechten Wand ein maroder Kleiderschrank, in den ich meine wenige Habseligkeiten räumen musste.

Ich durfte mich noch nicht einmal von meinen Freunden verabschieden. *Er* kam und sagte mir Gute Nacht. Fuhr grunzend mit seinen Fingern über mein Benjamin-Blümchen-Schlafanzugoberteil.

»So einen Dreck trägst du? Albern, sehr albern!«

Ich widersprach *ihm* nicht, denn es hatte ja sowieso keinen Zweck. Morgen früh würde ich mir Geld von *ihm* auszahlen lassen und in der Nacht meine Mutter anrufen. Heute hatten wir Ansichtskarten an die Eltern daheim geschrieben. Anschließend hatte *er* sie eingesammelt und mit Sicherheit gelesen. Meine wird nie im Briefkasten gelandet sein, hatte ich doch meine Eltern inständig gebeten, mich sofort abzuholen.

»Kommt morgen ein Arzt? Wenn ich krank bin, will ich wissen, was ich habe. Wieso darf ich nicht bei den anderen Jungen schlafen?«

»Damit du sie nicht ansteckst.« *Er* gab mir ein Glas mit einer Flüssigkeit. »Hier, trink das. Es wird dir guttun.«

Dann ging *er*.

In der Nacht wurde ich ein paar Mal wach, schlief aber bald darauf immer wieder ein. Gegen Morgen hatte ich einen bösen Albtraum. Ich spürte grobe Hände, die mich befingerten, überall, oben auf meiner Brust, auf meinem Bauch und dann auch weiter unten. Ich stöhnte, wand mich in meinem Bett hin und her.

Schlief ich vielleicht gar nicht? War ich wach? Ich setzte mich in dem Bett auf und konnte die ekeligen Finger immer noch überall spüren. Ich sah seine Silhouette.

»Sofort aufhören. Ich will das nicht«, schrie ich und wollte aus dem Bett springen. *Er* hielt mich fest und drückte mich auf mein Kissen. Dann war *er* auch schon verschwunden.

Irgendwann fiel ich in einen unruhigen Schlaf.

Carsten kam gegen sieben Uhr und weckte mich. Aufgeregt flehte ich ihn an. »Bring mich von hier weg. *Er* war heute Nacht hier und hat mich angefasst. Überall. Carsten hilf mir!«

Wütend verließ Carsten das Zimmer.

Immerhin durfte ich aufstehen und mit den anderen Jungen frühstücken. Wieder gab es Brötchen mit Schmelzkäse. Jeden Morgen Brötchen mit Schmelzkäse, dazu diesen ekeligen Malzkaffee.

Er saß mir gegenüber und grinste mich an, erzählte allen, ich sei krank. Seine Augen sahen mich warnend an. »Carsten hat gesagt, dass du schlecht geträumt hast. Das wird schon wieder.«

»Es war kein Traum«, erwiderte ich und hielt seinem Blick stand.

»Singen, loben, danken dem Herrn, singen, loben, danken dem Herrn«, wurde gesungen. Ich sang nicht mit. Wofür sollte ich singen, loben und danken?

11. KAPITEL

Während Margareta an diesem Dienstagmorgen dem prasselnden Regen aus dem Küchenfenster zuschaute, spürte sie plötzlich ein heftiges Ziehen im Unterbauch. Ihr erster Gedanke war: Darmkrebs! War nicht ihre Oma mütterlicherseits daran gestorben? Waren das in der vorletzten Woche gar keine Gallenbeschwerden vom zu fetten Essen anlässlich Waltrauds Geburtstags, sondern erste Anzeichen einer Krebserkrankung? Sie drückte ihren Bauch mehrmals feste gegen die Fensterbank, wieder und wieder. Kein Zweifel, die Schmerzen wurden stärker. Ihr wurde heiß, der Puls raste. Angst kam auf. Konnte sie sich Lieberhausen abschminken? Warum musste sie sich immer das Schwärzeste ausmalen, wenn es in ihrem Körper irgendwo pikste oder zog? Selbst ihre Mutter hatte sie letztens erst als Hypochonder bezeichnet. Das musste man sich mal vorstellen!

Bei leichten Kopfschmerzen diagnostizierte Margareta einen Hirntumor. Krachte es in der Wirbelsäule bei einer falschen Bewegung, dachte sie an einen Bandscheibenvorfall und sah sich bereits auf dem OP-Tisch liegen. Ziehen in der Herzgegend deutete bei ihr auf einen Herzinfarkt.

Lenk dich ab, sagte sie sich, schmeiß dich in einen netten Fummel und fahr Richtung Ückendorf, schleiche ein wenig um die Kirche. Vielleicht triffst du Jan. Oder gar Gesine. Gerne hätte sie sich einmal mit der Pfarrhaushälterin unterhalten. So von Frau zu Frau. Ob sie tatsächlich ein intimes Verhältnis mit Pfarrer Josef hatte? Jens hatte ihr gestern gar nicht erzählt, was er am Sonntag bei ihr wollte.

Nachdem sie sich für eine rote Bluse und eine Jeansjacke entschieden hatte, kam ihr der Gedanke, vielleicht vor der Lieberhausenfahrt noch shoppen zu gehen, um sich ein paar neue Teile zu gönnen. Dieses erledigte sie am liebsten in der Buerschen City. Du Dummchen, schalt sie sich einen Narren. Arbeitsunfähig und ausgerechnet in Buer shoppen, wie passte das denn zusammen? Außerdem war sie mal wieder knapp bei Kasse. Lieberhausen würde sicherlich nicht billig werden. Es war ihr sowieso ein Rätsel, wie sie das alles stemmen sollte. Doch wie an Geld kommen? Sie ging in Gedanken ihren Hausstand durch. Nein, da war nichts, was sich noch zu Geld machen ließe.

Also auf in Richtung Innenstadt. Für den Nachmittag hatte sie sich bei Waltraud angekündigt. Nach deren traurigem Abgang gestern konnte es nicht schaden, sich dort ein wenig einzuschleimen.

Wieder schaute sie aus dem Küchenfenster. Der Regen hatte nachgelassen, der Schmerz in ihrem Bauch nicht. Jedes Mal, wenn sie den Bauch an die Fensterbank drückte, zog ein heftiger Schmerz von links nach rechts durch ihren Unterleib. Sie sah das schmerzverzerrte Gesicht ihrer Oma vor sich, als diese in den letzten Zügen lag und wahnsinnige Krämpfe hatte. Und wieder kroch die Angst in ihr hoch. Was tun? Einfach losfahren und ignorieren? Oder schnell mal den PC anschmeißen, um zu googeln, was es sein könnte? Ihr fielen die »Super Dickmanns« ein. Hätte sie gestern Abend vielleicht nicht den ganzen Karton leer essen sollen, als Jens sich verabschiedet hatte? Waren neun Riesenschaumküsse zu viel, nachdem sie am Nachmittag schon die fettige Pizza verspeist hatte? Nicht zu vergessen, der süffige Wein. Sie entschied sich, die Schmerzen zu ignorieren und loszufahren.

Als sie gerade in ihren Polo steigen wollte, rief der alte Herr Biber aus dem Nebenhaus nach ihr. Er stand unter dem Gewölbe des Wohnturms und wartete darauf, dass es aufhörte zu regnen. Der hatte ihr gerade noch gefehlt. Mit seinem Rollator kam er auf sie zugerollt.

»Können Sie mich mitnehmen, Frau Sommerfeld? Ich habe den Bus verpasst. Ich muss dringend nach Buer.«

»Das ist ganz schlecht, Herr Biber. Ich fahre nämlich in die Innenstadt, also in die andere Richtung. Außerdem habe ich es sehr eilig.«

»Waas?«, schrie der alte Mann und kam ihr ganz nah ans Gesicht gekrochen. Mit seiner Karre fuhr er ihr über die Füße.

»Andere Richtung … Stadtmitte … keine Zeit«, schrie Margareta zurück.

Angeekelt atmete sie seinen strengen Geruch ein. Ihr Blick blieb an den schuppigen, voluminösen schwarzen Augenbrauen hängen. Der Gipfel waren jedoch die dunklen Nasenhaare, die die ätzenden Augenbrauen noch toppten. An den langen Büscheln fingen sich Regentropfen, die anschließend auf seinen verschmutzten Mantel fielen. War er blind, dass er diese Borsten gar nicht sah, wenn er in den Spiegel schaute? Konnte ihm sein Sohn, der ihn jede Woche besuchte, nicht mal gut zureden? »Pass mal auf Vater, die Handfeger aus deiner Nase, die musste mal abschneiden, die sehen gar nicht schön aus.«

Nein, sie wollte diesen Mann nicht schon wieder in ihrem Auto mitnehmen. Sie hatte noch vom letzten Mal genug. Mit seinem ollen Rollator hatte sie sich die Heckklappe ihres Polos total zerkratzt, als sie ihn verlud. Dann machte er sich auf dem Beifahrersitz dermaßen breit, dass sie kaum mehr die Gangschaltung bedienen konnte. Es roch im Wagen tagelang nach Franzbranntwein und Aceton. Margareta hätte würgen können. Da halfen auch keine drei Duftbäume, die sie in ihr Fahrzeug hängte. Und wie er sich aufführte. In Buer am Markt schmiss er plötzlich an einer Ampel die Wagentür auf und kroch mühselig heraus. Ohne ein Wort des Dankes, mitten auf einer Kreuzung. Nachdem einige Fahrzeuge hinter ihr heftig gehupt hatten, fuhr sie kopfschüttelnd weiter. Erst in 300 Metern Entfernung fiel ihr der rostige Rollator in ihrem Kofferraum ein. Sie musste wenden, zurückfahren und den Alten suchen, der sich inzwischen an der Schaufensterscheibe eines Frisörladens festhielt und jammerte.

Nein, das brauchte sie nicht wieder. Sie schrie dem Alten noch mehrmals ins Ohr, warum es nicht möglich war, ihn mitzunehmen, starrte weiterhin auf die tropfenden Nasenhaare und stieg endlich in ihren Wagen. Der nächste Bus kam bestimmt, und der alte Mann hatte schließlich Zeit ohne Ende.

Margareta gab Gas, als hätte sie es eilig, nach Ückendorf zu kommen. Als sie die Kanalbrücke überquerte, musste sie schmunzeln. Jahrelang hatte sie alle Stadtteile hinter dem Kanal gemieden wie die Pest, und nun fuhr sie schon zum dritten Mal innerhalb weniger Tage in das verminte Gebiet, vor dem sie als Kind solche Angst gehabt hatte.

Als sie an der Ringstraße links in die Wildenbruchstraße einbog und das Autohaus passierte, trat sie auf die Bremse. Halt, war das nicht der VW-Betrieb, in dem Marc beschäftigt war?, schoss es ihr ins Hirn. Sie parkte ihren Wagen in einer der Parkbuchten am Straßenrand und entschied sich ganz spontan, Marc einen Besuch abzustatten.

Sie könnte ihm die Lackkratzer an ihrem Auto zeigen, die der Rollator des alten Stiesels verursacht hatte.

Eine Minute später betrat sie mutig den Verkaufsraum des VW-Händlers und fand sich zwischen etlichen neuen Fahrzeugen wieder. Sie mochte diesen Autohausduft, diesen typischen Neuwagengeruch nach Politur und Leder. Die Fahrzeuge blitzten, eines war schöner als das andere. Sie seufzte, während sie von Auto zu Auto schlenderte und vor einem schwarzen Tiguan stehenblieb. Sie las das Preisschild. 50.000 Euro! So ein Fahrzeug würde sie sich nie leisten können. Ihr Polo Baujahr 2008 würde noch einige Zeit halten müssen.

Ein dicklicher Verkäufer grinste sie übertrieben freundlich an. »Guten Morgen, junge Frau. Kann ich Ihnen vielleicht weiterhelfen? Sie können auch gern einmal eine Probefahrt machen«, sagte er und deutete auf den schwarzen Tiguan. Wahrscheinlich klingelte in seinem Hirn schon kräftig die Kasse und er rechnete seine Provision aus.

»Nein danke, ich bin noch gut versorgt mit meinem Wagen. Ich hätte gerne mal Herrn Bergmann gesprochen. Wäre das möglich?«, säuselte sie honigsüß.

Nachdem der Mann sie von oben bis unten wohlwollend abtaxiert hatte, verschwand er, sich immer wieder nach Margareta umblickend, in ein Büro. Er hielt sie für Marcs Freundin und brannte darauf, es allen Kollegen zu erzählen.

Wenig später erschien ein völlig überraschter Marc in dem Verkaufsraum. Margareta hier anzutreffen, damit hatte er nicht gerechnet. Schick sah er aus in seinem braun gemusterten Anzug mit dem gelben Hemd darunter. Ein guter Kontrast zu seinem rotblonden Haar, stellte Margareta fest.

Er begrüßte sie wie seine allerbeste Freundin mit Küsschen rechts und links. Sicherlich wollte er vor seinen Kollegen – zwei davon steckten neugierig die Köpfe aus der Bürotür – auch einmal glänzen.

»Margareta, na das ist ja eine Überraschung. Was kann ich für dich tun?«

»Ach, ich war gerade in der Nähe und da dachte ich, frag doch mal Marc, wie man die Kratzer an meinem Auto möglichst günstig beseitigen kann.«

»Kein Problem, komm, lass uns zu deinem Wagen gehen.« Er fasste sie an der Schulter und schob sie regelrecht zum Ausgang, immer noch das smarte Lächeln auf seinen vollen Lippen, wofür er bestimmt lange geübt hatte.

Er freute sich wirklich über ihren Besuch, ob nun wegen Margareta persönlich oder darüber, dass nach ihm überhaupt einmal eine Frau fragte. Eine schöne Geschichte würde er den Kollegen nachher auftischen. Von wegen neue Flamme und so weiter. Sie hatten am Morgen schon gerätselt, wieso er nun Urlaub haben wollte in der nächsten Woche, wo doch alles anders ausgemacht war. Dass es hinter seiner freundlichen Fassade mit dem aufgesetzten Lächeln heftig brodelte, wusste niemand. Wozu auch? Was gingen die Kollegen der tote Pfarrer und die alte Geschichte an?

Nachdem er ihren Polo ausgiebig betrachtet hatte, wofür er eigentlich gar nicht zuständig war, schließlich wollte sie ihn nicht verkaufen, riet er ihr, auf eine Lackierung zu verzichten und dieses selbst mit einem Lackstift zu erledigen. Gern würde er ihr auch dabei behilflich sein. Er begleitete sie zum Ersatzteillager, redete dort mit dem netten Verkäufer, drückte ihr anschließend einen Lackstift

Black Magic Perleffekt metallic mit den Worten »Geht aufs Haus« in die Hand und verließ mit ihr das Autohaus, um gemeinsam in der Bäckerei auf der Ückendorfer Straße – sie fuhren mit zwei Fahrzeugen dorthin – einen Kaffee zu trinken.

Als sie sich mit je einem Latte macchiato in der kleinen Bäckerei gegenübersaßen, schwiegen sie einige Minuten. Sie schwiegen jedoch auf einer Wellenlänge. Ihrer beider Gedanken drehten sich um Pfarrer Josef. Margareta wusste, dass seine übertriebene Heiterkeit nur gespielt war, und er sich im Inneren ganz anders fühlte. Und er wusste, dass sie es wusste.

Margareta fühlte sich auf einer Zeitreise in die 1980er-Jahre, als sie mit ihrer Oma die alte Bäckerei an der Cranger Straße aufgesucht hatte. Das war zu der Zeit nämlich der neueste Schrei, dass man in einer Bäckerei zwischen Vollkornbrot und Baguette auch Kaffee trinken und Kuchen essen konnte. Sie bekam Kaba und aß dazu einen Amerikaner. Ihre Oma genoss ihren Kaffee Hag. Hier und heute trank sie Latte macchiato und verzichtete auf Kuchen. Sie konnte von dem kleinen Tisch, an dem sie saßen, hinüber zur Kirche blicken.

»Schön, dass wir hier so zusammensitzen. Hätte ich heute Morgen nicht mit gerechnet.« Marc sah sie an und rührte in seinem Glas herum.

»Ich vor einer halben Stunde auch noch nicht. Ich weiß ehrlich gesagt nicht, wieso es mich unbedingt noch mal nach Ückendorf zog.«

Sie berichte ihm von ihrer Auszeit auf Krankenschein und stellte dabei fest, dass die Bauchschmerzen völlig verschwunden waren. Um sich zu vergewissern, dass das auch tatsächlich stimmte, drückte sie ihren Bauch fest gegen das kleine Tischchen. Nichts! Alles okay! Bauchschmerzen weg!

»Jens hat mir erzählt, dass ihr auch nach Lieberhausen fahren wollt. Das freut Leonie natürlich! Und mich auch!« Aus traurigen Augen sah er sie an. Mach dir keine falschen Hoffnungen, sagte er sich. Sie gehört zu Jens. Und Jens ist dein Freund. Gleichzeitig war ihm bewusst, dass diese pfiffige junge Frau sich an Jens die Zähne ausbeißen würde. Die einzige Gemeinsamkeit, die er sah, war ihre Detektivspielerei, was ihm ein Dorn im Auge war.

»Ich freue mich auch. Mal ein paar Tage Tapetenwechsel in dieser dörflichen Idylle. Ich hoffe, mein Arzt spielt mit und zieht mich noch eine Woche aus dem Verkehr.«

Sie plauderten noch eine Weile über Ärzte im Allgemeinen, Untersuchungsmethoden und Pleiten in dieser Richtung. Marc staunte über Margaretas Dreistigkeit.

Beide mieden tunlichst eine Erwähnung von Pfarrer Josefs Ermordung, und doch konnte Margareta es sich nicht verkneifen, Marc zu fragen: »Wieso willst du unbedingt nach Lieberhausen? So schön ist es da nun auch wieder nicht. Ich hatte den Eindruck, du bist froh, dass Leonie nicht mit dem Pfarrer auf diese Freizeit fahren muss. Und nun fährst du ausgerechnet selbst dorthin? Es gibt doch andere schöne Ziele. Vielleicht ein Bauernhof im Sauerland? Wieso muss es ausgerechnet Lieberhausen sein?«

Er sah sie aus seinen grünen Augen traurig an. Doch plötzlich lächelte er. »Frag mich was Leichteres. Ich weiß es nicht. Irgendetwas zieht mich dorthin. Jens hat dir doch sicherlich von der alten Sache erzählt damals 1985, oder?«

»Ja, jedoch wusste er auch nichts Genaues. Aus diesem

Grund war er ja letzte Woche dort. Doch weitergebracht hat es ihn auch nicht.«

Sie verschwieg ihm, dass Jens' gestriger Besuch bei ihr fast ausschließlich dazu diente, Licht ins Dunkel zu bringen, was diese Jungenfreizeit von damals anging.

»Und da Leonie sich so gefreut hat auf Lieberhausen, dachte ich, ich könnte zwei Fliegen mit einer Klappe schlagen. Ich muss einfach dahin, verstehst du das?«

»Ja, irgendwie schon«, antwortete Margareta und strich ihm zärtlich über seine Hand, die mit Sommersprossen übersät war.

Nur ungern verabschiedete sich Marc eine Stunde später von Margareta, hielt ihre Hand viel zu lange fest. Sie gehört zu Jens, sagte er sich immer wieder. Und Jens ist dein Freund.

Gut gelaunt stiegen beide in ihre Fahrzeuge, die sie vor der Bäckerei geparkt hatten, und fuhren davon.

Auf eine Kirchenbesichtigung der St.-Michael-Kirche, die gleich gegenüber der Bäckerei lag, hatte sie plötzlich keine Lust mehr verspürt. Stattdessen wollte sie unbedingt ihre Notizen aktualisieren. Da es aufgehört hatte zu regnen, machte sie am Schloss Berge halt, um sich im Park auf eine Bank zu setzen. An dem Kiosk am Teich kaufte sie sich eine Limo und suchte sich einen Platz am Wasser, holte Buch und Stift heraus, um ihre Verdächtigen- und To-do-Liste zu aktualisieren. Die Stunde mit Marc hatte viele Fragen aufgeworfen, die eine Änderung ihrer geplanten Vorgehensweise unbedingt erforderlich machte.

Nach einer weiteren Stunde schloss sie die Augen, atmete tief durch und packte zufrieden ihr Notizbuch weg. Schnell noch eine SMS an Jens geschickt, um ihn mit wenigen Worten auf dem Laufenden zu halten. Sie wollte nicht, dass er von anderen erfuhr, wo sie heute Morgen gewesen war. Schließlich handelte es sich bei Marc um seinen Freund. Da sie gestern kein weiteres Treffen vereinbart hatten, erwartete sie nun von ihm einen konkreten Vorschlag. Sprach er nicht davon, sie könne seine Fotoalben ansehen? Vielleicht schon heute?

Ach wie schön ist es, tagsüber, während andere Menschen arbeiteten, hier sitzen zu können, dachte sie, bevor sie sich auf den Heimweg machte. Kaum saß sie in ihrem Polo, kam die Antwort auf ihre SMS.

Leider heute keine Zeit. Ich melde mich Morgen wieder. Jens!

Also eingeschnappt, weil ich mit seinem Freund Kaffee getrunken habe, registrierte sie erstaunt. Dann nicht, Herr Oberlehrer!

Gegen 14 Uhr betrat sie das mütterliche Wohnzimmer. Waltrauds Blick war die Anklage in Person. Sie sprach kaum ein Wort, rannte geschäftig hin und her, verschwand ständig in der Küche. Immerhin hatte sie den Tisch hübsch gedeckt. Den großen Tellern nach zu urteilen, gab es etwas Warmes. Margareta bekam beim Anblick des Tisches ein schlechtes Gewissen. Hatten wir eine Uhrzeit vereinbart, fragte sie sich. Sie konnte sich nicht daran erinnern. Hätte sie vielleicht nicht herkommen sollen? Andauernd wurde sie von anderen Menschen für irgendetwas bestraft, wie jetzt hier von ihrer Mutter mit blanker Verachtung. Warum wollte man sie in ihrem Alter noch erziehen? Was sollte das? Jens passte es nicht in den Kram, dass sie mit seinem Freund Marc in einem Café zusammensaß. Ihrer Mutter gefiel nicht, dass sie Jens zu Besuch hatte und sie sich über den Mord an einem Mann austauschten, den sie gar nicht kannte. War das nicht ihre Sache, wie sie ihre Zeit verbrachte?

Sie setzte sich an den Tisch und wartete ab. Kurze Zeit später kam Waltraud mit einem Glas Apfelschorle ins Zimmer und stellte es vor Margareta ab.

»Ich habe gekocht und dachte, du würdest früher kommen«, kam der erste Vorwurf.

»Hatten wir denn eine Zeit vereinbart?«, fragte Margareta betont freundlich. Sie hatte nicht vor, sich wieder klein zu machen und zu ducken.

»Nein, nicht direkt.« Waltraud stand auf und ging in die Küche, um wenig später mit einem Tablett wieder im Wohnzimmer aufzukreuzen.

»Warum essen wir hier und nicht in der Küche?«

»Ach, hier ist es gemütlicher.«

Und es hat einen offiziellen Touch, dachte Margareta. Wollte Waltraud ihr etwa eine Standpauke halten?

Rosenkohl, Frikadellen und Kartoffelpüree lud sie von ihrem Tablett.

»Hmm, wie lecker«, entfuhr es Margareta. Sie spürte, dass ihre Mutter sie einwickeln wollte.

»Du wirst doch hoffentlich am Montag wieder arbeiten gehen?«, ging es auch schon los.

»Hatte ich zwar nicht vor, doch muss ich erst mal abwarten, wie es mir Ende der Woche geht. Heute Morgen hatte ich wahnsinnige Bauchschmerzen. So gut fühle ich mich noch nicht.« Sie packte sich ordentlich von dem Rosenkohl auf ihren Teller und musste schmunzeln. Bei Bauchschmerzen auch nicht die Nahrung der ersten Wahl, dachte sie.

»Du bist schon echt mutig, dem Arzt die Ohren vollzujammern. Wir früher hätten uns das nicht getraut.« Kauend, mit vorwurfsvollem Blick, Stufe zwei, sah Waltraud ihre Tochter an.

»Das brauchtest du ja auch nicht. Wem hättest du die Arbeitsunfähigkeitsbescheinigung auch geben sollen? Papa? In meinem Alter gingst du längst keiner geregelten Arbeit mehr nach. Jaja, jetzt kommt gleich wieder, dass der Haushalt auch Arbeit war. Er hielt dich allerdings nicht davon ab, dich jeden Mittag zwei Stunden aufs Ohr zu legen und den ganzen Montagmorgen am Zaun zu hängen, um mit deiner Nachbarin alle durch den Kakao zu ziehen.«

»So kaputt malochst du dich in deinem Kaufhaus ja auch nicht gerade.«

»Du musst es wissen, liebe Waltraud. Ich hänge nur am Kleiderständer und labere dumm rum.«

»Das habe ich nicht gesagt.«

Minutenlanges Schweigen. Das Essen war ein Gedicht, musste Margareta zugeben. Die holländische Soße, in der der Rosenkohl schwamm, war ein Traum. Und erst die Frikadellen!

»Am Freitag geht dein Galan in Ferien, und ihr werdet wahrscheinlich verreisen. Habe ich recht?«

»Jens ist nicht mein Galan. Was soll dieser bescheuerte Ausdruck? Er ist nur ein Freund, macht mir keinesfalls den Hof, so wie es ein Galan tut.«

Margareta schüttelte den Kopf. »Außerdem habe ich kein Geld zum Verreisen. Ein paar Tage Lieberhausen vielleicht, in einer Art Jugendherberge, mehr wird nicht drin sein. Und das wird mir schon das Genick brechen.«

»Schon wieder Lieberhausen? So schön war es da auch nicht. Dein Jens fuhr doch erst vorige Woche dorthin. Was wollte er da eigentlich genau? Lass mich raten: Es hängt mit dem Tod des Pfarrers zusammen.«

»Ja, irgendwie muss damals auf einer Jungenfreizeit was passiert sein.«

»Und das wollt ihr jetzt rauskriegen? Mädchen, ich frage mich echt, was du damit zu tun hast. Ich werde aus dir nicht schlau. Du suchst dir aber auch immer Männer aus …«

»Ich habe mir Jens nicht ausgesucht. Es hat sich so ergeben.«

Seufzend trug Waltraud das schmutzige Geschirr in die Küche.

Wieso quält mich bloß so ein schlechtes Gewissen, fragte Margareta sich. Ist es nicht meine Sache, was ich mit meiner Zeit – ja und wenn auf Krankenkassenkosten – anfange?

»Wo warst du denn heute Morgen?«

»Ich war bei Marc, Jens' Freund, und habe ihm meinen Lackschaden am Auto gezeigt. Er arbeitet in einem Autohaus. Anschließend haben wir noch zusammen einen Kaffee getrunken.« Das müsste ich ihr nicht erzählen, denn das geht sie gar nichts an. Wutschnaubend verleibte sich Margareta auch noch den Vanillepudding ein.

»Lass mich raten: Das Café lag direkt gegenüber der Kirche, in der der Pfarrer ermordet wurde.«

»Ja, aber rein zufällig.« Blöd ist sie nicht, meine liebe Mutter, musste Margareta sich eingestehen.

»Marc und seine Tochter Leonie – er ist alleinerziehend – fahren auch mit nach Lieberhausen. Das Mädchen hat einen Narren an mir gefressen.«

»Hör auf! Das kann ich kaum glauben. Du konntest noch nie gut mit Kindern. Ist sie vielleicht behindert?«

»Nein, Leonie ist ein ganz normales Mädchen.«

Warum tue ich mir das an? Margareta starrte aus dem

Fenster. Diese ewigen Verhöre, diese abwertende Art, dieses Herunterputzen bei allem, was ich mache. Alles für ein blödes Essen und den eventuellen Hunderter, den sie gelegentlich herausrückt?

»Aber sonst ist bei der Arbeit alles klar?«, kam es nach ein paar Schweigeminuten von Waltraud.

»Ja, vor meiner Krankzeit war noch alles in Ordnung.«

»Ja, dann ist ja gut.«

Das Verhör ging noch bis ungefähr 16 Uhr weiter. Waltrauds vorwurfsvoller Blick hatte sich in einen bittenden verwandelt, nach dem Motto: »Ich hab nur noch dich, um mich kümmert sich ja kein anderer.«

Margareta resignierte, aus Mitleid oder aus Frust, das wusste sie selbst nicht so genau. Sie schlug ihr sogar vor, mit ihr gemeinsam einen Einkaufsbummel zu unternehmen, und das schon am nächsten Tag. Allerdings in Erle, keinesfalls in Buer.

Kurze Zeit später verließ sie Waltrauds Wohnung. Im Gepäck einen halben Königskuchen, eine Portion Mittagessen im Tuppertopf und die obligatorischen 100 Euro. Kein leicht verdientes Geld!

12. KAPITEL

Lisbeth Saborowski schaute spöttisch auf Manuela hinab, die gerade dabei war, in ihrem grauen Jogginganzug ihren Feudel in einem Eimer auszuwringen. Alles sollte glänzen, wenn am Nachmittag der neue Pater den Gläubigen zum ersten Mal die Beichte in dieser Gemeinde abnehmen würde.

»Na, du wischst ja heute wie eine Irre, Manuela. Alles soll blitzen, wenn der neue Pfarrer heute hier aufkreuzt, nicht wahr? Ist ja auch ein schnuckeliges Kerlchen. Zum Anbeißen sieht er aus, der kleine Pater. Wie heißt er noch gleich?«

Manuela verzog wütend den Mund. »Du weißt genau, wie er heißt. Jede Nacht wirst du seinen Namen rufen, so scharf, wie du auf ihn bist. Doch tröste dich. Es beruht nicht auf Gegenseitigkeit. Der junge Mann steht nicht auf so alte Fregatten wie dich.«

»Du bist zwar jünger, aber schau doch mal in den Spiegel. Meinst du, der findet dich toll?«, meldete sich nun Gudrun Karpa zu Wort.

»Der soll hier niemanden toll finden, sondern seine Arbeit gut machen, dieser Pater Jaspal Prakash aus Indien. Habt ihr keine anderen Sorgen? Wie ihr seht, haben wir noch eine Menge zu tun. Kommt heute Nachmittag wieder. Zu beichten habt ihr sicherlich genug. Und nun schleicht euch.« Jan schaute die beiden Störenfriede böse an und baute sich mit seinem Besen in voller Größe vor ihnen auf. »Macht Mucha! Habt ihr was mit den Ohren?«

Er schob den Besen vor Lisbeths Schuhe und drückte ihn gegen ihre Zehen.

»Reiß dich bloß zusammen, du kleiner Küster. Kaum ist Pfarrer Josef tot, da machst du die Klappe auf und spielst dich hier als Chef auf. Mit dem kleinen kakaohäutigen Pater wirst du ein leichtes Spiel haben, denkst du, was?«

»Lass sie doch reden, jeder weiß, was das für Weiber sind.« Manuela wandte sich ihrem Wischeimer zu und versuchte, die beiden Frauen zu ignorieren.

Ausnahmsweise war das Ehepaar sich mal einig, lächelte sich an. Sie waren beide gespannt auf die Beichtstunde des neuen Paters und hofften, dass sich am Nachmittag viele Sünder einfinden würden, um ihr Gewissen zu erleichtern. Die meisten scheuten eine Beichte von Auge zu Auge und erledigten das lieber diskret in einem Beichtstuhl. Der indische Pater war dem Ehepaar sympathisch. Ruhig, sachlich, freundlich kam er daher und war alles andere als ein Hitzkopf wie der verstorbene Pfarrer Josef. Ob er allerdings mit Lisbeth und Gudrun fertig werden würde, wagten sie zu bezweifeln. Mit dem Vertretungspfarrer aus der Nachbargemeinde, Pater Wladimir, hatten sie sich schon mehrfach angelegt, und er bekreuzigte sich sicherlich, wenn er in der St.-Michaelgemeinde seine Zelte abbrechen konnte. Doch das würde so schnell nicht geschehen, dem neuen Pater sollte er nämlich mindestens drei Monate zur Seite stehen.

Gesine betrat frohgelaunt die Kirche und war überrascht, die beiden Chorfrauen Gudrun und Lisbeth hier zu sehen, die es auch noch wagten, sich in eine Kirchenbank zu setzen und gar nicht daran dachten zu verschwinden. Sie grüßte freundlich. Heute konnten die beiden sie nicht fertigmachen. Dazu war sie viel zu gut gelaunt. In ihrer Tasche trug sie nämlich einen Schatz, zwei alte Puppen, die sie auf einem Kunstmarkt ergattert hatte. Sie würden prima zu Dolly passen, freute die alte Frau sich und hoffte, dass die drei sich auf dem nostalgischen Lehnstuhl auch vertragen würden.

»Na, hast du den neuen Pater schon kennengelernt? Strahlst du deshalb so?«, wollte Lisbeth von Gesine wissen.

»Natürlich habe ich ihn schon kennengelernt. Schließlich wohnt er seit zwei Tagen im Pfarrhaus.«

»Was hast du da in der Tasche?«, wollte nun Gudrun wissen.

»Obwohl es dich überhaupt nichts angeht, erzähle ich es dir trotzdem. Ich habe mir zwei alte Puppen gekauft.«

»Na du musst ja gut verdienen. Zeig mal her«, spöttelte Lisbeth.

»Einen Teufel werde ich tun«, lachte Gesine.

Die beiden Hexen grinsten in ihren identischen Sommerkleidern, die eine in Rot, die andere in Blau, vor sich hin. Beide dachten das Gleiche. Sie dachten daran, wie Gesine am letzten Samstag sturzbetrunken, nachdem sie Orgel gespielt hatte, aus der Kirche gewankt war. Sie trauten sich jedoch nicht, sie daraufhin anzusprechen, da sie sich selbst nicht sicher waren, ob es sich dabei um einen einmaligen Ausrutscher handelte, oder ob Gesine tatsächlich unter Alkoholproblemen litt und sich des Öfteren am Messwein vergriff. Was hatten die Frauen sich schon ergebnislos die Köpfe heißgeredet wegen dieser Sache.

»Und, wirst du dir heute auch die Beichte abnehmen lassen?«, wollte Gudrun von Gesine wissen.

»Nein, wieso sollte ich? Da sind noch andere vor mir dran.«

»Weiß der Pater eigentlich, wie Pfarrer Josef zu Tode kam? Dass er grausam ermordet wurde?« Lisbeth konnte es einfach nicht lassen.

»Natürlich weiß er es. Er ist schließlich nicht blöd.« Gesine schüttelte mit dem Kopf. Ihre gute Laune schien sich in Luft aufzulösen.

»Und hat er nicht Angst, dass ihn das gleiche Schicksal ereilt?« Gudrun holte sich ein Hefeplätzchen aus ihrem Einkaufsbeutel und biss herzhaft hinein.

»Passt ihr lieber auf, dass nicht eine von euch irgendwo tot aufgefunden wird. Wundern würde es mich nicht«, mischte sich nun Manuela ein.

»Wann ist denn die Beisetzung von Pfarrer Josef?«, versuchte Lisbeth, ein anderes Thema anzuschneiden, und das nur, um ihren Aufenthalt in der Kirche noch ein wenig zu verlängern.

»Die Leiche ist noch nicht freigegeben. Aber ich denke, er wird noch Ende der Woche nach Bayern überführt«, beantwortete Gesine Lisbeths Frage.

»Was dauert denn das so lange? Haben die an seinem Körper vielleicht noch was gefunden, was auf eine weitere Tat schließen lässt, bevor man ihn erschlagen hat?« Gudruns Augen wurden immer größer und sahen in dem Licht der dunklen Kirche geradezu gespenstisch aus.

»Nicht, dass ich wüsste.« Gesine schnappte sich ihre Tasche und machte Anstalten, die Kirche zu verlassen.

»Nun reicht es aber«, griff Jan ein. »Ihr verschwindet jetzt auf der Stelle. Gegessen wird zu Hause. Kommt nachher wieder, wenn ihr beichten wollt.« Grob fasste er Lisbeth an ihrer Strickjacke und zog sie von der Bank hoch.

»Du hast es gerade nötig, dich hier aufzuspielen. Weißt du eigentlich, dass dein Freund Marc gestern Morgen mit dieser Margareta, der Freundin von Jens, beim Bäcker gegenüber im Café gesessen hat? Sie sollen sich köstlich amüsiert haben.« Lisbeth schlug ihm auf die Hand, bis er ihre Strickjacke losließ.

»Was habe ich damit zu tun? Verschwindet endlich.« Er nahm seinen Besen und erhob ihn drohend.

Die beiden Frauen räumten nur widerwillig das Feld und lachten beim Hinausgehen.

»Warum kann man diese Lästermäuler nicht aus der Kirchengemeinde entfernen?«

»So einfach ist das nicht, Jan. Da müssten sie sich schon mehr zuschulden kommen lassen. Nimm es gelassen.« Gesine schaute ihren Schützling freundlich lächelnd an.

»Noch mehr? Die beiden Weiber haben genug Dreck am Stecken.« Murmelnd verschwand er mit seinem Besen in der Sakristei.

»Wusstest du von dem Treffen in dem Café gestern? Marc und Margareta?«, rief Manuela ihm hinterher.

»Nein, wieso? Was geht es mich an, wer mit wem wo Kaffee trinkt?«

Und doch ärgerte es ihn, und er war längst nicht so cool, wie er sich gab. In der Sakristei angekommen, lehnte er sich an die Kommode und dachte nach. Wieso haben die beiden sich getroffen, Margareta und Marc? Was lief da, von dem er nichts wusste? Marc war doch immer zu ihm gekommen, wenn er ein Problem hatte. War er nicht so etwas wie der große Bruder und Beschützer für ihn? Und nun traf er sich mit der tollen Margareta? Und auch noch genau gegenüber der Kirche? Der Stachel der Wut pikste ihn, wieder und wieder. Er konnte nicht sagen, auf wen er wütender war, auf Margareta oder auf Marc. Dass er gerne derjenige gewesen wäre, der mit dieser schönen Frau dort einen Kaffee getrunken hätte, würde er niemals zugeben. Kaffee trinken, Kuchen essen, und hinterher hätte er ihr die Kirche zeigen können. Die beiden ganz allein auf weiter Flur. Wer weiß, was sich dabei ergeben hätte?

Manuela bereitete seinen Träumen ein Ende, indem sie lauthals nach ihm rief.

Voller Stolz schritt Pater Jaspal am Nachmittag durch die gut besuchte Kirche zum Beichtstuhl und setzte sich hinein. Er hatte die vielen Menschen, die weitab des Beichtstuhls saßen, sofort wahrgenommen und freute sich.

Alle waren sie gekommen, ob nun, um zu beichten oder aus Neugier: Gesine Habermüller, Lisbeth Saborowski, Gudrun Karpa, Manuela und Jan, Marc, Jens, Ina und Matthias sowie etliche andere treue Gemeindeglieder.

Schon wenig später ging der erste Reumütige nebenan im Beichtstuhl auf seinen Platz, und der Pater lauschte seinen Worten. Eine ruhige leise Stimme meldete sich. »Im Namen des Vaters und des Sohnes und des Heiligen Geistes, Amen.«

»Gott, der unser Herz erleuchtet, schenke dir wahre Erkenntnis deiner Sünden und seiner Barmherzigkeit«, sprach Pater Jaspal und lauschte andächtig, was gleich kommen würde, was dieser Mann auf dem Herzen hatte.

»Amen.«

»Was quält dich, mein Sohn?«

»Ich habe Schuld auf mich geladen, schwere Schuld. Ich habe nichts unternommen, als meine Hilfe gefragt war. Es ist so lange her, und doch quält es mich nun wieder. Ich schlafe nachts schlecht und denke nur noch daran. Immer wieder stellt sich mir die Frage: Warum hast du damals nichts getan, die Augen verschlossen und geschwiegen.

Das war falsch. Ich kann es nicht mehr ändern, und doch quält es mich. Wie werde ich die bösen Gedanken bloß wieder los?«

Pater Jaspal war ratlos. Was sollte er dem Mann antworten? Er überlegte.

»Ist denn jemand durch dein Schweigen zu Schaden gekommen? Ist ihm, dem du die Hilfe verwehrt hast, dadurch etwas Böses zugestoßen? Ist er tot?« Die Alarmglocken schrillten in des Paters Kopf. Er fragte sich, ob dieser Mann etwas mit dem Tod des Pfarrers zu tun hatte.

»Wie man es nimmt. Nein, er lebt noch. Doch vielleicht hat dadurch ein anderer Mensch leiden müssen. Ich weiß es nicht. Es ist schon 30 Jahre her.«

»Und so lange quält dein Versäumnis dich schon?«

»Nein, lange Jahre hatte ich es vergessen oder auch nur verdrängt. Ich weiß es nicht. Erst in den letzten Wochen quält es mich wieder.«

Also hängt es doch mit dem Mord an Pfarrer Josef zusammen, war der Pater sich fast sicher. Er stöhnte leise. Der erste Sündenfall in der neuen Gemeinde und gleich so ein schwerwiegender. Wieso hat Gott mich bloß in diese Gemeinde, der ein unmöglicher Ruf vorauseilt, versetzen lassen, fragte er sich. Wollte er ihn prüfen? Er wollte diesen schwierigen ersten Sündenfall schnell hinter sich bringen.

»Quäle dich nicht weiter damit, mein Sohn. Wenn so eine lange Zeit Ruhe war und derjenige noch unter den Lebenden weilt, dann vergiss das Ganze. Bete zwölf Mal das ›Vaterunser‹, um Gott zu zeigen, dass du ihn liebst und in Zukunft besser reagieren wirst, wenn jemand deine Hilfe braucht. Gott, der barmherzige Vater, hat durch den Tod und die Auferstehung seines Sohnes die Welt mit sich versöhnt und den Heiligen Geist gesandt zur Vergebung der Sünden. Durch den Dienst der Kirche schenke er dir Verzeihung und Frieden. So spreche ich dich los von deinen Sünden. Im Namen des Vaters und des Sohnes und des Heiligen Geistes.«

»Amen.«

»Gelobt sei Jesus Christus.«

»In Ewigkeit Amen.«

Statt im Frieden des Herrn hinzugehen, blieb der Beichtende knien und wartete ab. Das soll jetzt alles gewesen sein? Er lässt mich ziehen? Fragt nicht weiter, wer dadurch eventuell zu Schaden gekommen war? Spricht mich los von aller Schuld? Ja geht es noch? Wie erledigt er denn seine Arbeit? Machte er es sich nicht zu einfach? Pfarrer Josef hätte anders reagiert. Doch Pfarrer Josef war tot.

Pater Jaspal wischte sich den Schweiß von der Stirn. Nein, er wollte nichts weiter wissen. Er wollte nicht hören, dass die Angelegenheit von damals vielleicht mit dem Tod des Pfarrers zusammenhing. Es wurde schon genug getratscht. Es musste Schluss sein. Soll der Sünder von dannen ziehen und mich in Ruhe lassen, dachte er und wartete mit klopfendem Herzen, bis er endlich verschwand.

Dolly gefielen die beiden anderen Puppen nicht. Das hatte Gesine sofort gespürt, als sie diese rechts und links neben Dolly in den Lehnstuhl setzte. Die Puppe, die ihr nun zur Rechten saß, war kleiner als Dolly, hatte halblange mittelblonde Haare, glatt gekämmt und trug ein rotes Samtkleid. Ihr Körper war weich ausgestopft. Ihr Kopf bestand aus Porzellan. Grell geschminkt schaute sie böse in die Welt. Angeblich sollte sie mehr als 80 Jahre alt sein. Gesine fiel sogleich ein Name für diese Puppe ein. Mechthild, so wie ihre damalige Schulfreundin hieß, würde gut zu ihr passen, fand sie.

Die den Platz an Dollys linker Seite zugeteilt bekam, war ebenfalls weichgestopft und mit einem Porzellankopf ausgestattet. Die roten Haare standen ihr zu Berge. Ihr schmales Gesicht zeigte einen gleichgültigen Ausdruck. Ich könnte sie Dagmar taufen, so wie meine jüngere Schwester hieß, überlegte Gesine. Ja, Dagmar wäre ideal.

»Keine Angst, Dolly, du bist und bleibst meine Nummer eins. Schließlich bist du eindeutig die Älteste in der Runde. Doch nun hast du Gesellschaft. Vornehme und teure Gesellschaft. Immerhin haben mich die beiden Damen fast 1000 Euro gekostet, musst du wissen.«

Gesine griff nach Dolly und nahm sie auf den Arm. Im Gegensatz zu den beiden anderen hatte Dolly einen Zelluloidkörper und ein glänzendes Gesicht. Die beiden anderen Puppen waren eindeutig anschmiegsamer und auch hübscher anzusehen. Doch Dolly war nun mal ihre engste Vertraute, und das sollte sie auch bleiben.

Gesine fiel der Besuch bei der alten Tante Herta ein, der Schwester ihrer Mutter, die weit entfernt von ihrem Heimatdorf in einer Kreisstadt in einem vornehmen Haus mit großer Freitreppe wohnte. Bei ihrem ersten und einzigen Besuch bei dieser gutbetuchten Tante war Gesine ungefähr vier Jahre alt. Bei Tisch hatte sie die warnenden Blicke der Mutter noch wahrgenommen und sich anständig benommen. Später, als die beiden Schwestern in alte Erinnerungen vertieft waren und die kleine Gesine sich allein in dem Haus umsah, vergaß sie die Mutter und ihre Warnungen, sich gut zu benehmen. Sie betrat oben im ersten Stock ein wunderschönes Zimmer mit hellen Biedermeier-Möbeln, Blümchenvorhängen und Deckchen aus wunderbaren bunten Stoffen. Sie stürzte sofort zu einem Lehnstuhl, der ähnlich aussah wie der ihre heute. Dort saß eine Puppe, in schmucke Kleider gehüllt, mit Hütchen auf dem Kopf und Täschchen um den Hals. Auch diese Puppe war aus Zelluloid und äußerst hart, die Haare nur aufgemalt. Eine echte Schildkrötpuppe, behauptete die Tante wenig später. Gesine hob sie aus dem Sessel, spielte mit ihr Hubschrauber und öffnete das Fenster. Dabei stieß sie den kleinen Leuchter herunter, der auf der Fensterbank stand, wobei der Lampenschirm zu Bruch ging. Dann hielt sie die Puppe aus dem Fenster, wollte ihr den herrlichen Garten zeigen. Die Puppe wehrte sich jedoch, wollte nicht von Gesine gehalten werden, fiel hinunter auf die Terrasse, wobei sie sich mehrfach überschlug. Der Kopf löste sich vom Körper, zerbarst in viele kleine Teile. Nie wieder besuchten sie danach die Tante. Gesine schwor sich, dass ihr das mit Dolly niemals passieren würde. Vielleicht hütete sie die Puppe deshalb wie ihren Augapfel.

»Wie findest du die Namen deiner beiden Gefährtinnen? Mechthild und Dagmar sind sehr schöne Namen. Oder hast du eine andere Idee? Nun schau nicht so böse. Ihr werdet euch schon aneinander gewöhnen. Ach, jetzt weiß ich, wieso du so traurig guckst. Du trauerst um dein Hütchen, nicht wahr?«

Gesine gab der Puppe einen Kuss auf die Stirn und setzte sie wieder in die Mitte des Lehnstuhls.

»Wir werden dein Mützchen schon finden! Verlass dich drauf.« Zu dem wunderschönen blauen Samtkleid gab es nämlich das passende Häubchen, das die Hochsteckfrisur von Dolly zusammenhielt. Noch vor wenigen Tagen thronte es auf Dollys Kopf. Plötzlich war es jedoch verschwunden. Gesine hatte eine neue Bordüre an der Haube anbringen wollen und es in ihre Hosentasche gesteckt, um dies später, am Abend, zu erledigen. Irgendwie wurde das Häubchen vergessen, und schon bald darauf konnte Gesine sich nicht mehr erinnern, wohin sie es gelegt hatte.

Sie seufzte. »Ach Dolly, ich werde eben älter. Doch mir fällt schon wieder ein, wo dein Häubchen ist. Ganz bestimmt!«

13. KAPITEL

Margareta streckte sich auf dem Sofa aus und schaute durchs Wohnzimmerfenster in den wolkenlosen Himmel. Die Sonne schien, und eigentlich konnte sie den Tag genießen. Wenn sie jedoch die nächste Woche in Lieberhausen sein wollte, müsste sie diesen komischen Arzt noch einmal aufsuchen, wozu sie aber absolut keine Lust hatte. Bescheinigte er ihr für die nächste Woche keine Arbeitsunfähigkeit, wusste sie wenigstens heute schon Bescheid. Als ahnte Jens bereits, dass es so kommen würde, erzählte er ihr gestern Abend am Telefon, dass sie dann wenigstens das Wochenende in Lieberhausen verbringen und schon Freitagmittag losfahren könnten. Er berichtete ihr noch, dass er die Beichtstunde des neuen Paters am Nachmittag besucht hätte, und was da los gewesen sei. Kein Wort davon, dass sie sich am Abend treffen könnten, gestern oder vielleicht heute. Nichts. Heute wollte er zum Joggen. War ihm das etwa wichtiger, als sie zu sehen? Sie wurde einfach nicht schlau aus diesem Mann. Sah er sie nur als Mittel zum Zweck?

Danach rief Waltraud an und besaß die Frechheit zu fragen, ob sie am Vortag, als sie ihre Wohnung verließ, gegen den Blumenhocker im Treppenhaus getreten hätte. Dieser wäre nämlich nun kaputt, ein Bein wäre abgebrochen, der Hocker samt Klivie umgekippt, und die Erde hätte sich auf dem Boden verteilt. Für wie blöd hielt ihre Mutter sie eigentlich? Nachdem sie gerade 100 Euro und eine ordentliche Portion Essen eingesackt hatte, würde sie wohl kaum wütend gegen den uralten Hocker treten und das, nachdem die Putzhilfe für diese Woche schon mit der Flurreinigung fertig war. Wieso rief sie überhaupt deswegen an? Das hätte sie Margareta doch auch schon am Mittag fragen können, als sie zum Stadtbummel aufgebrochen waren. Doch da machte sie auf wortkarg und muffelig, probierte etliche Kleider und Hosen an. Entweder waren die Teile zu eng, nicht modisch genug oder zu teuer. Nachdem sie in Erle nicht fündig wurden, fuhren sie nach Buer, auch auf die Gefahr hin, dass eine von Margaretas Kolleginnen sie sehen könnte. Sie band sich ihr Haar zusammen, setzte ihr Jeanskäppi und die Sonnenbrille auf und stürzte sich samt Mutter in die Geschäfte. Ein reduziertes Kittelkleid sowie eine weiße Hose schleppte Waltraud nach Hause. Die ganze Aktion dauerte fast fünf Stunden. Zum guten Schluss fetzten die beiden sich nur noch.

Sie blickte auf die Uhr. Noch zwei Stunden, bis die Morgensprechstunde des Arztes endete.

Sie sprang vom Sofa auf. Ich werde erst am Nachmittag den Arzt aufsuchen, entschloss sie sich spontan. Heute Morgen wollte sie noch einmal nach Ückendorf fahren. Am Dienstag hatte sie gar keinen Blick in die Kirche riskieren können. Irgendetwas zog sie dorthin.

Schon eine halbe Stunde später wusste sie, was sie, beziehungsweise wer sie magisch in die St.-Michael-Kirche zog. Den schwarzen BMW, der vor der Kirche parkte, hatte sie kaum wahrgenommen. Erst als sie die quietschende Kirchentür rechts neben dem Haupteingang aufzog und einen Blick in die heilige Halle riskierte, kombinierte sie, wer der Besitzer der schwarzen Karosse war.

Schon von Weitem hatte sie ihn erkannt, den großen wuchtigen Ersten Hauptkommissar des KK11, Helmut Blauländer. Er stand vor dem Altar und unterhielt sich mit seiner Assistentin Jenny Gehrke, gestikulierte wild mit seinen Armen.

Was tun? Umkehren? Sich einfach in eine Bank setzen, den Kopf senken und beten? Margareta brach der Schweiß aus. Ihr Herz raste. Nein, Helmut Blauländer wollte sie hier nicht begegnen, obwohl sie eigentlich nach dem letzten gemeinsamen Fall nicht als Feinde auseinandergegangen waren.

Als spürte er ihren Blick auf seinem breiten Rücken, drehte er sich um. Erstaunen spiegelte sich auf seinem Gesicht wider, dann, oh Wunder, lächelte er.

»Nein, das glaube ich jetzt nicht. Margareta Sommerfeld? Hier in Ückendorf? In einer Kirche?« Er ging auf sie zu, ergriff ihre ausgestreckte Hand und zog sie spontan in seine kräftigen Arme.

So kannte sie ihn gar nicht. Er hatte auf sie stets verschlossen und eher stur gewirkt. Tränen traten in ihre Augen. Längst Vergessenes drang wieder an die Oberfläche. Dinge, an die sie nicht erinnert werden wollte. Er roch gut, der Herr Kommissar in seinen Jeans, dem gestreiften Hemd und der hellen Weste darüber. Gepflegt war er eigentlich immer. Ein wenig verstaubt in seinem Äußeren und seinen Ansichten, aber kein schlechter Kerl. Als die Morde auf dem Zechengelände passierten, waren sie fast Freunde geworden. Dafür flogen bei den Mordermittlungen zu Harald Kleinschnittger, dem Heiratsschwindler, richtig die Fetzen. Blauländer fühlte sich von ihr bevormundet und übergangen.

»Hallo, Herr Blauländer! Hätte ich gewusst, dass Sie heute hier sind, wäre ich natürlich nicht hergekommen.« Die Angst fiel von ihr ab. Ihr Pulsschlag normalisierte sich, die Schweißproduktion ließ nach. Ein Seitenblick streifte Jenny Gehrke. Margareta mochte sie nicht. Nicht nur, weil sie damals mit ihren Freund Stefan in die Kiste gestiegen war.

Kaugummi kauend bestaunte Jenny das bunte Fenster im Querschiff, welches die Heiligen Elisabeth von Thüringen, Anna Selbdritt und Barbara darstellte. Dieses Kunstwerk aus Antikglas, Blei und Schwarzlot stammte von Walter Klocke und zierte seit 1957 die tolle Kirche.

Als ahnte Blauländer Margaretas Gedanken, flüsterte er ihr zu: »Tja, man kann sich seine Kollegen nicht immer aussuchen. Mit Stefan Kornblum war die Zusammenarbeit produktiver. Mal wieder was von ihm gehört?«

»Nein, der ist Geschichte.«

»Ah, dann gibt es einen Neuen?«

Margareta zuckte mit den Schultern. »Noch nicht konkret.«

»Nachdem der Rosensalzmörder gefasst war, wollten Sie endlich mit der Schnüffelei aufhören, haben Sie mir hoch und heilig versprochen. Es ist also hoffentlich eher Zufall, dass Sie heute hier sind?«

»Nein, kein Zufall. Ich bin schon wegen Pfarrer Josef hier. Ach, das ist eine lange Geschichte, in die ich da nichtsahnend geschlittert bin.«

»Schlittern Sie nicht immer irgendwie in dubiose Geschichten?«, fragte er sie schmunzelnd.

Nun betraten Manuela und Jan die Kirche und staunten Bauklötze, als sie Margareta und den Kommissar vertraut plaudernd zusammenstehen sahen. Man konnte die Fragezeichen, die aus ihren Köpfen emporstiegen, regelrecht sehen.

»Übernehmen Sie das mal, Gehrke«, rief Blauländer seiner Kollegin zu, grüßte die Ankommenden kurz und deutete ihnen mit den Händen, sie mögen sich Jenny zuwenden.

»Was führt Sie also hierher? Ich dachte immer, hinter dem Kanal, das wäre nicht so Ihre Sache.«

Margareta musste lachen. »Daran erinnern Sie sich noch? Stimmt, ich kannte bis vor wenigen Tagen diesen Stadtteil nur vom Namen her. Ich habe einen Mann kennengelernt, ausgerechnet in Lieberhausen, auch in einer Kirche. Und dieser Mann erzählte mir vom Tod des Pfarrers.«

»Wie heißt dieser Mann?«

»Jens Eigenhardt.«

»Und das ist nun Ihr neuer Freund?«

»Nicht wirklich. Eher mein ›Mister Stringer‹. Wir haben eine große Gemeinsamkeit: Auch er steckt seine Nase gerne in ungelöste Kriminalfälle.«

»Auch das noch. Na Hauptsache, Sie beide kommen mir nicht in die Quere.«

Während Blauländer sich Jens' Namen notierte, wollte er wissen, ob Margareta und ihr Freund schon etwas Interessantes herausgefunden hätten.

»Haben *Sie* denn schon einen konkreten Verdacht? Oder irgendwelche Erkenntnisse?«, wollte sie vom Kommissar wissen.

»Ja, eine Zeugin hat sich gestern gemeldet. Dann kam noch eine interessante Auswertung von der KTU. Aber darüber sollten wir hier nicht sprechen.«

»Gegenüber ist ein Café. Da gibt es herrlichen Kuchen.« Margareta lächelte ihn verführerisch an. Sie wusste, dass er ein kulinarischer Genießer war.

»Ach, jetzt weiß ich erst, wie sehr Sie mir gefehlt haben, Sommerfeld. Erinnern Sie sich noch an unsere Treffen auf der Terrasse von Schloss Berge? Oder an das Essen im letzten Jahr auf dem Wolterhof?«

»Wie könnte ich das vergessen.«

Blauländer ging schnellen Schrittes in die Sakristei zu seiner Kollegin und den beiden zu befragenden Kirchenangestellten. Schon eine Minute später kam er wieder heraus und schob Margareta in freudiger Erwartung auf Kaffee und Kuchen aus der Kirche.

»Kann ja auch mal was machen, die Gehrke. Große Töne spucken kann sie, soll sie mal zeigen, was sie sonst noch drauf hat, außer den Kerlen den Kopf zu verdrehen.«

Sie mischten sich unter die schnatternden Hausfrauen, die den Haushalt Haushalt sein ließen, bei Kaffee und Kuchen über ihre Angetrauten klagten, hin und wieder auch laut lachten. Ein winziger Ecktisch war noch frei und bot Blick auf die Kirche. Bei Aprikosenkuchen und Milchkaffee konnte der Informationsaustausch beginnen.

Blauländers grüne Augen flitzten noch immer mit einer wahnsinnigen Geschwindigkeit hinter seinen Brillengläsern hin und her, als könnte ihm etwas entgehen. Schlussendlich blieben sie an Margaretas Gesicht hängen. Gut sieht sie aus, dachte er. »Lassen Sie mich raten. Aus ermittlungstechnischen Gründen sind Sie zurzeit arbeitsunfähig, haben einen neuen Arzt aufgetrieben, der diesen Part hervorragend abdeckt.«

»Hey, was soll das denn? Das hört sich ja an, als wäre ich arbeitsscheu. Mir geht es tatsächlich nicht gut. Ich hatte Gallenbeschwerden vom Allerfeinsten. Nach dem Geburtstag meiner Mutter ging es mir ganz schlecht.«

»Das kenne ich. Kommt vom guten Essen und vom Alkohol.«

Er freute sich tatsächlich, sie getroffen zu haben, und erhoffte sich Insiderwissen, an das er im Normalfall niemals kommen würde, war sich jedoch bewusst, dass auch er einige Ermittlungsergebnisse preisgeben müsste. Eine Hand wusch eben die andere. Margareta war nicht dumm, und damit sie endlich mit ihrem Bericht loslegte, präsentierte er ihr die Neuigkeit, die die SoKo Josef Wolzenburger zum Staunen gebracht und die er vorhin schon angedeutet hatte.

»Man hat Faserpartikel in Lunge und Hals des Toten gefunden und festgestellt, dass der Schlag mit dem Kerzenständer ihn nicht getötet hat, sondern dass er hinterher erstickt worden ist. Jemand muss ihm einen Knebel in den Mund gesteckt haben.«

Vor Schreck ließ Margareta ihre Kuchengabel fallen. Es gab tatsächlich zwei Täter? Oder doch nur einen, der ihn, als er merkte, dass der Pfarrer noch nicht tot war, erstickte? Hätte er in dem Fall nicht noch einmal zuschlagen können?

Margaretas Gedanken fuhren Achterbahn und überschlugen sich mehrfach. Fragen über Fragen durchfluteten ihr Gehirn. Nichts überstürzen, sagte sie sich. So erzählte sie Blauländer erst einmal die spannende Kennenlernstory in Lieberhausen, vom Grillen bei Jens und seinen engen Freunden und dem Verdacht gegen Pfarrer Josef, dass er sich einem von ihnen vor 30 Jahren sexuell genähert hätte. Die Geschichte vom damaligen Heimleiter des Käte-Strobel-Hauses und dass sie diesen Mann nun befragen wollten, kam natürlich auch auf den winzigen Tisch des Bäckerladencafés.

Helmut Blauländer bekam den Mund nicht mehr zu. Welch ein Segen Gottes, dass ich die Sommerfeld heute getroffen habe, dachte er. Vor Freude wäre er am liebsten gleich zur Kirche herübergerannt und hätte 20 Kerzen auf einmal angezündet.

Den Anruf der Zeugin musste er als Dreingabe auch noch erzählen.

»Das muss unter uns bleiben, okay?« Die spannende Geschichte, die Margareta ihm auftischte, hatte ihn so aufgewühlt, dass er noch ein Stück Schokoladentorte und ein Steigerbrötchen nachlegte.

»Sind Sie deshalb heute noch einmal hier und verhören den Küster und die Putzfrau? Stehen die beiden unter Verdacht?« Margareta konnte ihre Neugier nicht bremsen.

»Ich war schon des Öfteren hier, und es wird auch heute nicht das letzte Mal sein. Ihren Mr. Stringer, Jens Eigenhardt, muss ich auch noch befragen. Ob das Küsterehepaar verdächtig ist? Nachdem ich diese alte Geschichte gehört habe, irgendwie schon, denke ich.«

»Oh, da habe ich jetzt ein Fass aufgemacht, was?« Margareta plagte einen kurzen Moment das schlechte Gewissen.

»Ja natürlich. Und das ist auch gut so.«

Die Kaffeemorgenrunde war beendet, als die beiden nicht mehr mitansehen konnten, wie die Gehrke in ihrem dünnen Flatterkleid um den geparkten BMW lief und Blauländer anscheinend suchte.

»Jetzt habe ich Sie nicht einmal nach Anni gefragt. Geht es ihr gut?« Margareta interessierte nicht wirklich, wie es seiner Frau ging und fragte nur aus Höflichkeit.

»Ach ja, immer das gleiche, und ihre Mutter lebt auch noch«, antwortete er seufzend.

»Echt jetzt? Ja, manche Menschen sind zäh wie Leder.«

»Das kann man wohl sagen. Und was macht Ihre Mutter? Ich denke mal, wenn sie noch Ausflüge im Bus unternimmt, ist sie noch gut drauf, oder?«

»Die ärgert mich nach wie vor. Mal mehr, mal weniger.«

Margareta erinnerte sich, was er mit seiner Schwiegermutter schon alles mitgemacht hatte, und sie bedauerte ihn wirklich.

Vor dem Café verabschiedeten sich die beiden. Blauländer nahm ihr das Versprechen ab, sich sofort nach

Lieberhausen zu melden. Falls nötig, auch von dort aus. Er befürchtete, vielleicht selbst noch dorthin fahren zu müssen.

Nachdem Blauländer mit der Gehrke in dem schwarzen BMW davongefahren war, schaute Margareta grübelnd auf ihre Uhr. Nein, jetzt noch mal in die Kirche zu gehen, um von Manuela und Jan in die Zange genommen zu werden, dazu verspürte sie keine Lust. 13 Uhr. Jens würde staunen, was sie an Neuigkeiten erfahren hatte. Faserspuren in Lunge und Hals des Toten und eine Zeugin, die eine Frau gesehen haben wollte, die sich zur Tatzeit in die Kirche schlich. Ob sie zu ihm fahren sollte, um vor seiner Tür auf ihn zu warten?

Als sie vor seinem Haus parkte, fand sie die Idee schon nicht mehr so toll. Ihr ging so vieles durch den Kopf. Gern wäre sie bei den Befragungen von Manuela und Jan dabei gewesen. Hatten die beiden echt Dreck am Stecken? Den gemütlichen Jan konnte sie sich so gar nicht als Mörder vorstellen.

Ebenso ging ihr die Zeugin nicht aus dem Kopf. Vom Linienbus aus, der vor der Kirche hielt, wollte sie gesehen haben, dass eine Frau am besagten Samstagmorgen, kurz bevor man den Pfarrer fand, die Kirche betreten hat? War sie denn zu dem Zeitpunkt schon geöffnet? Hatte Manuela nicht den toten Pfarrer entdeckt? Dann war sie es doch, die die Kirche aufgeschlossen hat. Oder Jan, der nach Aussage etwas aus der Sakristei holen wollte. Fragte sich, ob vor oder hinterher? Sie hätte Blauländer über diese Zeugin ausfragen müssen. Was genau sie gesehen hatte. Wie die Person, die sie gesehen hat, aussah, was sie anhatte, wieso diese Zeugin sie überhaupt verdächtig fand. Vielleicht war es Gesine? Doch wäre sie nicht durch den Seiteneingang in die Kirche gelangt?

Inzwischen kamen Margareta starke Zweifel, ob Jens sich tatsächlich freuen würde, sie hier vor seinem Haus anzutreffen. Was, wenn er erst gegen 15 Uhr heimkäme?

Sie zog ihr Handy aus der Hosentasche und schickte ihm eine SMS.

Bin gerade zufällig in Ückendorf. Habe tolle Neuigkeiten, was den Mord betrifft. Sollen wir uns vielleicht treffen?

Schon wenig später kam die Antwort, ebenfalls in Form einer SMS.

Ganz schlecht heute. Komme erst 15.30 Uhr aus der Schule. Und dann wollte ich mich hinlegen. Bin geschafft. Wir telefonieren nachher. Okay?

Ja okay, du alter Opa, hätte sie ihm am liebsten getextet. Sie startete den Motor, gab Gas und fuhr Richtung Heimat.

Wütend machte sie ihrem Ärger Luft, indem sie lauthals schimpfte. Ein noch relativ junger Mann, durchtrainiert und gesund, musste sich hinlegen, wenn er vom Unterricht heimkam. Ja, geht es noch? Was ist denn das für ein Typ? Dieser verkorkste Lehrer kann mich mal, schrie sie wütend ins Autoinnere und schlug an der Ampel stehend mit der Faust auf das Lenkrad. Der Fahrer neben ihr schüttelte mit dem Kopf. Er hielt sie offenbar für total durchgeknallt, wie man unschwer an seinem Verhalten erkennen konnte.

Dauernd erteilt er mir Abfuhren. Pah, Lieberhausen! Was soll ich dort? Dem Geschimpfe folgten Tränen, die ihr die Wangen herunterliefen.

Dass er es ganz einfach unerträglich fand, wenn man ihn bedrängte, darauf kam Margareta nicht. Er hatte schon einen dicken Hals, als er erfuhr, dass sie mit seinem Freud Marc in Ückendorf Kaffee trinken war, ohne ihn von ihrem Vorhaben vorher in Kenntnis zu setzen. Die Betonung lag auf *vorher*. Wenn er jetzt noch erführe, dass sie Kommissar Blauländer die alte Geschichte erzählt hatte, würde das seine Wut auf Margareta nicht mindern.

14. KAPITEL

»Wir sind da!«, verkündete Jens euphorisch und parkte den Wagen auf dem Parkplatz vor der Kirche in Lieberhausen. »Was ist denn bloß los mit dir?« Besorgt schaute er Margareta an.

Während der Fahrt hatte sie kaum gesprochen.

Margareta hatte Tränen in den Augen und zuckte nur mit den Schultern, bevor sie aus dem Auto stieg. Alles sah so anders aus als noch vor ein paar Tagen. Nichts mehr mit Romantik, der Gasthof machte auf sie einen tristen Eindruck, die Kirche sah aus, wie eine Dorfkirche eben aussieht. Obwohl das Wetter ihnen wieder einen herrlichen Sonnentag bescherte.

Ihr Wolkenkuckucksheim, in das sie sich seit Tagen hineinträumte, war zusammengebrochen, und sie landete unsanft auf dem Boden der Tatsachen. Kein weiterer Urlaub auf Krankenschein. Schluss mit der schleimigen Freundlichkeit. Der Russe mit der Vorwärtsfrisur zeigte ihr gestern die Zähne, lehnte eine Verlängerung ihrer Arbeitsunfähigkeit ab, ohne sie überhaupt untersucht zu haben, meinte, dass Arbeit noch immer die beste Medizin sei und sie ja noch jung wäre. Jung und gesund, war seine Diagnose, die er ihr schonungslos an den Kopf warf. Damals, in seiner Heimat, wären die Frauen sogar mit hohem Fieber zur Arbeit erschienen. So wehleidige Weicheier hätte es dort nicht gegeben. Wütend hatte sie die Praxis verlassen. Kaum zu Hause angekommen, rief ihr Chef an und fragte, ob er denn nun am Montag mit ihrem Erscheinen rechnen könne. Neue Ware sei gekommen, sie bräuchten jede Hand.

Er war vollkommen perplex, als sie ihr Kommen zusagte, hatte er doch damit gerechnet, dass sie weiterhin ausfallen würde.

Jens schlug daraufhin vor, wenigstens das Wochenende in Lieberhausen zu verbringen. Marc und Leonie blieben eine ganze Woche. Eine Schulfreundin des Mädchens mit ihrer Mutter hatte ebenfalls im Käte-Strobel-Haus eine Urlaubswoche gebucht. Da für Margareta und Jens in dieser Herberge leider keine Einzelzimmer mehr frei waren, reservierte Jens im Gasthof welche. Margareta war inzwischen alles egal, da sie wenig Lust verspürte, am Sonntag wieder heimzufahren. Wenn alles nicht so lief wie geplant, endete ihre gute Laune mit einem Schlag.

Als Waltraud dann noch in das Horn des Arztes blies, war für sie alles zu spät. »Ja Kind, es geht nicht immer nur nach deinem Kopf. Meinst du, der Mann ist blöd? Er hat längst durchschaut, dass du kerngesund bist«, traute sich Waltraud tatsächlich kundzutun, woraufhin Margareta wütend ihre Wohnung verließ.

»Jetzt zieh doch nicht so ein Gesicht. In drei Wochen hast du Urlaub, da können wir doch ein paar Tage länger bleiben. Komm, lass uns auf unsere Zimmer gehen. Später laufen wir dann rüber zum Käte-Strobel-Haus.« Jens legte den Arm um sie und zog sie tröstend an sich. Ihr war unangenehm, dass er ihretwegen ebenfalls am Sonntag heimfahren würde, obwohl seine Ferien gerade erst begannen. Vom Kaffeetrinken mit Blauländer gestern und was sie dabei alles erfahren hatte, hatte sie ihm noch nichts erzählt. Mit Jan schien Jens auch noch nicht gesprochen zu haben. Sie fand es besser, ihre Neuigkeiten noch eine Weile für sich zu behalten.

Das Standard-Einzelzimmer entpuppte sich als wesentlich einfacher als das Hochzeitszimmer, in dem sie noch vor einer Woche genächtigt hatte. Es sind doch nur zwei Tage, sagte sie sich und überlegte, was man in der Zeit schon ermitteln konnte. Immerhin hatte Jens den Namen des damaligen Herbergsvaters in Erfahrung bringen können. Er hieß Georg Lenz und lebte auf einem Bauernhof bei Meinerzhagen den er sogar noch selbst bewirtschaftete. Na immerhin etwas, dachte sie mürrisch und fragte sich, was sie eigentlich von dem alten Kerl wollten. Wusste er etwas über die Sache, die im Jahre 1985 passiert war? Hing der Tod des Pfarrers tatsächlich mit der Kirchenfreizeit von damals zusammen?

Margareta hatte sich ein Glas Limonade mit aufs Zimmer genommen, und noch eh sie ihre Tasche ausgeräumt hatte, legte sie sich mit dem Glas in der Hand aufs Bett. Natürlich klappte es nicht, im Liegen zu trinken, und sie kippte sich das halbe Glas auf ihr T-Shirt und ins frisch bezogene Bett.

Sie konnte sich einfach nicht entspannen, denn sie war so furchtbar enttäuscht, dass es mit dem längeren Aufenthalt hier im Bergischen Land nicht klappen würde. Sie hatte sich schon ausgemalt, was sie alles außer ihren Ermittlungen unternehmen könnten. Hatte sich schon draußen Wein trinkend mit Jens vor dem Gasthof sitzen sehen. Sie hatte sich Wanderschuhe gegönnt, um gemeinsam mit Marc und Leonie zur Aggertalsperre zu wandern. In zwei Tagen könnte sie das meiste davon, was sie sich vorgenommen hatte, abhaken. Entspann dich, sagte sie sich und schloss die Augen. Durch das gekippte Fenster hörte sie draußen die Vögel zwitschern und die Unterhaltung einiger Gäste, die vor dem Lokal Platz genommen hatten. Genieß die wenige Zeit, die du hast, und erfreue dich an der dörflichen Idylle, sagte sie sich. Es klappte jedoch nicht. Ihr Gedankenkarussell nahm volle Fahrt auf und jagte mit einem Affenzahn durch ihr Gehirn, ohne ein konkretes Ziel zu erreichen. Sie atmete tief ein und aus und versuchte sich zu konzentrieren, sich in die Zeit zurückzuversetzen, in dem diese schlimmen Ereignisse stattgefunden haben sollten.

Irgendwann erschienen die Bilder des Sommers 1985. Fröhliche, schreiende Kinder tobten um das Käte-Strobel-Haus, an dem sie eben vorbeigefahren waren. Ein herrliches Gelände, so richtig etwas für Sommerfrischler. Sie sah den Pfarrer vor Augen, der sich voller Geltungssucht aufspielte und groß herauskam. Ein Bilderbuchsommer, leicht bekleidete Jungen spielten Ball, tranken Limo, aßen Süßigkeiten. Wieso war es damals eine reine Jungenfreizeit? Ich muss Jens danach fragen, war das

Letzte, an das sie dachte, bevor sie in einen unruhigen Schlaf versank.

Die Jungen, alle in Turnschuhen, sprangen auf dem Rasen auf und ab, spielten Ball, jagten sich, strotzten vor Lebensfreude und Energie. Zwei von ihnen spielten Tischtennis. Es roch nach frischem Gras, nach Wald und Erde. Dieser typische Sommergeruch verbreitete gute Laune.

Einer dieser Jungen stand an einer Mauer gelehnt und beobachtete das Treiben der anderen. Ein leichter Wind wehte durch sein rotblondes Haar. Er hielt ein Eis in der Hand, an dem er lustlos leckte. Tropfen davon landeten auf seinem orangefarbenen Poloshirt. Diese traurigen grünen Augen verfolgten nicht nur die spielenden Jungen. Ein großer schlaksiger Junge kam auf diesen jüngeren zu, versuchte, ihn zum Mitspielen zu überreden. Doch der Blick fixierte einen Mann, der es sich auf einem Campingstuhl mit rotem Plastikgeflecht bequem gemacht hatte. Er trug eine weiße Hose sowie ein weißes Poloshirt mit rotweißen Streifen am Kragen. Er sah aus wie der Kapitän eines mittelprächtigen Ausflugsdampfers. Selbstgefällig grinste er vor sich hin und beobachtete den einsamen Jungen. Irgendwann konnte dieser Junge die Blicke des Mannes nicht mehr ertragen und rannte weg Richtung Wald. Der weißgekleidete Mann erhob sich aus seinem Sessel und lief dem Jungen hinterher. Die anderen Kinder bekamen das Verschwinden der beiden gar nicht mit. Aus einem Kofferradio erklang der Hit von »Modern Talking«: *You're my heart, you're my soul.*

Margaretas Handy vibrierte in ihrer Hosentasche und ließ sie aus dieser Traumphase aufschrecken. Sie musste sich erst orientieren, registrierte Sekunden später, dass sie in Lieberhausen war und griff nach dem Telefon. Jens war am Apparat. Er wartete vor dem Gasthof und erkundigte sich, wo sie bliebe. Eine halbe Stunde Pause war ausgemacht, nun war schon fast eine Stunde vergangen, beklagte er sich.

»Ja, Herr Lehrer, ich komme, entschuldigen Sie, dass ich ungehorsam war«, hätte sie ihm am liebsten an den Kopf geworfen.

Völlig verkatert wusch sie sich das Gesicht, legte auf die Schnelle ein neues Make-up auf, schlüpfte in ein sauberes T-Shirt, zog die Bürste durch ihr Haar und verließ ihr Zimmer.

Wie konnte man so realistisch träumen? Sie war tatsächlich im Jahre 1985 auf dem Gelände des Käte-Strobel-Hauses gewesen. Der verängstigte Junge war eindeutig Marc. Sie konnte nicht schnell genug die Treppen hinunterstürzen, um Jens davon zu erzählen.

Und was tat er?

Er belächelte sie nur, tat ihren Traum und das, was sie davor gesehen hatte, als Hirngespinst ab, während sie in Richtung Käte-Strobel-Haus wanderten.

»Deine Fantasie ist mit dir durchgegangen. Du hast den Pfarrer und Jan auf dem Foto von damals gesehen. Messe dem Ganzen nicht so viel Bedeutung bei. Und noch eines: Erzähle Marc nichts davon. Der ist so schon fertig genug.«

Margareta schaute Jens wütend an und fragte sich, was in ihn gefahren war, so mit ihr zu reden. Am liebsten hätte sie ihn geohrfeigt. Vielleicht war er wütend, dass sie ihn so lange hatte warten lassen? Sein Zimmer lag gleich neben dem ihren. Wieso machte er sich nicht direkt bemerkbar? Hatte er etwa Angst, sie zöge ihn hinein? In die winzige Höhle des Lasters und der Sünde?

Missmutig machten sie sich auf den Weg. Knapp drei Kilometer Wegstrecke hatten sie vor sich. Um die herrliche Wald- und Wiesenlandschaft zu genießen, reichte die Zeit trotzdem nicht.

Jens hatte inzwischen begriffen, dass er mit seiner Äußerung übers Ziel hinaus geschossen war. »Sei doch nicht gleich beleidigt. Ich meinte doch nur, dass dein Traum nicht unbedingt etwas zu bedeuten haben muss. Manchmal kommen so Fantasien hoch, dazu braucht man nicht gleich übersinnliche Kräfte zu besitzen und Dinge voraussagen zu können. Verstehst du, was ich meine?«

»Nee, ich bin leider blöd. – Ich habe es dir doch nur erzählt. Oder denkst du, ich mache jetzt ein Fass auf und behaupte, dass alles so gewesen ist, wie ich es geträumt habe? Der Traum war nur so wahnsinnig realistisch. Die Musik von damals, die Klamotten, die die Kinder trugen und auch dieser Mann.«

»Es tut mir leid, Margareta. Ich verstehe jetzt, wie du es gemeint hast. Die Bekleidung der Kinder und die vom Pfarrer hast du auf dem Foto gesehen, das ich dir gezeigt habe.«

Zur Versöhnung gab es ein zärtliches Küsschen auf Margaretas Wange.

»War der Pfarrer auf deinem Foto ganz in Weiß? Und hatte Marc ein orangefarbenes Poloshirt an?«

Jens schien nachzudenken. »Nein, der Pfarrer war nicht in Weiß, und Marc hatte, soweit ich mich erinnere, etwas Blaues an.«

»Eben«, beendete Margareta das Thema.

Er weiß mehr, war Margareta überzeugt. Er weiß viel mehr und sagt es mir nicht. War er vielleicht der Junge, der vom Pfarrer missbraucht wurde?

»Was wolltest du eigentlich gestern in Ückendorf? Hast du Spannendes erfahren bezüglich des Mordes?«

Na endlich, dachte Margareta. Endlich fragt er mich danach. Macht hier einen auf gleichgültig, obwohl es ihn anscheinend brennend interessiert, was ich gestern erfahren habe.

Erfreut erzählte sie ihm von dem Zusammentreffen mit Kommissar Helmut Blauländer, von dem gemeinsamen Kaffeetrinken im Café gegenüber sowie von der Zeugin, die sich gemeldet hatte und von der Theorie mit dem zweiten Täter.

Aufmerksam lauschte Jens der spannend ausgeschmückten Geschichte Margaretas.

Ihr hingegen war es ein Rätsel, dass er erst heute danach fragte, wo sie ihm doch schon gestern Mittag die SMS geschickt hatte, um die Neuigkeiten anzukündigen. Auch gestern Abend am Telefon, als sie nochmals Andeutungen in die Richtung machte, kam nichts von ihm.

Sein Adamsapfel führte einen wilden Tanz auf, so oft schluckte er. War es Wut, die er da herunterschluckte? Dann räusperte er sich. Tränen traten in seine Augen.

»Du hast dem Kommissar tatsächlich von damals erzählt? Das habe ich dir anvertraut.«

»Ich denke, es ist auch in deinem Interesse, dass der Mörder bald gefasst wird?«

»Ja, aber deshalb brauchst du diesem Kommissar nicht gleich alle Einzelheiten auf die Nase zu binden.«

»Er hätte mir auch verschweigen können, dass sich eine Zeugin gemeldet hat und Faserspuren gefunden wurden. Gemeinsam finden wir den Mörder vielleicht schneller.«

Jens lachte spöttisch, riss im Vorbeigehen einen Zweig von einem Busch ab und zerpflückte ihn nervös. »Gefällt mir irgendwie nicht, dass er alles weiß. Echt nicht. Was wolltest du eigentlich schon wieder in Ückendorf? Wird das jetzt zum festen Ritual, bei Kaffee und Kuchen hinter dem Kanal die Leute zu verhören?«

»Ich wusste, dass es dir nicht passt. Du hast Glück, nächste Woche muss ich wieder arbeiten, dann haben sich Kaffeerunden, die sich spontan ergaben, von selbst erledigt.«

»Was ist mit mir? Wieso trinkst du mit mir keinen Kaffee beim Bäcker?«, kam es vorwurfsvoll von Jens. Sein Blick war eine einzige Anklage.

»Ja wann denn?« Margareta wurde laut, sehr laut. »Du blockst doch dauernd ab, musst dich aufs Ohr legen, wenn es spannend wird. …«

Schweigend legten sie die restlichen Meter zum Käte-Strobel-Haus zurück.

Margareta hatte das Gefühl, bald schon auf ihren Mister Stringer verzichten und ihr Ding alleine durchziehen zu müssen. Sie hatte Blut geleckt und war vom Agatha-Christie-Virus infiziert worden. Es gab kein Zurück mehr, ob nun mit oder ohne Jens.

An der Freizeitstätte angekommen, die aus mehreren Flachbauten und mehrstöckigen Gebäuden bestand, lächelten sie sich immerhin schon wieder an. Jens kannte sich hier bestens aus und steuerte mit Margareta an seiner Seite auf die Grillhütte zu, die gekonnt in die herrliche Hügellandschaft integriert war. Überhaupt ein einmalig schönes Gelände, fand Margareta.

Vor dieser Grillhütte, die von hohen Tannen beschützend eingerahmt wurde, saß eine fröhliche Menschengruppe. Unter ihnen Marc und seine Tochter Leonie, die sofort auf Margareta zu rannte und sich in ihre Arme warf. Stühle wurden gerückt und welche dazu geholt, um Platz an dem Tisch zu schaffen. Endlich waren mit Jens zwei Männer in der Runde, die ansonsten nur aus Müttern mit ihren Kindern bestand. Thema der illustren Gesellschaft: Probleme alleinerziehender Mütter, die von ihren Exmännern im Stich gelassen wurden.

Jens musste schwer an sich halten, seine Meinung nicht kundzutun. Diese überspitzten Darstellungen nicht erwähnenswerter Situationen regten ihn einfach auf. Mit solchen Müttern, die nur damit beschäftigt waren, die Schuld für ihre desolate Lage bei anderen zu suchen, hatte er in seinem Lehreralltag täglich zu tun und wollte nicht auch noch in seiner Freizeit damit konfrontiert werden.

Marc und Margareta sahen sich an und lächelten sich verschwörerisch zu. So schlecht, wie Jens es dargestellt hatte, ging es Marc anscheinend nicht. Er wirkte ausgeglichen und gut gelaunt, machte keinesfalls den Eindruck, als trüge er ein unverarbeitetes Trauma mit sich herum. Alte Erinnerungen schienen ihm nichts anhaben zu können. Leonie zeigte Margareta ihre Werke, die sie mit Filzstiften auf einen Zeichenblock gezaubert hatte. Margareta bekam ebenfalls ein Blatt hingelegt. Leonie schob das Täschchen mit den Stiften zu ihr herüber. Die großen Kinderaugen schauten sie erwartungsvoll an. Und so begann Margareta damit, ein Fantasiegebilde aufs Papier zu bringen. Immer noch besser, als diesen überdrehten Weibern zuzuhören, die mehr Probleme zu haben schienen als Haare auf dem Kopf.

Ihr Blick wanderte immer wieder zu der Fußballtorwand am Ende des Geländes herüber. Zwei halbwüchsige Jungen mit extrem dünnen Beinen versuchten, möglichst viele Bälle in die Öffnungen der Wand verschwinden zu lassen. Sie schmissen sich dabei Kraftausdrücke vom Allerfeinsten um die Ohren. Oh diese schlimmen Kinder, dachte Margareta und war glücklich, keinen Nachwuchs zu haben. Diese Belastung. Nein, danke! Da hatte sie es als Single schon leichter. Obwohl Leonie eigentlich ein nettes Mädchen war.

Nebenan an der Tischtennisplatte ging ebenfalls die Post ab. Zwei dickliche Jungen stritten sich bei ihrem Match, indem sie sich gegenseitig nicht nur ihre Schläger an den Kopf warfen. Auch hier herrschten Kraftausdrücke vor. Wo kamen diese Kinder bloß her?

Jens war sichtlich genervt und atmete erleichtert auf, als die Mütter in ihrer Runde endlich das Weite suchten, um im Hallenschwimmbad der Anlage ihre Runden zu drehen.

»Also ich bin echt froh, im Gasthof untergekommen zu sein, wenn ich das hier so höre. Armer Marc, du tust mir richtig leid. Zum Glück waren in der letzten Woche noch keine Ferien, und ich hatte es nur mit alten Leuten zu tun.«

»Ach, wenn es mir zu viel wird, stelle ich meine Ohren auf Durchzug. Hauptsache, Leonie hat hier Freundinnen zum Spielen.« Marc nahm einen Schluck aus seinem Cola-Glas und lehnte sich zurück.

»Ach, die doofen Ziegen ärgern mich dauernd. Ich brauche die nicht. Margareta ist ja jetzt hier.« Das Mädchen schmiegte sich an Margareta, die etwas hilflos wirkte.

»Leider nur bis Sonntag. Mein Arzt schickt mich wieder zur Arbeit.«

»Aber morgen und übermorgen können wir schon was zusammen unternehmen, oder?« Jens sah fragend in die

Runde, wandte sich dann an Marc. »Oder musst du Rücksicht auf die Müttermafia nehmen?«

»Ich brauche auf niemanden Rücksicht zu nehmen. Außer natürlich auf Leonie.« Zärtlich strich er seiner Tochter über den Kopf.

»Wir könnten zur Aggertalsperre wandern und es uns dort am Ufer gemütlich machen. Das ist viel besser, als sich einen Platz im überfüllten Freibad zu suchen. Ihr kommt morgen Vormittag am Gasthof vorbei? Sagen wir um elf Uhr? Vorher wollten Margareta und ich noch den alten Herbergsvater aufsuchen.«

»Eine gute Idee, das machen wir.« Marc war begeistert. Die Mütter und ihre Kinder hatte er schließlich noch die ganze nächste Woche.

Leonie sprang auf und klatschte vor Freude in die Hände. »Vorher könnten wir ja noch ins Spielwarengeschäft nach Meinerzhagen fahren. Du wolltest mir doch noch was Schönes kaufen.« Bittend sah das Mädchen ihren Vater an.

»Na klar, das machen wir so«, sagte Marc.

»Also Margareta, einverstanden?« Jens sah Margareta erwartungsvoll an.

Margareta nickte nur. Sie freute sich, dass Jens die Initiative ergriff. Sie verwarf den Gedanken, Marc danach zu fragen, ob er damals ein orangefarbenes Poloshirt getragen hatte. Sie wollte die gute Stimmung nicht zerstören. Es wird sich schon noch eine Gelegenheit ergeben, ihn danach zu fragen, sagte sie sich und malte weiter mit Leonie um die Wette.

Zwei Stunden später saß sie mit Jens vor dem Gasthof an einem ruhigen Tisch mit Blick auf die Bunte Kerke. Die

Blumenkästen an den Fenstern des Gasthofes waren mit Fuchsien bepflanzt, deren Köpfe lustig im leichten Wind hin und her baumelten. Harmonie pur. Jens schien wie verwandelt. Sein Nachname konnte Wankelmut sein.

»Ich bin echt froh, hier im Gasthof zu wohnen. Irgendwie hat das Käte-Strobel-Haus schon einen Jugendherbergscharakter. Da esse ich lieber hier draußen unter lauschigen Bäumen statt in dem riesigen Speisesaal, einschließlich Beschallung durch frustrierte Weiber samt ihren aufsässigen Kindern.« Er studierte die Speisekarte, war sich aber schnell schlüssig und wählte die Lendchen mit Pfifferlingen. »Ich lade dich ein, Margareta, was möchtest du essen? Schau nicht so und schlage es mir nicht ab!«

Sie dachte gar nicht daran, diese Einladung auszuschlagen. Der Monat war lang, ihr Geld mal wieder knapp. So lächelte sie ihn nur an, bedankte sich höflich und entschied sich ebenfalls für die Lendchen.

»Erzähle mir mehr über Kommissar Blauländer«, bat Jens nach dem köstlichen Essen, zu dem sie einen leichten Weißwein tranken.

Das ließ Margareta sich natürlich nicht zweimal sagen, obwohl er eigentlich schon sehr viel über diesen Mann wusste.

Anschließend diskutierten sie über die neuesten Erkenntnisse, die Margareta von ihm erfahren hatte. Die Faserspuren in der Lunge des Pfarrers warfen natürlich unheimlich viele Fragen auf. An erster Stelle die, wer der zweite Täter gewesen war, denn dass es sich nur um einen einzigen handelte, schien für die beiden mehr als unlogisch.

Wen diese Zeugin da gesehen haben könnte, bot Stoff für eine weitere Weinflasche.

Sie waren sich jedenfalls wieder einig, Miss Marple und ihr Mister Stringer. Gegen Mitternacht wankten sie zufrieden die Treppen hinauf und suchten ihre Zimmer auf, jeder sein eigenes.

Völlig unvoreingenommen entstiegen sie am nächsten Morgen vor diesem ein wenig verfallen wirkenden Bauernhof Jens' Wagen und atmeten tief durch, als sie das kleine Törchen öffneten. Ein verwilderter Vorgarten mit verschiedenen Blumen, die in den allerschönsten Farben wuchsen, passte hervorragend in das Bild dieses Einzelhofes in der rauen Landschaft. Sie gingen den kurzen Weg zum Haus – der Putz fiel an einigen Stellen schon von den Wänden, die Fenster waren marode – um an der Alu-Haustür aus den 1960er-Jahren, die gut mit dem Haus harmonierte, zu klingeln. Nur wenig später öffnete ihnen ein betagter Mann mit Bart, ein Urtyp in einem blauen Arbeitsanzug mit verdrecktem Hut auf dem Kopf. Er sah aus wie ein richtiger Bauer. Die Scheune mit dem Trecker und die vielen kleinen Anbauten auf der gegenüberliegenden Straßenseite zählten wohl auch zu seinem Besitz, schlussfolgerte Margareta.

»Guten Morgen, Herr Lenz«, grüßte Jens freundlich. »Mein Name ist Eigenhardt, und das hier ist Frau Sommerfeld«, deutete er auf Margareta, »wir hätten da ein paar Fragen an Sie.«

Margaretas Herz klopfte bis zum Hals, denn dieser Mann wirkte finster. Es umgab ihn die Aura des Bösen, so als wäre er selbst der Kinderschänder des Käte-Strobel-Hauses gewesen. Nachdem es für ihn da oben eng wurde, und bevor sein düsteres Geheimnis ans Licht kam, hatte er sich auf diesen Hof zurückgezogen.

»Hm, was für Fragen? Was wolln'se hier?« Er begutachtete Margareta abfällig von oben bis unten. So aufgetakelte Weibersleut aus der Großstadt, wie er sie insgeheim nannte, hatte Lenz gefressen. Sein langer Bart war schmutzig. Die gegerbte Lederhaut seines großflächigen Gesichts zeugte von Feldarbeit bei Wind und Wetter. Mit Sicherheit sah dieser Mann älter aus, als er war.

Da Jens auf ihn weniger bedrohlich wirkte, schlug er den beiden nicht die Tür vor der Nase zu.

»Ich habe damals im Jahre 1985 als kleiner Junge im Käte-Strobel-Haus Urlaub gemacht. Zu der Zeit waren Sie dort der Herbergsvater«, tastete sich Jens langsam vor.

»Ja stimmt, da war ich dort beschäftigt.«

Wortkarg war er, wie alte Bauern eben sind.

»Könnten wir vielleicht kurz hereinkommen?«, fragte Margareta ihn, nachdem ein weiteres Fahrzeug mit hoher Geschwindigkeit an der nicht weit entfernten Landstraße vorbeigebraust war.

»Wenn's denn sein muss«, knurrte Lenz sich in seinen Bart und gab ihnen den Weg frei. In seinen Kuhstallgummistiefeln ging er ihnen voraus ins Wohnzimmer. Es roch nach Feuchtigkeit und Gülle. Die biedere bäuerliche Einrichtung war eine Beleidigung für Anhänger der neuzeitlichen Wohnkultur. Über dem dunkelroten Uraltsofa hing ein Bild mit einem röhrenden Hirsch in einer elenden Umgebung. Einige verstaubte Requisiten aus längst vergangenen Bauernhofzeiten standen in den Ecken. Ein düsterer Nierentisch, auf dem noch Geschirr, wohl vom Frühstück, herumstand, bangte um seine drei zarten Beinchen. Der riesige Eichenschrank auf der linken Wand, aus welcher Epoche er auch immer stammte, erinnerte an einen Doppelsarg, das Klavier auf der rechten – etliche Fettfingerabdrücke zierten es – gehörte längst auf die Müllkippe. Die staubigen grünen Samtvorhänge waren original die gleichen, die 1939 auf Tara in dem Film »Vom Winde verweht« hingen. Bloß dass Lenz, der sich soeben vor einen von ihnen gesetzt hatte, nicht der feine Ashley war, sondern Bauer aus dem Bergischen Land im 21. Jahrhundert. Den verdreckten Kuhstallarm auf einem der grausamen Häkelkissen abgelegt, starrte er die beiden, die auf den gegenüberliegenden Cocktailsesseln Platz genommen hatten, unentwegt an.

»Also, was wolln'se? Meine Zeit ist knapp«, drängelte Lenz und schob sich den Hut in den Nacken.

Der arme Mann, dachte Margareta. Er hat es schon nicht einfach. Als Bauer eines so großen Hofes hat er einen Fulltime-Job. Allein das Management seines landwirtschaftlichen Betriebes erfordert einen enormen Zeitaufwand. Die Pflanzenproduktion, der Getreide-, Mais- und Hackfruchtanbau bringen Unruhe in das bäuerliche Leben. Und erst die Milchviehhaltung, die Rinderaufzucht, die Sauenhaltung und die Ferkelaufzucht sind viel Arbeit. Armer alter Lenz!

»Sagen Sie, Herr Lenz, sind Sie Vollerwerbslandwirt oder machen Sie das nebenberuflich?« Vielleicht ist es besser, sich ihm in einem netten Gespräch zu nähern, dachte Margareta und lächelten ihn freundlich an.

»Ich weiß nicht, was das soll. Sagen Sie, was Sie zu sagen haben und lassen Sie mich dann weiterarbeiten.«

Das war eine klare Ansage, und Margareta atmete tief durch. Schade, mit um den Finger wickeln war also nichts. Kommen wir zur Sache. Sie nickte Jens auffordernd zu.

»Damals im Jahre 1985 waren meine Freunde und ich mit unserem Pfarrer hier in Lieberhausen auf einer Kirchenfreizeit. Sie waren damals immer so nett und freundlich zu uns Kindern.« Er hielt dem alten Mann die alten Fotos hin. »Hier schauen Sie, das war unser Pfarrer. Können Sie sich vielleicht an ihn erinnern?«

Der alte Mann nahm die Fotos in seine zittrigen Hände und betrachtete sie aufmerksam.

»Ja, an diesen Mann kann ich mich erinnern. Er sprach einen komischen Akzent und kommandierte die Kinder herum.«

Jens war positiv überrascht, dass der Mann sich so deutlich an Pfarrer Josef erinnern konnte.

»Der Pfarrer wurde umgebracht, und es besteht die Möglichkeit, dass es mit der Freizeit von damals zusammenhängt. Er soll sich an einem der Jungen vergangen haben, wenn Sie verstehen, was ich meine.«

Geschockt warf Lenz die Fotos auf den Tisch. »Mord? Damit will ich nichts zu tun haben! Das ist ja schon so lange her. Da waren außerdem viele Pfarrer mit Kindern in Ferienzeiten. Allesamt waren sie nicht koscher. In der Zeitung steht doch genug, was die Kirchenleute alles getan haben. Im Jahre 1990, als meine Ehe in die Brüche ging, habe ich meinen Posten da oben aufgegeben und bin zu meinem Sohn hier auf den Hof gezogen. Im Jahre 2000 ist er verstorben, und nun bin ich alleine.«

Der alte Mann konnte Margaretas Blick nicht standhalten. »Aber eben sagten Sie doch, Sie könnten sich an den Pfarrer erinnern. Sogar daran, dass er grob zu den Kindern war. Ist Ihnen nicht aufgefallen, dass er vielleicht eines der Kinder besonders auf dem Kieker hatte? Vielleicht eines von denen hier auf dem Foto?« Sie schob ihm noch einmal das Foto mit den Jungen hin.

»Nein, wie schon gesagt, die Pfaffen waren alle nicht

ohne. Ich weiß nichts.« Mit keinem Blick würdigte er das Foto, schaute stur geradeaus.

Wie ein Muezzin, der zum Gebet ruft, leierte er immer wieder die gleichen Sätze herunter. Er wüsste nichts, alle Pfarrer wären Schweine, es wäre zu lange her …

Es brachte nichts, mussten Margareta und Jens nach einer halben Stunde feststellen. Lenz saß genervt auf dem Sofa und starrte auf das Klavier, in der Hoffnung, sie mögen endlich den Mund halten und verschwinden. Er saß weitere Fragen einfach aus und begann schlussendlich auch noch leise vor sich hinzupfeifen. Er wolle einfach nicht an alte Zeiten erinnert werden. Sein schlechtes Gewissen hatte ihn lange genug geplagt. Einmal musste Schluss sein.

»Gehen Sie jetzt endlich.« Der alte Mann zitterte.

Resigniert verließen Margareta und Jens das Lenz'sche Anwesen. Beide waren überzeugt, dass der sture Kerl mehr wusste, als er zugab.

15. KAPITEL

Acht Uhr morgens. Ich war gerade gewaschen und angezogen, da hörte ich seine ätzende Stimme. »Aaandacht! Kommet zur Aaandacht, ihr Jungen!«

Ich schaute aus dem Fenster. Noch vor dem Frühstück zur Andacht, und das draußen bei Nieselregen.

Er stand im weißen Oberhemd mit umgehängter Gitarre mitten in der Runde der Jungen und zupfte mit seinen kurzen Fleischfingern an den Saiten herum.

Wieder konnte ich gestern nicht meine Mutter anrufen, dabei hatte ich versucht, mich möglichst lange wachzuhalten. Lag es an dem bitteren Saft, den *er* mir verabreicht hatte? Der mich ganz schnell gesund machen sollte? Kaum hatte ich ihn getrunken, fiel ich in einen narkoseähnlichen Schlaf.

Vielleicht wäre jetzt Gelegenheit, meine Mutter anzurufen. Während alle fröhlich sangen, fiele es vielleicht gar nicht auf, wenn ich nicht dabei wäre. Doch schon hatten mich seine Rosinenaugen gesichtet und sich an mich geheftet wie Kleber. Mir blieb nichts anderes übrig, als mich in den Kreis zu stellen.

»Wir singen das Dankelied, und zwar die Strophen 1, 2, 3 und 4«, verkündete er.

Ich hasste dieses Dankelied mit seinen gefühlten 10.000 Strophen. Und das vor dem Frühstück.

Ich hatte keine Lust zu singen und war froh, als das Geschaller endlich zu Ende war. *Er* zog ein Buch aus der Hosentasche und schlug es auf. Jetzt kam die Losung des Tages.

»Aus 2. Mose, 33,19: Der Herr spricht: Wem ich gnädig bin, dem bin ich gnädig, und wessen ich mich erbarme, dessen erbarme ich mich.« *Er* legte seinen Kopf schief und sah gerade mich an. Wieso ausgerechnet mich? Was wollte *er* mir mit diesem elenden Blick sagen? Was für ein verlogener Vers. Wieso erbarmte der Herr sich nicht meiner? Welcher Herr war das überhaupt? Herr Meyer, Herr

Schulze oder gar Herr Müller? Wieso ließ dieser Herr es zu, dass *er* mich betatschte und befummelte? An meinem Körper hatte ich heute Morgen neue Flecken entdeckt, rote und auch blaue. Ich musste sie meinen Freunden zeigen. Ja, und Carsten.

Er ergoss sich in Lobeshymnen, pries Gott und die Welt, den schönen Tag und anschließend auch das Frühstück, welches wir nun zu uns nehmen dürften. »Preiset dieses tolle Gottesgeschenk«, rief *er* in den verregneten Morgen. Dieser falsche Knallkopf! Musste man studiert haben, um so einen Schwachsinn zu verbreiten?

Meine Freunde standen mit gesenktem Haupt da und lauschten ehrfürchtig seinen Worten. Oder waren sie mit ihren Gedanken vielleicht schon ganz woanders? Bei schwammigen Brötchen mit Schmelzkäse und Malzkaffee?

Wieder brannte sich sein Blick auf meiner Haut ein. Jetzt leckte *er* sich kurz über die spröden Lippen. War das normal, dass ein Pfarrer solche Gelüste hatte? Lust verspürte, kleine Jungen zu begrapschen? Nein, ganz bestimmt nicht. *Er* war ein Schwein!

»Wann bist du denn endlich gesund und schläfst wieder bei uns im Zimmer?«, fragte mich einer der Jungen.

»Ich bin nicht krank. *Er* macht mich krank, gibt mir was zu trinken, damit ich immer schwächer werde und mich nicht wehren kann. Ihr müsst mir helfen!« Flehend wandte ich mich an meine Freunde, doch die schauten nach unten, zuckten mit den Schultern und sagten nichts. Schöne Freunde!

Während *er* seine Gitarre in den Beutel stopfte und mir dabei den Rücken zudrehte, rannte ich weg. Die anderen Jungen stürmten in den Speisesaal, ich ging in die andere Richtung zum Münzfernsprecher. Ich hatte gestern von dem ausgezahlten Geld, wohlbemerkt: *meinem* Geld, etwas zurückbehalten, auf ein Eis verzichtet. Ich schmiss die Groschen in den Apparat und lauschte in den schweren Hörer. Das Freizeichen ertönte. Einmal, zweimal, dreimal. Dann endlich die Stimme meiner Mutter.

»Hallo«, schrie sie regelrecht ins Telefon. »Wer ist denn da?«

Als ich die Stimme meiner Mutter hörte, war es um meine Selbstbeherrschung geschehen. Ich heulte los und konnte kaum sprechen. »Mama … ich bin es … Mama … hol mich hier ab … *er* … *er* …«

»Ja, der Pfarrer hat gestern hier angerufen und erzählt, dass es dir gar nicht gut gegangen wäre, du nun aber auf dem Weg der Besserung wärst. Warum weinst du denn, mein Junge?«

»*Er* … der … ich bin nicht krank, Mama!«

»Ja, der Pfarrer sagte schon, dass es dir besser ginge. Weine doch nicht.«

»Hol mich hier ab, Mama!« Ich flehte sie an, heulte, schniefte und heulte weiter.

»Der Pfarrer sagt, nach der Krankheit sei es normal, dass du Heimweh hättest. Das gebe sich wieder. *Er* kümmert sich um dich, hat *er* mir versprochen.«

Ja, und wie *er* sich um mich kümmerte. Ich bettelte meine Mutter an, mich abzuholen, doch immer wieder ergriff sie Partei für diesen Heuchler und meinte, dass *er* schon alles richten würde und ich Gottvertrauen haben müsste.

Alle wickelte *er* um den Finger, nun auch noch meine Mutter, die immer mein Fels in der Brandung gewesen war. Ich legte verzagt den Hörer auf.

Da kam *er* auch schon auf mich zugelaufen.

»Brauchst du eine Extraeinladung? Frühstück! Das gilt auch für dich!« *Er* grinste hämisch.

Ich erkannte, dass ich keine Chance gegen *ihn* hatte. Vielleicht, wenn ich *ihm* nicht mehr widersprach, keimte Hoffnung in mir auf. Vielleicht verlegt *er* mich dann wieder in den Schlafraum zu meinen Freunden. Raus aus diesem Uralt-Krankenzimmer!

Ich zwang mir die elenden Brötchen mit Schmelzkäse rein und schlürfte den Malzkaffee herunter. Aß ich nicht, hieß es wieder: »Siehst du, du bist doch noch krank!«

Ich bin nicht krank! Verdammt noch mal!

16. KAPITEL

Der Weg zur Kirche war für ihn heute beschwerlich. Seine Knie schmerzten. Ob es am feuchten Wetter lag? Heute wollte Jan sich um die Türen im Beichtstuhl kümmern, die Schrauben nachziehen und ölen, die Sitze innen saugen und, falls nötig, mit Teppichschaum reinigen. Manuela hatte damit nichts am Hut. Da müsste man sie schon mit der Nase draufstoßen, und auch dann würde sie den Dreck nicht sehen.

Als er eben die Haustür hinter sich ins Schloss zog, hörte er sie schnarchen. Doch übte er sich in Gleichmut und gönnte es seiner Frau, sich einmal auszuschlafen. Gestern Abend wurde es spät. Da das Wochenende ansonsten harmonisch verlief, war es okay für ihn.

Gegen 22 Uhr hatte Jens angerufen und von seinen Erlebnissen in Lieberhausen geschwärmt. Was die vier alles erlebt haben, erlebten andere in einer ganzen Urlaubswoche nicht. Urlaub! Pah! Wann bin ich zum letzten Mal verreist, überlegte Jan. Das konnte schon gut zehn Jahre her sein. Ständig kam etwas dazwischen, was ihn nicht aus Gelsenkirchen wegließ. Schwiegervater krank und überhaupt die Tatsache, dass es ihn gab, Mutter gestorben, Bein gebrochen, Ehekrise – ach, die Liste der Verhinderungsgründe war lang. Es wunderte ihn, dass Margareta und Jens den alten Herbergsvater aufgesucht hatten. Jens war der Meinung, er hätte etwas zu verbergen, und er müsse ihn unbedingt ein weiteres Mal besuchen. Margareta müsste aber heute wieder zur Arbeit, und da er Ferien hatte, würde er morgen noch einmal für drei Tage ins Bergische fahren. Was sollte er in seinem Urlaub hier herumhängen, wenn seine Freundin arbeitete, dachte Jan. Er war jedoch der Meinung, man sollte die alte Sache ruhen lassen. Einen alten Mann nach 30 Jahren zu verhören, hielt er für absurd.

Er musste am Wochenende oft an Margareta denken. Sah sie mit Jens zusammen durch die Wälder streifen, sah die beiden verliebt bei einem Gläschen Wein sitzen, und sah sie gemeinsam in den Gasthofbetten liegen. Jens zu fragen, wie weit denn nun ihre Freundschaft gediehen war, traute er sich jedoch nicht.

Ist schon eine tolle Frau, diese Margareta, dachte er. Ob ich sie einfach mal anrufe? Vielleicht hat sie Lust, mit mir auch einen Kaffee trinken zu gehen. Oder abends auf ein

Gläschen Wein ins »Unverwechselbar«? Was würde er jedoch Manuela erzählen? Die würde das gar nicht witzig finden. Sie rastete schon aus, wenn er zur alten Gesine ging.

Er schloss die Seitentür auf und betrat die Kirche, von dort aus ging er in die Sakristei. Wer würde sich um die Kirche kümmern, wenn er nicht mehr da wäre, fragte er sich. Die jungen Sakristane, die heute meistens auf 450-Euro-Basis beschäftigt waren, sahen nur den Job. Richtig mit Leib und Seele mit der Kirche verbunden, wie er von Kindesbeinen an, so einen müssten sie vermutlich lange suchen.

Er öffnete sämtliche Schränke und schaute nach dem Rechten. Ich muss einen neuen Kerzenleuchter bestellen, dachte er, während er das Gegenstück zu dem Mordwerkzeug, das noch bei der KTU weilte, begutachtete. Vielleicht landete der andere in der Asservatenkammer, und wir bekommen ihn nie zurück. Ob ich Gesine aufsuche und wir zusammen einen neuen Kerzenständer bestellen? Er schaute auf die Uhr. Gerade einmal neun Uhr. Vielleicht kochte sie dem kleinen Inder gerade Kaffee und bemutterte ihn ordentlich. Werde jetzt nicht ungerecht, schalt er sich. Noch ist sie als Pfarrhaushälterin beschäftigt.

Er öffnete wenig später den Beichtstuhl und verzog angeekelt das Gesicht. Es roch nach Schweiß, nach altem Frittierfett und abgestandenem Bier. Wie konnte das sein? Er hatte nach der Beichte die Türen über Nacht offenstehen lassen. Hatte Gesine wieder vergessen, ein Fenster zu schließen, und irgendein Pack hatte die Nacht hier verbracht? Alles schon dagewesen. Ein kräftiger Sprühstoß Fichtennadeltraum würde sicherlich helfen. Gesagt, getan. Pfarrer Josef wäre wieder ausgerastet und hätte ihn niedergemacht. Über jede Kleinigkeit regte er sich auf und gab ihm, dem Küster, die Schuld. Er war, ehrlich gesagt, froh, dass er unter den Toten weilte. Das durfte er natürlich niemandem sagen, doch es entsprach der Wahrheit. Wie eine Befreiung empfand er es. Seit Josef tot war, klappte es auch wieder besser mit Manuela, redete er sich ein. Wie oft hatte er Zwietracht gesät zwischen den Eheleuten, wollte sie gegeneinander ausspielen. Der Inder war hoffentlich friedlicher und würde ihm gegenüber mehr Respekt zeigen.

Wieder kreisten seine Gedanken um Margareta. Er würde sich schon gerne einmal mit ihr treffen. So eine gutaussehende, gepflegte und freundliche Frau. Er konnte Jens verstehen. Auch Marc hatte sie schon den Kopf verdreht, war in seinem Autohaus gewesen und anschließend mit ihm Kaffee trinken. Mit dem Kommissar hatte sie sich ebenfalls köstlich amüsiert gegenüber in dem Café. Er hatte die beiden beobachtet, als die Kommissarin mit ihrer Befragung am Ende war. Sehr vertraut wirkten sie. Was wollte das Kommissarenduo eigentlich schon wieder hier, hatte er sich gefragt. Irgendetwas verbargen die beiden. Diese Gehrke fragte immer wieder das Gleiche. Nein, sonst war ihm nichts aufgefallen, versicherte er ihr immer wieder. Sicherlich wusste Margareta, diese Hobbykommissarin, die schon des Öfteren mit dem Blauländer zusammengehockt hatte, um ihm Tipps zu geben, mehr.

Ich werde sie anrufen, jawohl, gleich nachher!

Zwei Stunden hatte er anschließend im Pfarrbüro mit Gesine verbracht, um in dem Katalog nach einem neuen Kerzenständer Ausschau zu halten. Gesine hatte ihm dabei Kaffee und Rosinenstuten mit Butter serviert. In der gegenüberliegenden Glastür der Schrankwand konnte er sich spiegeln. Eigentlich sah er für sein Alter noch gut aus, fand er, strich sich sein Haar zur Seite und straffte seinen Oberkörper. Anzeichen des Alterns konnte er bei sich nicht feststellen. Immerhin war er 45 Jahre alt. Und immer solide gelebt hatte er, ganz im christlichen Sinne. Wieso nicht mal eine Dummheit begehen? Er war seiner Manuela zwei Jahrzehnte treu gewesen. Und was hatte er davon gehabt? Wieso nicht mal eine kleine Affäre zwischendurch? Allein der Gedanke daran beflügelte ihn. So verabschiedete er sich bald darauf von Gesine und verzog sich wieder in die Sakristei.

Gegen 13 Uhr hielt er es nicht mehr aus, ließ lockere Schrauben locker sein und zog mit schweißnasser Hand sein Handy aus der Tasche. Mit klopfendem Herzen wählte er Margaretas Handynummer, die er mit List Jens' Handy entlockt hatte, und wartete ab.

Völlig perplex nahm Margareta das Gespräch an. Sie hatte wohl gerade Mittagspause und befand sich der Geräuschkulisse nach in einem Café.

Schweiß trat auf seine Stirn, während er mit dem Handy in der Hand durch die Sakristei lief und schlussendlich vor dem Spiegel stehenblieb.

»Hallo, Margareta, hier ist Jan«, bollerte er los. »Hast du gerade Mittagspause?«

Die völlig perplexe Margareta, die tatsächlich bei »Tchibo« saß und einen Kakao trank, flüsterte fast ängstlich. »Hallo, Jan.«

»Wie geht es dir?«

»Gut.«

Na ja, erfreut scheint sie über meinen Anruf nicht gerade zu sein, dachte Jan enttäuscht. Doch was hatte er erwartet? Dass sie ihn vor Freude lobpries und sofort zu ihm eilte, zum großen, ach so tollen Jan? Du Narr, schalt er sich und sah im Spiegel, wie der Schweiß nur so aus den Poren seiner Gesichtshaut quoll und auf seinen grauen Kittel tropfte. Du hast dich blamiert. Also kam es jetzt auch nicht mehr darauf an.

»Wo Jens in Lieberhausen ist, dachte ich, dass wir beide vielleicht mal einen Kaffee zusammen trinken könnten oder auch abends einen Wein. Ich könnte dir die Kirche zeigen. Ja, ich weiß, das hat Jens schon erledigt. Ich dachte, du würdest sie gerne ein zweites Mal sehen wollen.« Wie blöd! Was rede ich denn da für einen Unsinn.

»Ich arbeite seit heute wieder. Tagsüber ist es also schlecht. Kirchenbesichtigung? Meinst du, da gibt es noch was Interessantes zu entdecken?« Ihre Begeisterung hielt sich in Grenzen. Wahrscheinlich sah sie schon Manuela mit dem Nudelholz in der Ecke stehen.

»Du hast mit dem Kommissar Kaffee getrunken, hier gegenüber beim Bäcker, habe ich gesehen. Hat er dir was Neues erzählt?«

Falsch, ganz falsch begonnen, stellte er fest, nachdem die Worte seinen Mund bereits verlassen hatten.

»Sei nicht böse, Jan, ich muss jetzt wieder an die Front.« Und schon hatte sie das Gespräch beendet.

Jan stöhnte laut und schlug sich mit der flachen Hand gegen die Stirn. Einmal, zweimal, dreimal. »Ich Trottel! Das habe ich völlig falsch angefangen. Was denkt die jetzt bloß von mir?«

»Das kann ich dir sagen, was Margareta denkt. Sie denkt, dass du ein geiler Vollidiot bist, der mit ihr ins Bett steigen will.« Manuela betrat kopfschüttelnd den kleinen Raum und zeigte ihm einen Vogel. Sie hatte sein Gespräch belauscht. »Dein letztes bisschen Verstand scheint sich in Luft aufgelöst zu haben. Neidisch, dass Marc und der Kommissar mit der tollen Margareta Zeit verbracht haben? Oder gar eifersüchtig? Die Freundin deines besten Freundes anzugraben, ist doch wohl das Allerletzte. Wenn du sie schon zum Kaffee einladen möchtest, um angeblich was Interessantes bezüglich des Mordes zu erfahren, was du mir bestimmt gleich verkaufen wirst, hättest du sie zu uns nach Hause einladen können. Du bist eben ein Idiot!« Und schon rauschte sie davon.

Jan wurde kreidebleich, hielt sich an der Kommode fest und fing an zu weinen. Dicke Krokodilstränen liefen seine Wangen herunter. Der Kittel war ruiniert, zuerst literweise Schweiß, nun die Tränen. Er hängte ihn schluchzend in den Schrank und lief hinüber zu Gesine ins Pfarrhaus. Sie würde ihn verstehen, war er überzeugt. Doch anscheinend hatte sie eigene Probleme. Nachdem sie ihn ins Haus gelassen hatte, rannte sie in die Küche zurück an den Herd, um fluchend die Frikadellen zu wenden, die in der Pfanne brutzelten. Anschließend rührte sie in dem Topf mit Möhren, aus dem schon Qualm aufstieg.

»Total verkocht ist alles. Kannst du dir vorstellen, dass der feine Pater mein Essen nicht möchte? Angeekelt hat er in die Pfanne und in die beiden Töpfe gestarrt. Die Möhren und die Kartoffeln würde er ja noch essen, doch diese Dinger, die bestimmt aus Schweine- oder gar aus Rindfleisch bestünden, keinesfalls. Dabei ist er doch Christ und kein Moslem, sagte ich ihm. Schwein äße er aus ethischen Gründen nicht und Rind schon mal gar nicht. Was für eine Logik. Pah!«

Als Jan sie vor einer guten Stunde verließ, war die Welt im Pfarrhaus noch in Ordnung. So schnell konnte sich das Blatt wenden.

»Hier wird gegessen, was auf den Tisch kommt. Alles oder eben nichts«, hätte sie geantwortet, worauf der Inder hämisch grinsend die Küche verließ. »Pfarrer Josef schmeckte alles, was ich gekocht habe. Besonders gerne aß er Fleisch. Weißt du, was er daraufhin sagte? Er wäre ja auch kein Bayer, sondern ein Inder. Ich sollte ihm doch mal ein Tandoori-Hähnchen zubereiten oder gebratenen Reis mit Tomaten-Chutney. Zum Frühstück hätte er gerne Samosa-Teigtaschen. Daraufhin sagte ich, dass wir hier nicht in Indien wären und er sich so einen Mist selbst kochen könnte. Würde er machen, hier in seiner Küche, sagte er. Ist das nicht frech? Also koche ich heute zum letzten Male hier unten. Willst du was mitessen, Jan?«

Gesine konnte sich gar nicht beruhigen.

»Diese Arroganz! Das kannst du dir nicht vorstellen, Jan.« Erst jetzt bemerkte sie, wie verstört ihr Schützling wirkte. »Aber du isst bei mir, oder? Was war denn los? Du bist ja völlig fertig!«

»Da ich heute bei Manuela bestimmt nichts bekomme, esse ich gerne hier.«

Hungrig setzte er sich an den Tisch und langte ordentlich zu. Hatte er doch gewusst, dass Gesine seine Tränen trocknen würde.

»Und wir dachten alle, der neue Pater wäre der Liebreiz in Person. Also auch nur ein Wolf im Schafspelz? Da können wir nur hoffen, dass es sich bei dem Mörder von Pfarrer Josef um einen Serientäter handelte, und er bald wieder zuschlägt, was, Gesine?«

»Aber Jan, du versündigst dich«, kicherte Gesine und schenkte ihm einen Brombeerlikör ein, den Jan sich zwischen zwei Frikadellen in den Hals schüttete. Und schon konnte er auch wieder lachen.

»Wieso kocht Manuela heute nicht? Was hast du wieder verbrochen, mein Junge?«

»Ach, diesmal habe ich echt Mist gebaut, Gesine!« Während er mit großem Appetit aß, berichtete er der alten Frau von dem Telefongespräch mit Margareta, das Manuela belauscht hatte.

»Also, da kann ich schon verstehen, dass deine Frau sauer ist. Das ist ja nicht gerade die feine Art, so hinter ihrem Rücken. Was machen bloß alle so einen Aufstand um diese Margareta Sommerfeld? Ich würde sie gerne einmal kennenlernen.«

»Wirst du bestimmt noch, Gesine. Jens hatte gestern, als er anrief, so eigenartige Bemerkungen gemacht. Insiderwissen, das Margareta von Kommissar Blauländer aus erster Hand hätte. Da würde ich natürlich gerne mehr erfahren.«

»Nur deshalb wolltest du dich mit ihr treffen?« Gesine zwinkerte Jan verschwörerisch zu.

»Ja, was denn sonst«, erwiderte Jan gespielt ernst.

Seelenruhig packte Manuela Jans Kleidungsstücke in einen uralten Koffer, den sie aus dem Keller geholt hatte. Den einzig guten Lederkoffer, den sie besaßen, sollte er nicht bekommen. Dieser karierte Pappkoffer, der noch von ihrem Vater stammte und mindestens 60 Jahre alt war, erfüllte durchaus seinen Zweck.

Lieblos packte sie einige Hosen, Hemden und Pullover ein, dazu Wäsche. In einen ebenso alten Kulturbeutel, wie der Koffer war, kamen Shampoo, Duschgel, zwei Waschlappen und ein uralter Kamm. Das würde reichen. Sollte er doch sehen, wo er blieb. Gesine würde ihm sicherlich gerne ein Kämmerchen freiräumen, war Manuela überzeugt. Ihr Ehemann hatte sie tief enttäuscht. Und das nach diesem harmonischen Wochenende. Wollte sich mit dieser unmöglichen Frau treffen. Wozu?

Selbst Matthias, den sie heute Morgen beim Hausarzt getroffen hatte, konnte nicht verstehen, was für ein Hype um diese Margareta gemacht wurde. Doch hatte er das wirklich so gesagt? Oder wollte Manuela nur die negativen seiner Worte gehört haben?

»Ist doch eine ganz normale Frau, und schön für Jens, dass er nun eine Freundin hat.«

»Die war schon mit Marc Kaffee trinken und auch mit dem Kommissar, der uns so von oben herab behandelt hat. Sie mischt sich in alles ein, will hier die große Detektivin spielen und zieht Jens mit«, hatte Manuela dagegengehalten.

»Fragt sich nur, wer wen mitzieht. Lass die beiden doch Miss Marple und Mister Stringer spielen. Sie schaden ja niemandem!« Matthias wollte die Frau seines Freundes loswerden. Er konnte alles, was mit dem Mord zusammenhing, nicht mehr hören. Auch die Sache von damals wollte er ganz schnell wieder vergessen. Hatte doch jahrzehntelang geklappt.

Manuela nahm den prall gefüllten alten Koffer, hievte ihn ins Treppenhaus, ließ ihn mitten im Weg stehen, ging wieder zurück in die Wohnung, verschloss die Tür und ließ den Schlüssel stecken.

Als sie sich aufs Sofa legte und der Schlaf einfach nicht über sie kommen wollte, rechnete sie im Geiste noch einmal durch, wieviel Geld ihr bliebe, wenn Jans Gehalt wegfallen würde. Schnell sprang sie auf, rannte zum Treppenhaus, zog den Koffer wieder in die Wohnung, und räumte die Sachen zurück in die Schränke.

17. KAPITEL

Die Ereignisse und Veränderungen auf Margaretas Arbeitsstelle hatten in ihrem Kopf für Unordnung gesorgt. Nun musste sie erst einmal alles neu ordnen und Prioritäten setzen. Zwei lange Tage hatte sie nun schon hinter sich. Tage, an denen sie kaum zum Nachdenken kam. Gerüchte grassierten, dass die Filiale, in der sie tätig war, geschlossen werden sollte. Als sie Zarske, ihren Chef, darauf ansprach, zuckte er nur seine abgeflachten Schultern und nuschelte: »Ja, kann schon sein, dass Sie in eine andere Filiale versetzt werden, Frau Sommerfeld. Vielleicht nach Bottrop oder Recklinghausen.«

»Ich will aber nicht versetzt werden, weder nach Bottrop noch nach Recklinghausen«, protestierte sie.

»Da werden Sie auch gefragt«, lächelte er garstig und zeigte seine braunen Kandisstummel. »Bei Ihrer krankheitsbedingten Ausfallzeit, wer weiß, wer weiß …« Mit seiner fleischigen Hand fächelte er ihr nun auch noch um die Nase herum.

Jede Menge neue Herbstware war eingetroffen, zwei Kolleginnen waren erkrankt, sodass sie abends vor Erschöpfung regungslos auf dem Sofa saß und sich von irgendwelchen Unterschichtensendungen im TV berieseln ließ. Das spannende Lieberhausenwochenende – ein Wochenende voller Harmonie und tollen Erlebnissen – war in weite Ferne gerückt, der Alltagstrott hatte sie eingeholt. Es machte ihr nicht viel aus, dass Jens heute noch einmal für ein paar Tage nach Lieberhausen aufbrach. Er hatte sogar ihr Einverständnis eingeholt. Der alte Lenz auf dem maroden Bauernhof ließ ihm keine Ruhe. Er musste diesen ehemaligen Herbergsvater einfach noch mal aufsuchen. Am Wochenende wäre er wieder hier. Er schlug vor, am Sonntag gemeinsam den Gottesdienst in St.-Michael zu besuchen. Anschließend würde er für sie etwas Leckeres kochen. Es freute sie natürlich, endlich sein Zuhause kennenzulernen. Auch einen katholischen Gottesdienst zu besuchen, reizte sie, zumindest in dieser Gemeinde. Was ihr ein wenig bitter aufstieß, war der Gedanke, dass sie Jan wiedersehen würde. Jan, der sie gestern Mittag anrief, um sie regelrecht anzugraben, wie sie fand. Er wollte sich mit ihr treffen. An sich noch nichts Schlimmes. Gern würde er auch abends mit ihr auf einen Wein ins »Unverwechselbar« gehen. Und das alles nur, um zu erfahren, was Kommissar Blauländer ihr im Vertrauen erzählt hatte? Wieso rief er sie ausgerechnet jetzt an, wo er wusste, dass Jens verreisen wollte? Und Manuela? Wollte er sich etwa heimlich mit ihr treffen und seine Frau darüber im Unklaren lassen? So weit kam es noch. Jan hatte eine Menge an Sympathiepunkten bei ihr verloren. Sein Anruf legte sich wie Blei auf ihr Gemüt und auf ihren Körper. Seine Worte, die er durchs Telefon gesprochen hatte, ratterten wie Maschinengewehrsalven durch ihren Kopf. Hatte er es so nötig? Oder hätte sie ihm vielleicht keine Abfuhr erteilen und sich mit ihm treffen sollen? Gern hätte sie gewusst, was er für Probleme hatte. Sicherlich hätte sie mehr über ihn erfahren, vielleicht auch über die Freizeit damals. Wusste er, wer der missbrauchte Junge war? Er selbst kam sicherlich nicht infrage, da er damals schon 15 Jahre alt war und, wie man auf dem alten Foto sehen konnte, körperlich ein ganzer Kerl. Fragen über Fragen! Hätte, hätte, Fahrradkette!

Sie stand vom Sofa auf, quälte sich zum Wohnzimmerschrank, entnahm ihm die Pfirsichlikörflasche und goss sich ein Gläschen mit der goldfarbenen Flüssigkeit voll, in der Hoffnung, ihr aufgebrachtes Gehirn würde sich ein wenig beruhigen. Sie sah auf die Uhr. Gleich 20 Uhr. In wenigen Minuten würde Jens anrufen. Ob sie ihm vom Anruf seines Freundes erzählen sollte? Besser nicht, entschied sie und verschob es aufs Wochenende. Sie wollte das harmonische Verhältnis, das seit der Tour vorherrschte, nicht gleich wieder zerstören. Jens war empfindlich, besonders wenn man etwas über seine Freunde sagte.

Das Telefon klingelte. Es war jedoch nicht Jens, sondern Waltraud, die sich nach dem Befinden ihrer Tochter erkundigen wollte.

Etwas muffelig beantwortete Margareta äußerst knapp die Fragen ihrer Mutter. Sie wunderte sich, dass es keine Vorwürfe hagelte, schließlich hatte sie sich seit ihrer Rückkehr aus Lieberhausen noch nicht bei ihr gemeldet. Doch anscheinend ging es ihr ausgesprochen gut. Fröhlich erzählte sie ihrer Tochter von ihren Aktivitäten der letzten Tage, in denen ihre Freundinnen Bienert und Urban überhaupt keine Rolle spielten. Sie berichtete von ihrer neuen Reha-Sportgruppe, vom Wandertreff »Stiefel Buer«, dem sie ebenfalls seit ein paar Tagen angehörte. Morgen wollte sie zum Friseur, um sich einen neuen Look verpassen zu lassen. Nein, natürlich nicht in der kleinen Provinz-Lockenbude eine Straße weiter, sondern in der Buer'schen City, in dem teuersten Laden überhaupt. Farbe muss rein, Farbe muss rein, tönte sie durchs Telefon. Auf die Frage, was mit ihr passiert wäre, ob sie jemanden kennengelernt hätte, antwortete sie mit verschmitztem Lachen. »Ja, endlich erwache ich aus dem Dornröschenschlaf. Ich ändere mein Leben, Kind, von Grund auf.«

Woraufhin Margareta nur »Aha« sagte.

Dann endlich bekam Margareta die Chance, von Lieberhausen und von der Arbeit zu erzählen, was Waltraud allerdings kaum zu interessieren schien. »Und bist du dem Mörder auf der Spur?«, war das Einzige, was ihre Mutter dazu äußerte.

»Ja, bin ich.« Indem sie die Worte aussprach, sah sie Jans aufgedunsenes Gesicht vor sich und erschrak. Hatte er etwas mit dem Tod des Pfarrers zu tun?

Wie ein altes Ehepaar schritten Jens und sie bei donnerndem Glockengeläut durch die imposante Eingangspforte der St.-Michael-Kirche und suchten sich einen Platz auf der rechten Seite zwischen überwiegend alten Frauen, die nach Kölnisch Wasser und Kernseife rochen. Während Margareta sich sofort in die angesteuerte Bank stürzte, kniete Jens kurz davor noch im Gang nieder und bekreuzigte sich. Ach ja, das macht man wohl so bei den Katholiken, dachte Margareta nur und setzte sich.

Margareta hatte sich herausgeputzt wie zu einem Theaterbesuch. Rotes elegantes Kleid, dazu einen taillenkurzen schwarzen Blazer und schwarze Pumps. Die Haare frisch gefärbt und geschnitten, ebenfalls von einem Buer'schen Friseurmeister. Völlig unnötig, wie sie nach einem Blick auf die meist mausgrauen Dauerwellenköpfe in den Bänken vor ihr feststellte. Nie hätte sie gedacht, dass ein gewöhnlicher Gottesdienst so gut besucht wurde. Und schon setzte das donnernde Geläut wieder ein, die hüstelnde Gemeinde erhob sich, der kleine indische Pater betrat durch einen Seiteneingang die Kirche und schritt auf den Altar zu, den er nun sogar küsste. Er begrüßte die Gemeinde mit »Im Namen des Vaters, des Sohnes und des Heiligen Geistes«, dem Kreuzzeichen und einem stolzen Blick. Die Gemeinde bekreuzigte sich ebenfalls und rief einstimmig »Amen«.

»Der Herr sei mit euch«, singsangte der Pater, woraufhin die Gemeinde mit »Und mit deinem Geiste« antwortete.

Während Pater Jaspal einige einführende Worte zur Messfeier sprach, ging Margaretas Blick suchend durch die Reihen. Ganz vorne entdeckte sie Jan in einem schwarzen Anzug abrufbereit an der Seite stehend, in der Bank daneben sah sie Manuela im dunkelblauen Kostüm. In einer der Bankreihen auf der linken Seite erspähte sie Matthias und Ina. Marc und Leonie suchte sie vergebens, da sie heute erst aus Lieberhausen heimkehren würden.

Die Worte des Paters: »Wir sprechen nun das Schuldbekenntnis«, rissen sie aus ihren Gedanken. Das Bekenntnis selbst, gesprochen von der Gemeinde, ein Text, den Margareta noch nie gehört hatte, ließ sie wieder in ihre Tagträume versinken. Ihr Blick blieb an den güldenen Kerzenständern auf dem Altar hängen. Wurde mit so einem Teil Pfarrer Josef niedergeschlagen? Wer kam bloß als Täter infrage? Jan? Ihr Blick suchte den stattlichen Mann im schwarzen Anzug, der noch immer ehrfürchtig blickend an der Wand stand. Oder tat sie ihm unrecht? Das wäre außerdem zu einfach, und wo er Pfarrer Josef so vergöttert hatte, würde er ihn wohl kaum erschlagen haben. Dann noch die Frage: Wer hatte nachgelegt und dem fast Toten einen Knebel in den Hals gepresst?

Auf gleicher Höhe auf der anderen Bankseite entdeckte Margareta zwei tuschelnde Frauen, die einfach nicht ihren Schnabel halten konnten.

»Sind das Lisbeth und Gudrun?«, flüsterte Margareta Jens zu, der daraufhin nur nickte. Er hatte sie wirklich gut beschrieben, musste Margareta bewundernd feststellen. Dann war die Frau mit der grauen Knotenfrisur drei Reihen vor ihr bestimmt die alte Gesine. Margareta nahm das zarte Mütterchen genau unter die Lupe.

Reiß dich zusammen, ermahnte sie sich, konzentriere dich auf das, was da vorne läuft. Eine keusch aussehende grauhaarige Frau in biederer grauer Omakleidung schritt nach vorne zu einem kleinen Pult, schlug mit zitternden Händen ein Büchlein auf und krächzte eine Lesung aus dem Alten Testament durch die Kirche. Zum Glück hatte sie ein Mikro, da man sonst nichts verstanden hätte. Allerdings hörte man in ihren Sprechpausen ihr stöhnendes Atmen.

Anschließend folgte ein Kehrvers, der gemeinsam mit der Gemeinde aufgesagt wurde. Jens kannte jedes einzelne Wort und war voll bei der Sache. Der Gottesdienst war für ihn spannender als ein Krimi im TV. Er hatte Margareta völlig vergessen, schaute nur mit glasigen Augen nach vorn, um die gehörten Worte in sich aufzusaugen wie ein trockener Schwamm.

Wenn Zarske mich hier sehen könnte, dachte Margareta und konnte sich das Lachen kaum verkneifen. Erst gestern, nach einer langen Samstagsschicht, hatte er sie über den grünen Klee gelobt, wie verlässlich sie doch sei und wie hart sie in dieser Woche gearbeitet hätte. Morgen könne sie ausschlafen, meinte er und fragte noch im Scherz: »Oder gehen Sie in die Kirche?«

Nun trat eine andere Frau mit wahnsinnig dünnen Beinen hinter das Sprechpult, um die zweite Lesung aus dem Neuen Testament vorzutragen. Sie legte ihren schmalen Kopf schief, sagte lange nichts, um dann urplötzlich mit lauter Stimme loszudonnern.

Anschließend wurde das *Halleluja* von der Gemeinde gesungen.

Verstohlen sah Margareta auf ihre Uhr. Eine halbe Stunde war vergangen, und sie begann sich zu langweilen, ihre Beine kribbelten, und sie schickte ihre Gedanken wieder auf die Reise. Diesmal landeten sie in Jens' Küche. Ob er wohl schon etwas vorbereitet hatte?

Er hatte gründliche Vorarbeit geleistet. Eine so hypermoderne Küche, glänzend weiß mit viel Edelstahl, hätte sie diesem Lehrer nicht zugetraut. Kein Staubkörnchen, keine Regale mit Töpfen furztrockener Kräuter, keines mit Kochbüchern. Alles äußerst steril. Ungehemmt schlug er Eischnee steif, rührte parallel dazu Eigelb schaumig, schaute in den Topf zu seiner Linken, riss den Kühlschrank auf, in dem es aussah, als wäre ein Hausmütterchen mit zu viel Zeit hier zu Hause. Allein das Geschirr, alles geschmackvoll aufeinander abgestimmt, sprach nicht für einen Single-Lehrer.

Er servierte ihr ein Glas Frankenwein aus dem Bocksbeutel, bat sie, sich an den Küchentisch zu setzen, so wäre er nicht allein beim Kochen. Viel lieber hätte sie währenddessen sein Wohnzimmer durchstöbert. Seine Fotoalben interessierten sie brennend.

Die riesige Bahnhofsuhr an der Wand tickte unaufhörlich. Tick, tack, tick, tack. Das Klappern von Geschirr riss sie aus ihren Gedanken.

»Deckst du schon mal den Tisch im Wohnzimmer? Ich glaube, das ist festlicher. Wo du doch zum ersten Mal hier bist. Tischdecke und Servietten habe ich schon hingelegt.« Er grinste ein übertriebenes Kellnergrinsen.

Er spielt mir was vor, dachte Margareta. Der Mann hat zwei Gesichter. Zuerst machte er auf gehemmten Lehrer, ein strenggläubiges Unschuldslamm wie es im Buche steht, plötzlich ist er der gewandte Gastgeber, der formvollendet die Küche beherrscht. Wie passte das zusammen? Was wurde hier gespielt? Päckchenwürste und –salate, und nun mimte er den Sternekoch?

Auch im Wohnzimmer – sie durfte ja schon an seinem Grillabend einen Blick hineinwerfen, als sie zur Toilette ging – alles picobello. Gewollt spartanisch eingerichtet, alles sehr sauber. Das Regal mit den Büchern und Fotoalben lockte. Mit dem Finger ging sie über die polierte Gitarre, die an der Wand hing. Nichts, nicht ein Stäubchen. Gestern erst kam er aus Lieberhausen zurück. Hatte er eine Nachtschicht eingelegt? Wann hatte er eingekauft?

Mit zitternden Händen deckte sie den Tisch und ging dann zurück in die Küche, wo Jens gerade dabei war, mit dem Wiegemesser geschickt Petersilie zu hacken.

»Stell dir vor! Es ist mir gelungen, noch Spargel aufzutreiben, obwohl die Spargelsaison ja offiziell seit einigen Tagen vorbei ist. Ist das nicht klasse?« Er strahlte sie an wie ein Kind, das gelobt werden wollte. »Der Gottesdienst hat dir doch gefallen, oder?«

»Klar, echt toll.« Wenn sie bloß daran dachte, wurde ihr übel. Nicht der eigentliche Gottesdienst, der sich über eine Stunde wie Kaugummi zog, war das Problem, sondern das Palaver danach auf dem Kirchplatz. Sie wurde begafft wie eine Prosituierte auf dem Straßenstrich, von jedem Hinz und Kunz angesprochen und befragt. Einen verdächtigen Kirchgänger, der eventuell als Mörder infrage käme, hatte sie auch nicht ausmachen können. Alles äußerst interessant, doch sollte Jens sich nicht einbilden, sie würde ihn jetzt jeden Sonntag begleiten.

»Klasse sieht der Spargel aus«, sagte sie, um überhaupt etwas zu sagen. Sie mochte Spargel, doch konnte sie nicht verstehen, dass manche Menschen so ein Aufsehen um diese Stangen machten, als bedeutete, diese zu essen ein Erlebnis, das besser als jeder Orgasmus war.

»Was gibt es dazu?«

»Ich dachte, Kalbfleisch würde am besten passen. Ich brate die Kalbsmedaillons in einer Eihülle, dazu natürlich Soße Hollandaise, die ich selbst herstelle, und Salzkartoffeln. Manuela hat mir vom Wochenmarkt die festkochende Sieglinde mitgebracht.«

Bei dem Wort Manuela zuckte Margareta zusammen. Hoffentlich hatte sie die Kartoffeln nicht vergiftet, kam ihr der Gedanke. Da sie jedoch nicht wissen konnte, wer welche Kartoffel auf den Teller bekam und sie niemals ihren geliebten Jens opfern würde, bestand da wohl keine Gefahr.

Sie nahm einen großen Schluck von ihrem Wein. Wie passte das alles zusammen, fragte sie sich wieder und wieder. Gab hier den großen Koch und servierte zum Grillen Päckchenware.

»Hat Manuela auch bei dir geputzt?« Sie konnte sich diese Frage einfach nicht verkneifen.

»Wie kommst du denn darauf?«, fragte er sie mit beleidigter Stimme. »Ich putze selbst! Das ist alles nur eine Frage der Organisation und keine große Sache. Ich habe dafür einen Plan.«

Nein, nein, nein, das ist kein normaler Mann. Margareta wäre am liebsten wieder gegangen. Während bei ihr in den Ecken der Dreck wuchs, bewies der Herr Lehrer ihr, dass man auch mit Vollzeitstelle einen Superhaushalt haben konnte. Bevor ich ihn das nächste Mal zu mir einlade, muss ich klar Schiff machen, nahm sie sich vor. Waltraud muss mir helfen.

Das Essen konnte sich wirklich sehen lassen. Vorweg gab es eine Spargelcremesuppe. Das Hauptgericht, die Kalbssteaks in Eihülle und der Spargel an Soße Hollandaise, war eine Offenbarung. Die Nachspeise, Herrencreme, ließ Margareta dahinschmelzen. Kaum zu glauben, dass Jens all das selbst auf den Tisch gebracht hatte.

Ein anderer Nachtisch wäre ihr zwar lieber gewesen, doch sie fügte sich. Immerhin bekam sie am Nachmittag noch die Fotoalben zu sehen, fand aber nichts, was sie weitergebracht hätte. Bei Lenz auf dem alten Hof wäre er nicht gewesen, das würde er sich für die gemeinsame Urlaubswoche aufheben. Ansonsten wäre er viel gewandert in den fünf Tagen in Lieberhausen, hätte viele Stunden am alten Lagerfeuerplatz gesessen und die Gedanken kreisen lassen.

Fazit des Besuchs und des Essens bei Jens: ganz großes Kino. Wenn sie ehrlich war, wäre ihr ein Kerl – die Betonung lag auf *Kerl* – der eine Null in der Küche war und ein bisschen nachlässig im Haushalt, dafür aber ein klasse Liebhaber, tausend Mal lieber als das, was Jens ihr hier vorspielte.

Ja, sie hielt es für ein Spiel, und von der Überzeugung ließ sie sich nicht abbringen.

Gegen 18 Uhr brach sie auf. Auf sein zaghaftes »Bleib doch noch«, reagierte sie nicht. Wozu sollte sie bleiben?

Um zum zigsten Male Mordtheorien durchzukauen? Nein, sie wollte den schönen Tag in guter Erinnerung behalten. Deshalb hier und jetzt – Schnitt!

18. KAPITEL

Helmut Blauländer saß in seinem kleinen Büro im Dachgeschoss des KK11 im Polizeipräsidium in Buer. Dafür, dass er Erster Hauptkommissar war, also Chef des Ganzen, und das imposante Gebäude von außen ein komfortables Büro für ihn vermuten ließ, hauste er in einer Abstellkammer. Zwar wohnlich hergerichtet, mit vielen privaten Bildern an den Wänden, die Möbel waren jedoch Sperrmüll und erinnerten an ein altes Klassenzimmer der ehemaligen DDR. Hier oben verirrte sich kaum jemand hin, er wurde abgeschottet wie der Bundeskanzler. Margareta Sommerfeld hatte es im vorigen Jahr geschafft, zu ihm vorzudringen. Vor lauter Staunen hatte sie den Mund gar nicht mehr zubekommen. Ja was hatte sie eigentlich so zum Staunen gebracht? Wahrscheinlich erwartete sie ein luxuriöseres Büro. Er schmunzelte. Vor einer halben Stunde etwa hatte er versucht, sie anzurufen. Vergeblich. Sicherlich stand sie schon wieder in der Damenabteilung des großen Kaufhauses nur wenige Gehminuten vom Polizeipräsidium entfernt. Neugierig war er gewesen, was sie in Lieberhausen in Erfahrung gebracht hatte. Über eine Woche meldete sie sich nicht.

Ob es damals auf dieser Freizeit tatsächlich zu sexuellen Übergriffen durch den Pfarrer an einem Kind gekommen war? Trotzdem wäre der Fall schon verjährt, auch wenn die Verjährungsfrist von zehn Jahren erst ab dem 18. Lebensjahr begann. Gesetzt den Fall, es handelte sich um solch eine sexuelle Handlung, wie die Sommerfeld sie geschildert hatte. Und was sollte es? Der Pfarrer weilte nicht mehr unter den Lebenden. Oder waren gar noch andere Erwachsene an dieser schmutzigen Sache beteiligt gewesen?

Auch bei der SoKo-Josef-Wolzenburger-Sitzung heute Morgen war nichts herumgekommen. Dieser müde Haufen. Da dachte er schon, Stefan Kornblum wäre eine Schlaftablette gewesen. Was nach ihm kam, war noch schlimmer. Sie jammerten nach moderneren Ermittlungsmethoden, hielten ihn und seine Art zu ermitteln für gestrig und verstaubt. Doch Verantwortung wollte keiner übernehmen, geschweige denn mal die Initiative ergreifen. Die taugten höchstens dazu, einen Kaufhausdieb zu fangen, bei einem Mord fühlten sie sich überfordert. Da hatte die Hobbyermittlerin Sommerfeld mehr drauf als sie alle zusammen, die er um sich scharte.

Seine Sekretärin betrat das Büro und brachte ihm die Post. Diese gepiercte Person hielt es nicht einmal für nötig anzuklopfen. Er mochte die saloppe Art dieser Frau nicht und trauerte seiner langjährigen Sekretärin hinterher, die krankheitsbedingt vor einigen Wochen vorzeitig in Rente gegangen war.

Er hatte sich den Abschlussbericht zum Mordfall Clemens Wagner kommen lassen. Dieser Pfarrer, ebenfalls der katholischen Kirche angehörig, war vor drei Jahren in einem kleinen Dorf im Sauerland ermordet worden. Vielleicht gab es da Parallelen, hoffte er.

Er legte den Bericht beiseite und nahm sich die Vernehmungsprotokolle vor. Diese Zeugin, Ellen Fischer, wollte an besagtem Samstagmorgen vom Linienbus aus eine alte Frau gesehen haben, die zur Tatzeit, etwa gegen sechs Uhr, die Kirche betreten hatte. Irgendwie Schwachsinn, fand er, es könnte Gesine Habermüller gewesen sein, die dort ständig ein und aus ging. Der Küster behauptete felsenfest, das Hauptportal wäre geschlossen gewesen, als er am Abend davor nach Hause ging. War diese Zeugin überhaupt glaubwürdig? Die Aussagen des Küsterehepaars Manuela und Jan Dopatka lasen sich knapp und nichtsagend. Was hatte die Gehrke sich dabei gedacht? Ihm kam der Küster, der sich Sakristan nannte oder auch war, ein wenig suspekt vor. Dieser Blick aus seinen kalten Augen. Und wie die Sommerfeld ihm erzählte, hätte er ein sehr enges Verhältnis zu der Pfarrhaushälterin Gesine Habermüller. Er schüttelte den Kopf. Dass es in der heutigen Zeit überhaupt noch solch einen Beruf gab, der oft belächelt wurde, weil man Pfarrer und Haushälterin wer weiß was andichtete.

Die alte zarte Frau schien ihm nicht verdächtig. Er selbst hatte mit ihr gesprochen. Und doch war da etwas, das er als störend empfand. Bevor ich die Gehrke dahin schicke, nehme ich mir die Alte lieber selbst noch mal vor, dachte er. Er würde sie in ihrer Wohnung aufsuchen. Im heimischen Umfeld erfuhr er vielleicht mehr als im Präsidium.

Die Ehefrau des Küsters, diese Manuela Dopatka, hatte ein äußerst loses Mundwerk, war ihm aufgefallen.

Bei der ersten Befragung, die er selbst vornahm, versuchte sie immer wieder, den Verdacht auf zwei Frauen der Gemeinde zu lenken, auf Gudrun Karpa und Lisbeth Saborowski, die angeblich ständig mit dem Pfarrer im Clinch gelegen waren. In den Vernehmungsprotokollen der Gehrke konnte er nichts davon lesen. Wo war die bloß mit ihren Gedanken? Wofür hatte sie sich zur »Polizeilichen Fallanalytikerin« ausbilden lassen? Weil das Wort »Profilerin« sich so toll anhörte? Dieser zusätzliche Lehrgang hatte seiner Meinung nach bisher nichts gebracht. Wie war ihre Vernehmungstaktik bei diesen Frauen gewesen? Wie hatten sich die beiden Damen gezeigt? Er blätterte in dem Vernehmungsprotokoll vor und zurück. Nichts darüber zu finden. Schwach, sehr schwach. Auch diese beiden wollte er noch einmal aufsuchen oder sie vorladen lassen. Da war er sich noch nicht ganz schlüssig.

Alles nur Bruchstücke. Nichts ließ sich irgendwie zusammenfügen.

Er legte den Stapel beiseite und seufzte. Wenn es einer von den vier befreundeten Männern war, der damals auf dieser Kirchenfreizeit sexuell missbraucht wurde, wieso schwieg derjenige 30 Jahre lang und brachte dann, nach so langer Zeit, den Pfarrer um? Und die drei Freunde hüllten sich ebenfalls in Schweigen? Eine Verschwörung? Diesen Jens Eigenhardt, den neuen Freund der Sommerfeld, wollte er morgen aufsuchen, den Vierten im Bunde, Matthias Hartmann, ebenfalls. Marc Bergmann war bereits von der Gehrke vernommen worden. Auch darüber nichts Erhellendes in ihrem Protokoll der Aussage. Wenn ich mir den jetzt auch noch vornehmen soll, kann ich demnächst gleich alles selbst machen, sagte er sich und wählte die Nummer der Gehrke. Er sah sie kichernd zwischen ihren drei männlichen Kollegen sitzen und ihre weiblichen Reize spielen lassen. Ob ich jetzt mit ihr spreche oder mit der Putzfrau, beides würde gleich viel bringen. Auf die Frage, wer für sie denn nun als Mörder infrage käme, würde sie mit den Schultern zucken, einen Schmollmund ziehen und lange um den heißen Brei herum reden. So wie heute Morgen bei der Sitzung. Die Theorie, dass ja nun eventuell ein zweiter Täter im Spiel war, worauf die Faserspuren in Hals und Lunge des Toten hindeuteten, hatte schon heute Morgen nur blödes Gelaber gebracht.

Er rekapitulierte nochmals das Geschehen: Am Samstag, dem 13. Juni, ging um 08:12 Uhr in der Polizeileitstelle der Notruf ein, dass eine männliche Leiche in der Sakristei der St.-Michael-Kirche im Ortsteil Ückendorf gefunden worden war. Dies bestätigten die beiden Polizeibeamten des Streifenwagens, der wenig später am Ort vorfuhr. Das Hauptportal der Kirche stand offen, so wollte es auch die Pfarrhaushälterin vorgefunden haben, die der Putzfrau Manuela Dopatka hinterherging. Wie die alte Dame jedoch von ihrem Wohnhaus, das parallel zur Kirche lag, auf die Straße zum Hauptportal hatte blicken können, blieb ein Rätsel. Intuition sei es gewesen, welche sie veranlasste, zur Straße zu laufen. Weinend hätte Manuela Dopatka auf der Treppe im Eingang gesessen. Nur Minuten später erschien ihr Ehemann, der Sakristan Jan Dopatka, in der Sakristei, in der Gesine Habermüller bereits den Toten ins Visier genommen hatte. Er, Helmut Blauländer, Erster Hauptkommissar des KK11, kam gegen 08:45 Uhr am Leichenfundort an, wenig später die Kollegin Jenny Gehrke, Hauptkommissarin. Mehrere weitere Polizeibeamte, die den Tatort absicherten, trafen gleichzeitig mit der Spurensicherung ein. So stand es im ersten Bericht der Akte Pfarrer Josef Wolzenburger.

Fragen über Fragen gingen Blauländer durch den Kopf. Wieso stand das Kirchenportal offen? Eine innere Stimme sagte ihm, dass der Täter gar nicht aus dem engen Umfeld des Pfarrers stammte, sondern ein völlig Fremder war.

Er legte sich den Abschlussbericht Clemens Wagner auf seine marode Aktenmappe, die seine Anni ihm zur Silberhochzeit geschenkt hatte. Zu Hause wollte er ihn noch einmal durchlesen, im Garten, im Liegestuhl, bei einem Glas Bier. Schön tief rein mit der Nase in die Akte, dann würde Anni ihn in Ruhe lassen.

Ich muss die Sommerfeld erreichen!

Ein Blick auf die Uhr sagte ihm, dass er bald Feierabend hatte. Zum Glück hatte er heute keinen Bereitschaftsdienst. Sein Magen knurrte unaufhörlich. Wer sollte auch von dieser Miniportion in der Kantine satt werden? Kohlroulade und Kartoffelpüree. Nicht schlecht, doch viel zu wenig für einen Mann wie Blauländer. Er ging zu dem winzigen Wandschrank in der Ecke, öffnete ihn und schaute auf ein kleines Warenlager: Kaffee, Tee, Kondensmilch, Kekse, Fischdosen, Schokolade. Seine Notfallration, wenn der Weg zur Kantine ihm zu weit erschien, oder die Portion mal wieder zu klein gewesen war. Er entnahm ihm nach langem Überlegen ein Paket Butterkekse, riss die Packung gierig auf und verleibte sich gleich zehn Kekse auf einmal ein. Er konnte nur hoffen, dass Anni nachher etwas Anständiges auf den Tisch brachte.

Er griff erneut zum Handy und hatte Glück. Margareta war zur Kaffeepause und nahm das Gespräch an.

»Lassen Sie mich raten. Sie sind neugierig, was es in

Lieberhausen gegeben hat?«, legte sie sofort ohne eine Begrüßung los.

»Hallo, Frau Sommerfeld. Können Sie reden?«

»Ich denke schon. Als Kind hat man es mir beigebracht.« Kaum hatte sie die Sätze ausgesprochen, bereute sie diese auch schon. Sie kannte Blauländer und wusste, dass er auf solche lockeren Sprüche wütend reagieren konnte.

Er nahm sie jedoch gelassen. »Kleiner Spaßvogel heute, was?«

»Ich weiß auch nicht. Sie möchten sicherlich wissen, was es Neues gibt im Bergischen Land, nicht wahr? Ich hätte mich auch längst schon gemeldet, doch in der vergangenen Woche habe ich ungefähr 80 Stunden gearbeitet, und in dieser Woche sieht es nicht viel anders aus. Krankenstand usw. Aber das wollen Sie gar nicht hören, oder?«

»Doch, doch«, versicherte er ihr, »mich interessiert alles um Sie herum. Natürlich am meisten, ob Sie in Lieberhausen etwas in Erfahrung bringen konnten.«

»Wir haben am vorletzten Wochenende diesen alten Herbergsvater besucht. Er bewirtschaftet ganz allein einen einsamen Hof, seit sein Sohn gestorben ist. Eine kauzige Gestalt, der uns beiden nicht koscher ist.« Margareta legte los und berichtete dem Kommissar Einzelheiten des Besuchs. Dass er auch Jens nicht ganz geheuer vorkam, erzählte sie ihm ebenfalls. Als ihre 15-minütige Kaffeepause endete, kamen sie überein, sich am Abend noch einmal zu unterhalten.

Gerade, als er sich wieder mit einem ungeduldigen Blick zurücklehnte, ging die Tür auf, und die Gepiercte brachte ihm Kaffee und eine Flasche eiskaltes Mineralwasser herein. Unaufgefordert und mit freundlichem Blick, was er mit Erstaunen registrierte. Sollte er seine Vorurteile dieser Dame gegenüber noch einmal überdenken?

Während er den Kaffee und das Mineralwasser trank, gingen seine Gedanken auf die Reise zu Margareta Sommerfeld. War es tatsächlich Zufall, dass sie in Lieberhausen einen Mann kennenlernte, der sich am Lagerfeuerplatz eines Naturfreundehauses in alte Zeiten versetzte, um einen Mord aufzuklären? Gab es solche Zufälle? Oder spielte sie ihm etwas vor? Sie könnte zum Beispiel von dem Mord an dem Pfarrer in der Zeitung gelesen und sich mal wieder in eine Sache hineingesteigert haben. Lieberhausen gab es zwar, trat aber erst später auf den Plan, als sie diesen Mann in der Ückendorfer Kirche, in der sie tagelang herumhing, aus Sensationslust, Langeweile oder was auch immer, kennenlernte. War die Sommerfeld verrückt? Warum traf er immer wieder mit ihr zusammen? Immerhin war dieser Pfarrermord schon der fünfte Fall, in den sie ihre Nase steckte. Werde jetzt nicht ungerecht. Der fünfte Fall in sechs Jahren war nicht wirklich viel. Vielleicht stolperte sie tatsächlich immer wieder über Leichen, die sich ihr in den Weg legten.

Die Mutter, diese Waltraud Sommerfeld, mit ihr müsste ich mich mal unterhalten. Da erführe ich sofort, ob der Kirchenausflug nach Lieberhausen überhaupt stattfand. Das kannst du leichter haben, sagte er sich und gab ein paar Stichworte dazu bei Google ein. Und schon wenig später stellte er fest: Sie hatte nicht gelogen, der Ausflug der Kirchengemeinde hatte wirklich stattgefunden. Also gab es keinen Grund, ihr zu misstrauen. Er war gespannt auf den gottesfürchtigen Lehrer. Morgen würde er mehr wissen. War er derjenige, der vom Pfarrer missbraucht worden war?

Es klopfte an der Tür, und endlich erschien Jenny Gehrke. Ihre roten langen Haare trug sie offen. Keine Schönheit, die Gehrke, dachte er, doch schaffte die Frau es immer wieder, den Männern den Kopf zu verdrehen. Ihr Mund war zu breit, die Nase viel zu lang, die Schultern ausladend wie bei einem Kerl. Was ihn jedoch am meisten an ihr störte, war ihr loses Mundwerk.

»Na endlich, Gehrke, ich dachte schon, Sie halten Mittagsschläfchen.«

»Was soll das eigentlich, Herr Blauländer? Wieso nennen Sie mich Gehrke? Ich habe Ihnen schon zigmal gesagt, dass Sie mich gerne Frau Gehrke nennen können oder eben Jenny und Sie. Hamburger Siezen. Sagt Ihnen das was?«

»Nee, ich bin blöd«, schnauzte er sie an. »Also haben Sie was herausgefunden, Frau Jenny Gehrke?«

»Also langsam reicht es mir. Ich werde mich über Sie beschweren. Oder meinen Sie, das lohnt sich nicht mehr? Soll ich es lieber aussitzen, bis Sie in Rente gehen?«

Helmut Blauländer seufzte tief und sagte nichts mehr. Wozu auch? Dass ihr mieses Verhältnis auch seiner gewöhnungsbedürftigen Art geschuldet war, darauf kam er nicht.

»Also, dieser Pfarrer Josef Wolzenburger war insgesamt fünfmal auf einer Kirchenfreizeit gewesen. Viermal in Lieberhausen, einmal im Sauerland in Arnsberg. Jedes Mal waren nur Jungen dabei. Die erste Freizeit fand 1985 statt, eine letzte, also es wäre seine sechste gewesen, sollte wenige Tage nach seinem Tod stattfinden. Dieses Mal durften auch Mädchen mitfahren. Haben diese Freizeiten etwas mit dem Mord zu tun?«

»Das müssen wir herausfinden. Ich weiß noch nichts Genaues«, antwortete er eine Spur versöhnlicher. Immerhin hatte die Gehrke gute Arbeit geleistet, stellte er fest.

Es stimmte alles mit dem, was die Sommerfeld erzählt hatte, überein. Er war zufrieden. Wieso hatte er ihr bloß misstraut? Er mochte sie doch – irgendwie. Vielleicht gerade deshalb? Lag da das Problem?

»Ach übrigens, diese Pfarrhaushälterin Gesine Habermüller rief vorhin an. Ihr wäre da noch etwas eingefallen. Sie berichtete, dass einen Tag vor der Ermordung des Pfarrers unter anderem ein vornehmer Herr, den sie nicht kannte, gegen Mittag zu Besuch gekommen wäre. Es hätte einen heftigen Streit gegeben. Der Pfarrer sei so verstört gewesen, dass er nichts hätte essen können. Sie wusste nicht, um wen es sich bei dem Besucher handelte. Sie meinte, es könnte vielleicht wichtig sein.«

»Hm, haben Sie das notiert?«

»Natürlich.«

»Gehen Sie der Sache nach. Vielleicht fahren Sie nach Ückendorf und besuchen die Frau noch einmal.« Habe ich es von der Backe, dachte er.

»Okay«, sagte die Gehrke und erhob sich. »Sonst noch was?«

»Sie und Müller haben Bereitschaft? Wenn was Wichtiges ist, können Sie mich jederzeit anrufen.«

Erstaunt blickte Jenny Gehrke ihn an. Das hatte er ihr noch nie angeboten.

Blauländer schaute ihr hinterher, als sie sein Büro verließ. Vielleicht ist sie ja gar nicht so schlecht, und man kann sie sich noch hinbiegen.

Dieser ominöse Mann, der den Pfarrer kurz vor seinem Tod aufsuchte, beschäftigte ihn auf der Heimfahrt. Könnte das der Mörder sein? Doch er hatte auch noch einen anderen Gedanken im Kopf. Der Pfarrer wollte zu seiner letzten Freizeit mit Mädchen *und* Jungen aufbrechen. Wieso dieser Sinneswandel? Hatte dieser Marc Bergmann nicht eine Tochter? Sollte diese nicht auch mitfahren? Deutete die Sommerfeld nicht so etwas an? Ich muss sie nachher noch einmal darauf ansprechen, nahm er sich vor.

Als er den Blinker setzte und in seine Garageneinfahrt bog, war seine eben noch gute Laune schlagartig dahin. Das Taxi, das hinter ihm herfuhr, hielt vor seiner Einfahrt und ließ seine Schwiegermutter aussteigen. Die hatte ihm gerade noch gefehlt.

Übertrieben zitternd, den Blick wütend auf ihn gerichtet, wartete sie, dass er zum Taxi eilen würde, um ihr behilflich zu sein. Der Tasche nach zu urteilen, diesem roten Plastikungetüm aus den 1970er-Jahren, gedachte sie, länger zu bleiben als nur zum Kaffee. Er starrte zur Haustür. Wo blieb Anni? Was wurde hier gespielt? Und schon rief die alte Frau lautstark durch die Straße. »Helmut, nun komm schon her, nimm meine Tasche.«

Er ging auf sie zu. Sie richtete sich ihr grünes Tüllkopftuch, schloss den beigefarbenen Popelinemantel – das Thermometer zeigte 30 Grad im Schatten – und bedankte sich beim Fahrer. »Mein Schwiegersohn bezahlt«, kam dann auch noch.

Nein, das hatte er einfach nicht verdient.

19. KAPITEL

Sie saßen in dem kleinen Pavillon mit dem Holzschindeldach und schauten den Wolken hinterher, die rasend schnell dahin zogen. Jens verzog sein Gesicht. Im Regen hatte er keine Lust auf eine Wanderung, ließ er mehr als einmal verlauten. Aber es regnet doch gar nicht, hielt Margareta dagegen. Könnte aber jeden Moment anfangen, befürchtete er.

Das war also Urlaub! Dafür hatte sie auch in dieser Woche geschuftet bis zum Umfallen, um eine Woche früher den Urlaub antreten zu können. Na ja, dass es heute am Samstag, dem ersten Urlaubstag, nach Regen aussah, dafür konnte Jens nichts. Ihm schien es jedoch nicht viel auszumachen, in dem Pavillon im Garten des Käte-Strobel-Hauses zu verweilen, da er von hier den Lagerfeuerplatz beobachten konnte. Dass es eine Reise in die Vergangenheit werden würde, war ihr klar, doch stundenlang alte Orte, an denen er als Kind war, anzustarren, dazu fehlte ihr die Lust.

Er freute sich, dass sie noch ein Zimmer im Käte-Strobel-Haus ergattern konnten. Einziger Wermutstropfen: Es handelte sich um ein Doppelzimmer. Zwar wunderbar gelegen, mit Terrasse zum Wald, TV, Bad und Dusche vorhanden, aber eben ein Doppelzimmer, welches er mit Margareta teilen musste. Der Preis war mit ungefähr 50 Euro pro Person für Halbpension recht günstig, obwohl die gediegene Gasthofatmosphäre gänzlich fehlte. Würde er im Gasthof wohnen, könnte er sich nicht so frei bewegen und in alles seine Nase stecken, war ihr klar. Das gab er jedoch nicht zu.

Er setzte sich nun auf die schmale Bank der Hütte und schaute immer wieder zum alten Lagerfeuerplatz. Was sah er? Den Pfarrer auf der Gitarre christliche Lieder spielen?

»An was denkst du gerade? An den Gitarre spielenden Pfarrer Josef? Oder an deine Freunde? Willst du mir nicht verraten, wer von euch derjenige war, den er sich geschnappt hat?« Margareta legte ihm zärtlich eine Hand auf sein Knie, woraufhin er so heftig zusammenzuckte, als hätte er einen Stromschlag erlitten.

»Wir haben uns damals, so ziemlich am Ende der Freizeit, geschworen, es für uns zu behalten und mit niemandem darüber zu sprechen. Pfarrer Josef hatte uns Angst gemacht. Und es gelang ihm tatsächlich, dass wir es jahrzehntelang verdrängten. Wir wussten auch gar nicht, was genau geschehen war. Wollten es auch gar nicht wissen. Wahnsinn war das!« Tränen traten in seine Augen.

»Warst du der Junge?«, tastete sie sich vorsichtig heran.

»Nein, ich war es nicht.« Er schaute sie lange an und senkte dann den Blick.

Na immerhin etwas. Er öffnet sich mir, stellte sie mit Stolz fest. Dann blieben ja eigentlich nur noch zwei übrig, Matthias oder Marc. Jan war einige Jahre älter und schied für Margareta aus.

»Komm, lass uns ein paar Schritte laufen«, schlug Margareta vor, als die Sonne hinter einer Wolke hervortrat und wenige Minuten später gleich mehrere Kinder nach draußen stürzten.

»Ja, eine gute Idee«, fand auch Jens.

Sie schlenderten die schmale Straße, die nach Lieberhausen führte, entlang in der Hoffnung, dort an einem der Tische vor dem Gasthof etwas trinken zu können. Sie passierten den angrenzenden Wald, entschieden sich aber, weiter die Straße zu benutzen. Der Regen, der vorhin gefallen war, hatte die Waldwege aufgeweicht. Sie sprachen wenig, jeder hing seinen Gedanken nach. Margareta überlegte, ob es sinnvoll wäre, ihn danach zu fragen, wer denn nun derjenige gewesen war, der vom Pfarrer missbraucht wurde, Marc oder Matthias. Doch hielt sie es für klüger, den Mund zu halten. So erzählte sie ihm Anekdoten vom letzten Arbeitstag vor ihrem Urlaub und von der Verwandlung der Waltraud Sommerfeld, was auch immer diese herbeigeführt haben mochte.

Er lächelte nur, schien sich wieder beruhigt zu haben, seufzte ein paar Mal, nahm beim Laufen ihre Hand.

»Lass uns morgen den alten Lenz noch einmal aufsuchen. Vielleicht erzählt er uns was«, meinte er.

»Ach, das können wir doch auch noch übermorgen erledigen. Wir haben Urlaub! Auch Detektive müssen mal ihre Freizeit genießen.« Margareta sah ihn erwartungsvoll an.

»Okay, dann bin ich für eine Wanderung, nachdem wir den Gottesdienst besucht haben.«

»Du willst ernsthaft in diese kleine Kirche gehen? Was versprichst du dir davon?« Sie konnte nicht fassen, was sie soeben gehört hatte. Erstens waren sie vor wenigen Tagen zusammen in einem Gottesdienst gewesen, und zweitens wollte sie sich erholen. Sie suchte diese Bunte Kerke lieber auf, wenn niemand dort war.

»Was ich mir davon verspreche?« Er sah sie entrüstet und total verständnislos an. »Ich will Gott nahe sein!«

»Kannst du gerne haben, aber ohne mich. Ich bin mir lieber selbst nahe, lege mich nach dem Frühstück noch einmal hin oder drehe ein paar Runden im Schwimmbad. Außerdem ist es eine evangelische Kirche. Ich dachte, du hast es nicht so mit der Ökumene.«

Nun war er beleidigt, sprach, bis sie den winzigen Ort erreicht hatten, kein einziges Wort mehr mit ihr. Ihre Hand hatte er schlagartig losgelassen.

Nur ein einziger Tisch, direkt gegenüber der Bunten Kerke, war vor dem Gasthof noch frei. Da sich das Wetter aufgeklärt hatte, nutzten die Menschen die späte Nachmittagsstunde, um sich etwas Gutes zu gönnen. Um sie herum überall verliebte Pärchen, überwiegend der Generation 50 plus angehörend. Sie hielten Händchen, lächelten sich verliebt an oder küssten sich.

»Wir trinken aber nur was, schließlich haben wir Halbpension gebucht.« Nervös schaute Jens auf seine Uhr. »In einer knappen Stunde müssen wir auch schon wieder los, wenn wir pünktlich zum Essen zurück sein wollen.« Um das Gesagte zu unterstreichen, klopfte er mit dem Zeigefinger auf seine Uhr, so wie es ihr dominanter Vater früher bei ihrer Mutter handhabte, um ihr zu demonstrieren, dass sie pünktlich zu sein hatte.

Margareta hätte vor Wut platzen können. Was dachte er denn, wen er hier vor sich hatte? Ein Rotzblag aus seiner Schulklasse?

»Sag mal, geht es noch? Ich renne doch nicht drei Kilometer durch die Gegend, um sofort wieder den Rückweg anzutreten. Ob ich nun hier esse oder trinke oder beides, das musst du schon mir überlassen. Ich bin alt genug. Falls du es noch nicht kapiert hast: Ich habe Urlaub. Weißt du eigentlich, wie lange ich schon keinen Urlaub mehr hatte? Jahrelang!«

Er verzog das Gesicht, als würde er gleich anfangen

zu weinen. »Ich meine ja nur. Was regst du dich gleich so auf?«

Ja, was rege ich mich bloß so auf, fragte sie sich. Ihr wurde langsam klar, dass der Urlaub eine Schnapsidee war. Urlaub mit diesem verkappten Weichei und auch noch hier in Lieberhausen. Diese Mimose!

Ein Traumtyp von Kellner fragte nach ihren Wünschen, und Margareta orderte einen trockenen Weißwein. Der Kerl gehört ins Fernsehen, dachte sie und lächelte ihn an. Dieser dunkelhaarige, durchtrainierte blauäugige Mann mit dem vulgären Lächeln war das Gegenstück zu dem verträumten frommen Lehrer ihr gegenüber. Hier hätte ich absteigen sollen, aber allein, träumte sie.

»Der gefällt dir wohl, dieser Mann. Der ist doch unterste Schublade.« Abfällig schaute Jens ihm hinterher, nachdem er ebenfalls einen Wein bestellt hatte.

»Ja, der gefällt mir. Manchmal muss man sich eben etwas aus der untersten Schublade nehmen, wenn man an die oberste nicht drankommt.«

Dass Jens nicht nur engelsgleich lächeln konnte, durfte sie nun feststellen. Hass lag in seinen Zügen, während er sie lange ansah. »Du hast nur das eine im Kopf. Das nervt.«

»Weißt du eigentlich, was du für eine Lachnummer bist, Jens Eigenhardt, du asexueller Bibelfurzer?« Margareta kramte einen Geldschein aus der Hosentasche, warf ihn auf den Tisch, nahm das Weinglas, das dieser Ober ihr gerade serviert hatte, trank einen kräftigen Schluck und goss den Rest Jens über den Kopf. Mitten in seine prächtigen Locken.

Der zweite Urlaubstag sah nicht wesentlich fröhlicher aus. Während Jens sich nach dem Frühstück, das er alleine einnahm, zu Fuß mit dem Gesangbuch in der Hand zur Kirche aufmachte, sah Margareta sich im Käte-Strobel-Haus um, schlenderte durch die Gänge, öffnete die eine oder andere Tür, die nicht verschlossen war, und blickte anschließend sogar von außen in das Fenster eines Gästezimmers.

Irgendwann stieß sie auf die Hausdame, die sich ihr als Marianne Decker vorstellte. Eine freundlich lächelnde Mittfünfzigerin, die vom Äußeren her Fräulein Rottenmeier aus den Heidifilmen ähnelte. Ihr Wesen war jedoch ganz anders. Sie war Margareta schon einige Zeit hinterhergelaufen und sprach sie an, als sie von außen ins Schwimmbad sah.

»Suchen Sie jemanden? Vielleicht Ihren Freund?«

»Nein, ich schau mich bloß ein bisschen um.«

»Mein Name ist Marianne Decker, und ich bin hier die Hausdame. Lachen Sie nicht, so einen Posten gibt es wirklich noch.«

Die Frau reichte ihr die Hand, und während Margareta in ihr liebes Gesicht schaute, hätte sie auf der Stelle losheulen können. Wahrscheinlich war sie eingestellt worden, um verirrte traurige Seelen aufzuspüren und zu therapieren. Sie trug ein blaues Kostüm, darunter eine weiße Bluse. Ihren schlanken Hals zierte ein rosa Seidentuch. Warum lief sie an einem warmen Sonntag bloß so herum? Die roten Haare waren zu einem Knoten gebunden. Margareta starrte sie wohl ein wenig zu lange an.

»Sie sind gestern angekommen, nicht wahr?«

»Ja, mein Name ist Margareta Sommerfeld, und ich bin mit Jens Eigenhardt hier. Den kennen Sie sicherlich schon.«

Marianne Decker lachte. »Ja, ich hatte schon das Vergnügen. Er war ja schon öfters hier. Schon als Kind, wie er mir erzählte.«

Sie lachte? Also fand sie ihn und sein Verhalten vielleicht auch zum Schießen? Wie albern er sich aber auch verhielt. Trägt das ledergebundene Gesangbuch, welches Pfarrer Josef sicherlich handsigniert hatte, offen zur Schau. Wenn sie noch an gestern Abend dachte, wurde ihr schlecht. Hätte sie ihr Auto dabei gehabt, wäre sie auf der Stelle abgereist. Das Abendessen nahmen sie noch gemeinsam ein, was wohl eher dem Zufall geschuldet war. Später auf dem Zimmer korrigierte er im Bett liegend Klassenarbeiten seiner Schüler, während sie einen Krimi im TV anschaute. Grabesstille!

»Er ist übrigens nicht mein Freund. Das heißt: Befreundet sind wir schon, wir teilen das gleiche Hobby, mischen uns in Mordermittlungen. Hat er Ihnen von Pfarrer Josef erzählt, der 1985 hier mit Jungen, zu denen auch Jens zählte, zu einer Freizeit war?«

»Aber ja doch. Er suchte nach dem damaligen Herbergsvater, und da verwies man ihn an mich. Wir haben auch schon zusammen in den alten Akten gestöbert.«

»Hat er mir gar nicht erzählt.«

»Zurzeit scheinen Sie Kommunikationsschwierigkeiten zu haben, kann das sein?«

»Ja, wir haben uns gestern gestritten. Er ist schon arg komisch manchmal. Irgendwie hatte ich mir den gemeinsamen Urlaub anders vorgestellt. Ein wenig recherchieren, okay, aber sich so hineinsteigern, wie Jens das macht, geht gar nicht. Mal sehen, wie es sich weiter entwickelt. Vielleicht reise ich auch eher ab. Leider habe ich mein Auto nicht dabei, bin also auf ihn oder öffentliche Verkehrsmittel angewiesen.«

»Das wäre schade, eher abzureisen. Falls Sie mal irgendwo hier in der Nähe hinmöchten, stelle ich Ihnen gerne mein E-Bike zur Verfügung.«

Marianne Decker schien die Gutmütigkeit in Person zu sein. Was für ein toller Vorschlag. Sie nahm Margareta mit in ihr Büro, bot ihr einen Platz und Kaffee aus der Thermoskanne an. Sie gab ihr das Gefühl, sie habe alle Zeit der Welt und war für Margareta so etwas wie Seelenbalsam.

»Ich bin jahrelang kein Rad mehr gefahren. Wie weit ist das denn zum Hof von diesem alten Lenz?«

»Ach, das schaffen Sie. Schauen Sie hier«, sie stand auf und ging zu einer Wanderkarte, die an der Wand hing. »Hier befinden wir uns, und hier wohnt Lenz. Höchstens acht Kilometer.«

Margaretas Augen leuchteten. »Und das bleibt unter uns? Jens wird es nicht erfahren?«

»Auf keinen Fall! Er scheint wirklich etwas eigenartig zu sein. Vielleicht hat er sich nach der Operation damals so verändert.«

»Er wurde operiert? Davon weiß ich ja gar nichts.« Margareta wurde hellhörig.

»Oh, das tut mit jetzt aber leid, dass ich das hier so ausplaudere. Genaues weiß ich auch nicht. Auch nicht von der alten Sache 1985. Getuschelt wurde, als ich vor 25 Jahren hier anfing, viel. Doch die Menschen lassen auch ihre Fantasie spielen und dichten gerne etwas dazu.«

Margareta hörte der netten Frau gar nicht mehr zu. Ihre Gedanken gingen zu Jens und dieser angeblichen OP. Hatte man ihn nun am Kopf oder unterhalb der Gürtellinie operiert? Das würde natürlich einiges erklären.

Kurz vor dem Mittagessen trennten sich die beiden Frauen. Margareta könnte sie jederzeit aufsuchen, sagte

Frau Decker noch. Am Mittwoch würden Leute aus Bochum nach Hause fahren, gab sie ihr noch den Tipp. Das wäre eine gute Mitfahrmöglichkeit. Gut zu wissen, fand Margareta, hoffte aber, dass Jens sich bis dahin beruhigt haben und zu Kreuze kriechen würde. Was sollte sie außerdem zu Hause? Hier brauchte sie nichts zu tun, bekam herrliche Mahlzeiten und wohnte in einer tollen Umgebung.

Bergab war das E-Bike-Fahren ja noch ein Vergnügen. Margaretas Haare wehten dabei im Sommerwind, als sie am späten Montagmorgen nach einer kurzen Einweisung Richtung Meinerzhagen startete. Jens und sie kommunizierten zwar wieder, jedoch nur das Allernötigste. Auf eine Entschuldigung wartete Margareta vergebens. Vielleicht sollte sie sich entschuldigen und den »asexuellen Bibelfurzer« zurücknehmen? Natürlich staunte er Bauklötze, als sie sich auf das E-Bike schwang und davonfuhr.

Das Wetter spielte mit, die Sonne schien, und sie hatte längst vergessen, wie schön Fahrrad fahren war, zumal sie sich ja gar nicht anzustrengen brauchte. Hoffentlich reichte die Akkuladung auch noch für die Rückfahrt, dachte sie, als sie den Käte-Strobel-Weg Richtung Lieberhausen befuhr. Sie passierte, inzwischen auf der Homertstraße, Lieberhausen, dachte kurz an den schnuckeligen Kellner von Samstag, bevor es über eine Art Serpentine ziemlich steil bergab ging. Unten angekommen bog sie rechts auf die Landstraße 323 ab und fuhr in Richtung Meinerzhagen.

Ach, was machte das Spaß! Rechts und links Wälder und Wiesen mit grasenden Kühen.

Nachdem sie Meinerzhagen rechts liegen gelassen hatte, bog sie wenig später von der Landstraße 306 in die enge Zufahrt, die zum Gehöft von Lenz führte. Na der würde staunen, wenn sie diesmal ohne Begleitung antanzen würde.

Und das tat der gute Mann auch. Mittagszeit. Er ließ sich nur ungern beim Essen stören und öffnete erst nach dem fünften Klingeln.

»Sie schon wieder«, ranzte er sie an. »Was wollen Sie denn noch?« Sein Mund war mit einer weißen Masse verschmiert. Das Gleiche fand man auch auf seinem Hemd. Wahrscheinlich holländische Soße, mutmaßte Margareta.

»Ich müsste Sie unbedingt noch einmal sprechen, Herr Lenz. Es ist wichtig.« Margareta schaute ihn aus wasserblauen Augen an. Krieche ihm richtig schön rein, sagte sie sich. Jens sollte staunen, was sie in Erfahrung gebracht hätte.

»Aber nur kurz, ich habe Hunger«, maulte der Alte und ließ sie ins Haus.

Dachte sie schon, das Wohnzimmer wäre eine museumsreife Bude, in der sie es kaum länger als eine Stunde aushalten würde, übertraf die Küche alles. Die weißen Küchenschränke mit den abgeschlagenen Ecken und die uralten Elektrogeräte aus den 1960er-Jahren waren ein echter Hingucker. An und auf ihnen hafteten die Reste von mindestens 250 Mahlzeiten aus drei Jahrzehnten. Der Herd sah aus, als hätte man zehn rohe Eier dagegen geworfen und die Masse einfach herunterlaufen lassen. Das würde sich nie wieder entfernen lassen! Da halfen auch kein Cillit Bang oder Meister Propper!

Lenz setzte sich an den Tisch mit der löchrigen Resopalplatte, um den sich mehrere verschiedene Sperrmüllstühle reihten, und schaufelte weiter sein Essen in sich hinein. Ein verkokeltes Kotelett, Kartoffeln und irgendein zerkochtes Gemüse mit holländischer Soße. Er hatte Schwierigkeiten, das Fleisch mit seinen wenigen Hauern zu zerkleinern.

»Hab ich noch von gestern, ich koche immer für zwei Tage«, nuschelte er. »Also was wollen Sie hier noch? Ich weiß nichts.«

Margaretas angeekelter Blick streifte die angsteinflößende Wappenmustertapete sowie die hässlichen groben Vorhänge an den schmutzigen Fenstern. »Wer macht Ihnen den Haushalt, Herr Lenz?«, fragte sie ihn mit offenstehendem Mund.

»Mach ich alles selbst.«

Durch ihr großes Vorbild Charlotte Lindholm, die gestern Abend noch über den TV-Bildschirm gehuscht war, ermutigt, wollte sie bei dem Alten andere Saiten aufziehen.

»Nun reden wir mal Tacheles, mein Freund«, stieß sie so laut hervor, dass Lenz zusammenzuckte und die Gabel fallenließ. »Sie wissen doch genau, was damals abging bei dieser Kirchenfreizeit. Was hat der Pfarrer dort mit den Kindern getrieben? Niemand will übrigens was mitgekriegt haben. Also was und vor allem wo hat er es getrieben?«

»Verjährt, alles längst verjährt. Ich habe nichts gemacht.« Er duckte sich, als befürchtete er, geschlagen zu werden. Tränen traten in seine trüben Augen. Der Adamsapfel in seinem faltigen Hähnchenhals sprang auf und ab.

»Kommissar Blauländer von der Kripo in Gelsenkirchen, der mit dem Fall des Pfarrers beauftragt ist, wird Ihnen zeigen, was verjährt bedeutet. Ich werde Ihnen den Mann auf den Hals hetzen, das schwöre ich Ihnen. Also, was war damals los? Wo ging da was ab?«

Speichel, vermischt mit holländischer Soße, verließ seinen ekeligen Mund und tropfte zusammen mit seinen Tränen auf den Tisch.

»Es war mein Zimmer, ich habe dort übernachtet, wenn ich Nachtwache hatte. Es war mehr eine Kammer. Die Möbel stammten von meiner Mutter. Der Pfarrer hatte es gemietet. Ich habe 100 Mark bekommen, zwei Stangen Zigaretten und zwei Flaschen Korn. Das war damals viel Geld, 100 Mark. Mir ging es finanziell schlecht.«

Lenz vergaß sein Schweinekotelett, heulte wie ein Kind und sah zum Erbarmen aus.

»Was wollte der Pfarrer mit dem Zimmer? Der hatte doch dort ein eigenes Zimmer. Oder nicht? Was spielte sich in diesem Zimmer ab? Diente es vielleicht als Krankenzimmer?«

»Ich weiß es nicht. Er brauchte einen Rückzugsort, hat er gesagt. Er hatte kein eigenes Zimmer, lag in einem Doppelzimmer mit einem jungen Mann aus seiner Gemeinde. Ich schwöre, ich habe nichts gewusst von seinen Schweinereien. Ich dachte, er wollte sich mit einer Frau dort treffen. Man munkelte erst hinterher drüber, dass dort in dem Zimmer ein krankes Kind untergebracht war.«

Margareta war geschockt. Mit zitternden Beinen schwang sie sich wenig später auf das E-Bike und betete, dass es die Rückfahrt noch schaffen würde.

20. KAPITEL

Sie musste Jens einfach davon erzählen. Vergessen war der böse Streit von Samstag. Nachdem sie das E-Bike abgeliefert und sich tausendmal bei Marianne Decker bedankt hatte, suchte sie Jens. Wo konnte er anders sein als in seinem Erinnerungstempel draußen im Gelände? Und richtig. Schon von Weitem sah sie ihn auf der schmalen Bank der Hütte sitzend. Die Hände hielt er vors Gesicht. Er schien wieder im Jahre 1985 zu sein. Du meine Güte, der sollte sich echt mal neurologisch durchchecken lassen.

»Jens, rate mal, wo ich gerade war?«, legte sie sofort, noch völlig außer Atem, los.

»Ich habe dich mit einem E-Bike wegfahren sehen«, kam es müde aus seinem verschlafenen Mund. »Warst du in Lieberhausen?« Es schien ihn nicht wirklich zu interessieren.

»Ja, ich war bei dem geilen Kellner und habe in seiner Bude eine Nummer mit ihm geschoben. – Sag mal, was denkst du eigentlich von mir?« Ich fahre ab, ich packe sofort meine Sachen. Unsägliche Wut ergriff sie.

»Gar nichts habe ich gedacht. Mir geht es nicht gut.«

»Ja, das sehe ich, du bist weiß wie die Wand. Ist die böse Margareta dir so auf den Magen geschlagen?«

»Nicht auf den Magen, sondern auf den Darm. Ich habe Durchfall. Ganz schlimm.« Er verzog sein Gesicht, wohl vor Schmerzen.

Hatte er nun tatsächlich Krämpfe oder spielte er hier den Leidenden? Wieder fiel ihr ihre kranke Oma ein. Die hatte es auch drauf, alle Welt für ihr Aua verantwortlich zu machen, indem sie ständig das Gesicht zu einer ätzenden Fratze verzog.

»Och du meine Güte, Durchfall«, äffte sie ihn nach. »Ja was machen wir denn da? Am besten rufen wir den Notarzt und bringen dich in die Klinik.«

»Mach dich ruhig über mich lustig.«

Als sie den Pavillon verlassen wollte, rief er ihr hinterher. »Also, wo warst du nun?«

Margareta machte auf dem Absatz kehrt. »Ich war bei Lenz und habe ihn mal so richtig zusammengefaltet. Und weißt du, was er mir unter Tränen gestanden hat?«

»Du hast dem alten Mann gedroht? Hoffentlich tut er sich jetzt nichts an.« Grübelnd knetete Jens seine Unterlippe und dachte nach.

»Sag mal, geht es noch? Das ist ein Verbrecher. Der hat Pfarrer Josef sein altes Zimmer im Käte-Strobel-Haus für 100 Mark, Schnaps und Zigaretten als *Krankenzimmer* vermietet, damit der sich an einem kleinen Jungen vergehen konnte. Mit so jemandem hast du Mitleid?«

»Das hat er dir gestanden? Was hast du mit ihm gemacht?«

»Ich habe Tacheles mit ihm geredet, mehr nicht. Angeblich hat er nicht gewusst, was der Pfarrer dort getrieben hat.«

»Das darf nicht wahr sein. Das hat er echt erzählt?« Jens schien aus seiner Lethargie zu erwachen. Vergessen waren seine Bauchschmerzen und seine Müdigkeit.

»Warum hast du mich nicht mitgenommen?«

»Oh, jetzt hagelt es mal wieder Vorwürfe. Ich war alleine da, und du weißt genau, warum.«

»Du hast ja recht, es lief nicht so gut zwischen uns. Wegen Samstag. Es tut mir leid, was ich gesagt habe.«

»Ja, mir auch. Ich nehme den asexuellen Bibelfurzer zurück.«

Er lachte und sah sie lange an.

»Versuchen wir es noch mal zusammen?« Ein liebevoller Blick aus einem Engelsgesicht streifte sie.

»Okay, das erspart mir das Packen.«

»Du wolltest abreisen?«

»Ja.«

Er stand von der Bank auf, nahm sie in die Arme und drückte sie fest an sich. »Ich konnte mich gestern gar nicht auf den Gottesdienst konzentrieren. Meine Gedanken waren nur bei dir!«

»Das will ich doch hoffen!«

Während sie zu Fuß in Richtung Aggertalsperre liefen, musste Margareta ihm haarklein berichten, wie sie Lenz dazu gebracht hatte, ihr sein Vergehen zu gestehen. Obwohl sie vom Besuch bei Lenz ziemlich aufgewühlt war, stellte sich eine entspannte Urlaubsstimmung ein. Sie machte sich kaum Gedanken darüber, dass sie die acht Kilometer, die sie jetzt zur Aggertalsperre wandern würde, auch wieder zurücklaufen musste. Wozu hatte sie eigentlich diese tollen Schuhe erworben? Sie starrte auf ihre roten Sneakers und musste zugeben, dass auch flache Schuhe schick aussehen konnten.

Sie verließen Händchen haltend Oberrengse und liefen auf Lieberhausen zu. Margaretas Magen knurrte. Ein Blick auf die Uhr verriet ihr, dass es bereits 14 Uhr war. Ihr Frühstück war nach fünf Stunden längst verdaut. Würden sie allerdings im Gasthof Reinhold in Lieberhausen zum Lunch einkehren, würde der Weg ziemlich beschwerlich werden.

Als ahnte Jens ihre Gedanken, lächelte er sie an. »Ich glaube, du hast dir ein zünftiges Mittagessen redlich verdient. Was hältst du davon, wenn wir in Lieberhausen eine Pause einlegen?«

Begeisterung pur brach bei Margareta aus.

Eine halbe Stunde später saßen sie vor dem Gasthof und warteten auf ihre bestellten Speisen. Sie waren die einzigen Gäste, die draußen vor dem Gasthof Platz genommen hatten. Hier war es tatsächlich um einiges romantischer als im Käte-Strobel-Haus. Die Sprossenfenster mit den grünen Blendläden, die hübschen Blumenkästen an den Fenstern, die Schieferschindeln an der oberen Vorderfront des Hauses verbreiteten Urlaubsflair. Der Außensitzplatz, bestehend aus Kopfsteinpflaster, wurde durch eine halbhohe Mauer, vor der Bäume mit dichten kleinen Kronen für Schatten sorgten, begrenzt, dahinter befand sich direkt das Kirchlein. Kirchplatz und Terrasse gingen ineinander über.

Zum Glück ließ dieser gutaussehende Kellner sich nicht blicken, und die Chefin servierte selbst. Lendchen mit Pfifferlingen aß Margareta nun schon zum dritten Mal hier.

Der kühle Riesling löste ihre Zunge, und sie berichtete detailgetreu von Lenz' Geständnis, der dem Pfarrer das Zimmer nur vermietet haben wollte, damit dieser sich mal richtig ausschlafen konnte.

»Na ja, auch nicht gerade die feine Art, den armen Kerl so zusammenzustauchen«, meinte Jens.

»Nun wissen wir doch wenigstens, was Sache ist. Hatte der Pfarrer wirklich kein Einzelzimmer damals?«

»Jetzt fällt mir wieder ein, dass er mit Carsten in einem Zimmer untergebracht war. Ich hätte Frau Decker danach fragen sollen.« Man konnte Jens ansehen, wie es hinter seiner Stirn rotierte.

»Wir müssen Carsten finden. Unbedingt!«

»Was meinst du, was ich schon alles versucht habe, seine Anschrift herauszubekommen.« Jens kaute mit Bedacht auf seinem Fleisch herum und grübelte nach. »Zu viele Röstaromen, das Fleisch hätte 20 Sekunden kürzer gebraten werden müssen«, registrierte er.

»Diese neunmalklugen Weiber aus der Gemeinde. Wissen die nichts? Oder Gesine? Kann die nicht mal in den alten Büchern stöbern?«

Margareta war voll in ihrem Element. Sprach gar davon, Blauländer anzurufen, was Jens vehement ablehnte.

»Wir haben Urlaub, Margareta«, sprach er mit ruhigem Ton und streichelte ihre Hand. »Wir wollen uns doch nicht gleich wieder streiten, oder?«

»Nein, natürlich nicht«, erwiderte sie und war einmal mehr davon überzeugt, dass zwei Persönlichkeiten in Jens schlummerten. Welche hatte denn da jetzt gerade gesprochen?

»Außerdem ist der Pfarrer tot, und das sexuelle Vergehen längst verjährt. Wir sollten uns mehr auf die Mördersuche konzentrieren.«

»Ich dachte, du willst Urlaub machen? Hast du vor einer Minute noch gesagt.«

»Das eine muss das andere doch nicht ausschließen«, meinte Jens.

»Der Mörder muss in die Sache von damals involviert gewesen sein. Davon bist auch du überzeugt. Wenn du nicht das missbrauchte Kind warst, kämen nur Marc oder Matthias infrage.«

»Wieso nicht Jan?«, fragte Jens sie erstaunt.

»Weil er schon einige Jährchen älter war und somit schlauer als ihr kleineren Jungen, nehme ich an.«

»Groß und älter als wir war er, doch schlauer war er nicht. Ein großer dummer Bär, unfertig und noch ziemlich kindlich.«

»Ich glaube jedoch nicht, dass ein Mann, der pädophil veranlagt war wie Pfarrer Josef, sich an einem großen Bären vergriffen hätte. Der holte sich bestimmt lieber einen kleineren Jungen, wie das Pädophile zu tun pflegen. Du weißt doch, wer von euch es war, warum sagst du es mir nicht?«

Sein Gesicht verfinsterte sich. Aus den engelsgleichen lieblichen Zügen wurde eine zornige Fratze. Wie ein feuerspeiender Drache, der gleich loslegen würde und den vernichtenden Feuerschwall gegen sie richtete, schaute er sie an. Das war für Margareta das absolute Warnzeichen: Bis hierhin und nicht weiter.

Der feuerspeiende Drache trank seinen Wein in einem Zug aus und drängte zum Aufbruch.

Weiter ging es, bergauf in Richtung Wald, vorbei am kleinen Friedhof, dem gegenüber sich eine Pferdewiese mit grasenden Tieren befand. Das winzige Fohlen, das gerade von seiner Mutter gesäugt wurde, stimmte Jens friedlicher, der Zornesblick war dem Engelsgesicht gewichen.

Es ging stetig bergauf, bis sie der Wald mit seiner angenehmen Kühle aufnahm. In Margaretas Magen rumorte es. Keine gute Idee, sich vor der Wanderung den Magen so vollzupacken.

Und ich werde weiter nach dem missbrauchten Kind suchen, dachte Margareta mit einem Seitenblick auf Jens. Dass beides zusammenhing, war ihr sonnenklar. Sie hatte zwar keine Angst vor Jens, jedoch Respekt. Vielleicht war *er* ja das missbrauchte Kind und auch der Mörder des Pfarrers. Doch machte es dann Sinn, hier ewig herzukommen? Sie wusste keine Antwort darauf.

Aus Zeitgründen entschied Jens, den Rundwanderweg A 5 zu laufen. Dieser wäre nur fünf Kilometer lang und würde herrliche Ausblicke auf die Aggertalsperre bieten.

»Wie lange?«, fragte Margareta nur.

»Eine Stunde«, antwortete Jens grinsend.

Eine Stunde plus eine halbe bis zum Käte-Strobel-Haus. Sie hoffte, dass ihre jetzt schon lädierten Füße das durchhalten würden. Auf einer Bank vor einer Tannenschonung zog sie ihre Schuhe und Strümpfe aus und lehnte sich stöhnend zurück. Auch in flachen Schuhen war Wandern für sie eine Tortur.

Jens ergriff ihre Füße und begann, sie nacheinander sanft zu massieren. »Sie sind völlig unsportlich, Madame Sommerfeld!«

»Ja, da magst du recht haben. Ich bin eher der bequeme Typ.«

»Wenigstens sagst du jetzt nicht das, was alle sagen würden, nämlich dass sie keine Zeit hätten, um Sport zu treiben.«

»Ein Pluspunkt für mich, Herr Sportlehrer!«

Ansonsten sprachen sie kaum. Margaretas Gedanken kreisten um den Pfarrermörder und den missbrauchten Jungen. War es Jens?

So richtig konnte sie nicht mehr daran glauben, als sie knapp zwei Stunden später ihre Unterkunft endlich erreichten. Sie fühlte sich völlig ausgelaugt, schlimmer als nach einem harten Arbeitstag in ihrem Bekleidungsgeschäft.

»Also sie war ja schön und gut, diese Wanderung. Doch morgen werde ich nicht durch die Gegend rennen. Morgen ist Relaxen angesagt. Ich empfinde einfach nichts beim Laufen.«

»Wir könnten uns in Meinerzhagen ein Buch kaufen und uns an die Talsperre legen. Was meinst du?« Jens lächelte sie an. Er schien inzwischen begriffen zu haben, wie Margareta tickte.

Als Margareta das gemeinsame Doppelzimmer betrat, warf sie sich nur noch aufs Bett und stöhnte. Liebevoll zog Jens ihr die Schuhe aus.

»Also ich mache heute gar nichts mehr. Am liebsten hätte ich mich vorhin am Gasthof in Lieberhausen draußen hingesetzt und wäre dort geblieben.«

»In 15 Minuten gibt es Abendessen. Das wirst du doch noch mitnehmen, oder?«

»Das werde ich gerade noch schaffen, danach ist echt Schichtende für heute. Du kannst gerne noch eine Abendrunde drehen oder sonst was machen. Ohne mich!«

Gesagt, getan. Nach einem opulenten warmen und kalten Büfett schleppte sich Margareta nur noch zurück zum Zimmer, ging unter die Dusche, schlüpfte in T-Shirt und Leggins und legte sich, nachdem sie den Fernseher eingeschaltet hatte, aufs Bett.

»Was hast du vor?«, fragte Margareta Jens, der im Bademantel das Zimmer verlassen wollte.

»Ich drehe noch ein paar Runden im Schwimmbad.« Und schon war er verschwunden.

Na ja, besser, als wenn er wieder in dem ollen Pavillon abhängt, um den imaginären Lagerfeuerplatz von damals anzustarren, dachte Margareta.

Ihr Blick blieb an seinem schwarzen Rucksack hängen, der auf seinem Bett lag und um den er immer ein großes Geheimnis machte. Wenn er ihm etwas entnahm, geschah das meistens heimlich in einer stillen Ecke oder wenn sie nicht im Raum war. Sie konnte einfach nicht widerstehen, zog ihn zu sich aufs Bett und öffnete ihn. Neugierig kramte sie darin herum. Zuerst kam das ledergebundene Gesangbuch zum Vorschein. Tatsächlich trug es die Signatur des Pfarrers. Einige Lieder waren mit Blümchenabziehbildern gekennzeichnet. Wohl seine Lieblingsstücke. Sie schmiss es zurück in den Sack. Ein Federmäppchen und danach ein Notizbuch kamen zum Vorschein. Weiter unten stieß sie auf eine große Dose. Sie zog sie heraus. Eine Plastikdose mit Zitronentee der billigsten Sorte. Was wollte er denn damit? Wer trank denn so einen Dreck? Sie kannte den noch aus Kindertagen kurz nach der Zechenschließung, als die Zeiten mehr als schlecht waren. Kalt löste sich dieses ekelige Zeug überhaupt nicht auf, und man rührte sich den Arm lahm. Und dann die Farbe und die Konsistenz. Kackbraun mit Krümeln darin wie Paniermehl. Vielleicht hatte er davon die Darmkrämpfe, schlussfolgerte sie. Gerade als sie einen Blick in sein Notizbuch werfen wollte, hörte sie Schritte auf dem Gang. So steckte sie es zurück in den Sack, stieß dabei auf etwas Weiches, von dem sie gar nicht wissen wollte, was es war. Sie warf sein gutes Stück zurück auf sein Bett. Ein selten komischer Vogel, dieser Jens Eigenhardt, dachte sie, als die Schritte auf dem Gang sich wieder entfernten.

Als er nach einer Stunde fröhlich pfeifend das Zimmer wieder betrat, beachtete sie ihn nur flüchtig, starrte weiter auf den Flachbildschirm an der gegenüberliegenden Wand, der einen Naturfilm zeigte.

»Na, läuft was Schönes?«, fragte Jens interessiert. »Ich dachte, du interessierst dich nicht für Tierfilme.«

Sie hatte gar nicht hingeschaut, was da im TV lief, war viel zu sehr mit ihren Gedanken beschäftigt. Das erzählte sie ihm allerdings nicht.

Als er den Bademantel fallenließ und splitternackt ins Bad ging, staunte sie Bauklötze. Was sollte das denn jetzt? Der prüde Katholik spielte plötzlich den coolen Typen? Wer war er denn jetzt gerade? Der feuerspeiende Drache oder der friedliche Kirchenengel? Keines von beiden. Steckte etwa noch eine dritte Person in ihm?

Wenig später kam er tatsächlich splitternackt aus dem Bad. Die Haare nass zurückgekämmt. Auch sonst machte er keine schlechte Figur. Er grinste und legte sich neben sie.

Ihr Herz schlug wild. Hatte er was genommen?

»Wegen vorhin. Du hast mich gefragt, ob ich der Junge war, an dem der Pfarrer sich vergangen hat. Ich erzählte dir doch schon, dass wir vier uns damals geschworen haben, dass wir niemandem davon erzählen und es für uns behalten. Und damit sind wir ja 30 Jahre gut gefahren. Ich kann nicht darüber sprechen. Das musst du verstehen. Doch wie ich schon sagte, ich war es nicht.«

Margaretas Gedanken fuhren Achterbahn. Der nackte Kerl, ob nun Drache oder Engel, machte sie verrückt. Sie legte sich auf die andere Bettseite und stellte sich einschlafend, was ihr äußerst schwerfiel. Die Situation überforderte sie einfach. Sie blickte nicht durch. Er spielte ihr etwas vor. Wollte er sie testen? Mit dem Kochen hatte er sie schon total durcheinandergebracht. Präsentierte sich ihr als Profikoch, nachdem er ihr beim Grillen in seinem Garten nur Billigware geboten hatte. Dann spielte er den frommen Mann, der sich erst mit Gottes Segen vor dem

Traualter einer Frau hingeben wollte, und legte sich nun mit geilem Grinsen neben sie, wie Gott ihn geschaffen hatte. Das war eindeutig zu viel für sie. Was, wenn das nur ein Test war und er ihr nach wenigen Sekunden eine Abfuhr erteilen würde?

Wanderung auf dem Bergischen Panoramasteig um Agger- und Genketalsperre, sage und schreibe zwölf Kilometer sowie den Othetal-Rundwanderweg von elf Kilometern konnte er jedenfalls vergessen. Sie hatte keinen Bock, sich noch einmal die Füße zu ruinieren. Von jetzt an war Relaxen angesagt. Vielleicht würde sie sich noch einmal von Marianne Decker das E-Bike leihen. Mehr war definitiv nicht drin. An Abreisen dachte sie nicht mehr.

21. KAPITEL

Nun war ich schon bald zwei Wochen hier und angeblich noch immer krank. Bis auf eine bleierne Müdigkeit fühlte ich mich jedoch nicht schlecht. Wahrscheinlich war ich so müde, weil *er* mich zwang, diesen Saft zu trinken. Dann dieses unmögliche Krankenzimmer, in dem es nach Mottenkugeln roch. Da wohnte ja meine Oma schöner. Die dunklen Möbel machten mir Angst. Und jetzt glaubte mir nicht mal meine Mutter. Sie hielt noch zu diesem unmöglichen Mann, den ich einmal so verehrt hatte. Selbst meine Freunde glaubten mir nicht, hatten Angst vor *ihm*. Bis auf Carsten, der immer wieder versucht hatte, mit *ihm* zu reden. Alles zwecklos.

Ich hörte seine Stimme mit dem blöden Dialekt. Tag und Nacht. Komisch, *er* lebte schon eine Ewigkeit im Ruhrgebiet und sprach noch immer bayerisch.

»Ihr Kinder, kommt zur Abendandacht. Carsten hat schon ein Feuer angezündet. Wir treffen uns am Lagerfeuerplatz.«

Bestand das Leben eigentlich nur aus Andachten? Eine Kirchenfreizeit hatte ich mir echt anders vorgestellt, nicht so total kontrolliert. Okay, ab und zu mal ein frommes Liedchen singen, doch nicht so viel Lieber Gott. Schlimm genug waren schon die stundenlangen Wanderungen durch die Wälder. Andauernd verlief *er* sich, und wir kamen zu spät zum Essen. *Er* war eben nicht der Schlaueste. Es blieb wenig Zeit zum freien Spielen, ständig wurde man gegängelt und überwacht oder eben mit frommen Worten zugedröhnt.

Vorgestern, als es geregnet hat, fanden wir uns zum Spielenachmittag im Speisesaal ein. Brettspiele, Kartenspiele, Mühle, Dame und so ein Krampf. *Er* schlich von Tisch zu Tisch und spielte überall ein paar Minuten mit. An dem Tisch, an dem »Monopoly« gespielt wurde, musste *er* passen, glotzte dämlich und verschwand gleich wieder. Das war *ihm* zu kompliziert, das fasste seine leere Birne nicht. Dafür war *er* gut in »Spitz, pass auf«. Jedes Mal wenn *er* gewann, kreischte *er* wir ein Kakadu. Peinlich, dieser Mann.

Ich suchte mir einen Platz ziemlich weit hinten und hockte mich ins Gras. Meine Freunde – oder das, was sich so Freunde nannte – schauten verstohlen zu mir herüber. Und schon ging es los. *Er* quälte die Gitarrensaiten, zupfte mit seinen dicken Fingern daran wie ein Irrer, legte seinen Kopf schief und sang mit seiner viel zu hellen Stimme »Großer Gott wir loben dich, Herr, wir preisen deine Stärke.«

Alle Jungen fielen in das Lied mit ein. Ich nicht. Für was sollte ich schon wieder loben und preisen? Dafür, dass ich gefangen gehalten wurde? Jawohl, ich wurde gefangen gehalten.

Erst gestern Abend habe ich *ihn* angefleht, mich zurück zu den anderen zu verlegen. Einen Moment lang hielt *er* inne, kratzte sich seinen kurz geschorenen Bart, legte seine fettige Stirn in Falten und schien nachzudenken. Dann blitzte es in seinen listigen Rosinenaugen auf. Ein ekeliger Geruch nach Alkohol und faulen Eiern verließ seinen Mund. Seine Lippen waren verklebt, wohl von dem, was er getrunken hatte.

»Nein, das geht noch nicht«, hatte *er* verkündet und flößte mir wieder diesen Saft ein, der mir Vergessen schenkte.

Ich wollte mich wehren, *ihn* treten, seinen kurzen fleischigen Armen ausweichen, *ihm* letztendlich sogar ins Gesicht spucken. Doch ich war wie gelähmt und sackte in mich zusammen.

»Warum singst du nicht mit?«, fragte mich mein Sitznachbar, ein zarter blonder Junge. »Der Pfarrer schaut schon ewig her.«

»Soll *er* doch. Warum soll ich singen? Bin ich verrückt?« Ich spielte mit einem Stein, den ich vom Boden aufgehoben hatte. Ein scharfkantiger grauer Stein mit vielen Ecken, der sich gut in der Hand anfühlte.

»Vor dir neigt die Erde sich, und bewundert deine Werke«, sang *er*, und die anderen stimmten bewundernd ein.

Sollten sie doch alle loben und preisen und bewundern. Ich nicht. Seine Augen, die im Schein des Lagerfeuers gespenstisch wirkten, suchten mich. Am liebsten hätte ich *ihm* die Zunge rausgestreckt. Besäße ich eine Waffe, würde ich *ihn* niederschießen. Dieser Schöntuer. Morgen sollte es eine Nachtwanderung geben. Wenn alle lieb mitlaufen würden – an drei Jungen würde *er* sogar Taschenlampen verteilen – gäbe es hinterher Vanillepudding mit Himbeersaft. Alle Jungen jubelten. Mitten in der Nacht Vanillepudding! *Er* konnte sich seinen Pudding samt Saft und der Taschenlampe sonst wo hinschieben. Ich würde verzichten. Das einzig Gute an dieser Aktion: Es würde spät werden. Hinterher ließ *er* mich sicherlich in Ruhe. Doch erst kam noch die heutige Nacht. Die Nacht und der Saft und viele neue rotblaue Flecken am nächsten Morgen.

Der Gedanke an den Pudding hatte mich hungrig gemacht. Mein Magen knurrte. Ich hatte vorhin beim Abendessen kaum zugelangt. Jeden Abend gab es das Gleiche. Graubrot, dick geschnitten, Hagebuttentee und Aufschnitt der billigsten Sorte. Dicke glänzende Stücke zierten die hellrosafarbenen Scheiben. Biss ich auf so ein Stück, übermannte mich Ekel. Zu Hause aß ich nur Schmierwurst, die gute vom Metzger, und feine Leberwurst. Wieder kam der Spruch aus seinen schmierigen Lippen: »Gottes Gaben werden aufgegessen!«

Er sang und glotzte währenddessen zu mir herüber. Ich hielt seinem Blick stand, was *ihn* wütend machte. Ich wollte mich nicht mehr einschüchtern lassen. Carstens

Blicke wanderten von *ihm* zu mir und wieder zurück. Er ahnte etwas. Nein, er wusste es, da war ich mir sicher.

Wieder sang *er* den Refrain und schaute mich dabei an. Das war der Moment, in dem ich meinen Arm hob und den Stein, den ich noch immer in meiner rechten Hand hielt, in seine Richtung warf. Leider verfehlte er seinen Kopf. Er prallte an der Gitarre ab, hinterließ einen unschönen Sprung in dem polierten Holz. Alle Kinder schreckten auf und gaben Laute wie Oh, Boh oder Huch von sich.

Er kochte vor Wut und starrte mich an, bestaunte das Loch in der Gitarre. »Komm her, mein Junge. Was hast du getan? Du hast Kircheneigentum beschädigt. Oder wolltest du gar mich treffen? Du bist krank. Das kommt von deiner Krankheit. Ihr alle habt es gesehen, was mit ihm los ist. Eine schwere Krankheit hat ihn heimgesucht. Das Böse ist in ihm. Er zerstört den Frieden.«

Ich blieb dort sitzen, wo ich saß, ging nicht zu *ihm*. Das erledigte Carsten für mich. Er baute sich vor dem einen Kopf kleineren Mann auf und hielt den Hals seiner Gitarre fest. Mit wutverzerrtem Gesicht schrie er den Pfarrer an. »Lassen Sie ihn endlich in Ruhe und verbreiten Sie hier keine Unwahrheiten über ihn. Er ist weder krank noch böse. *Sie* machen ihn krank. Wenn Sie ihn nicht endlich in Ruhe lassen, wende ich mich an die Diözese und melde den Vorfall.«

Dann wandte Carsten sich ab und lief mit großen Schritten davon.

Er rief ihm hinterher: »Du kannst deine Sachen packen. Du taugst genauso wenig wie er. Du trägst den Teufel in dir.«

Carsten drehte sich noch einmal um und rief *ihm* warnend zu: »Vorsichtig. Überlegen Sie sich, was Sie sagen.

Und wenn der Junge morgen nicht aus dem Krankenzimmer verlegt wird, gehe ich ins Dorf zur Polizei und bringe es zur Anzeige.«

Nein, Carsten war nicht böse. Er war ein Engel. Mein rettender Engel. Ich weiß nicht wieso, doch in dieser Nacht ließ *er* mich in Ruhe, und am anderen Morgen zog ich zurück zu meinen Freunden.

Carsten reiste nicht ab, wurde jedoch vom Pfarrer gemieden.

22. KAPITEL

Nein, sie wollte kein Mitglied der KFD, der katholischen Frauengemeinschaft Deutschland, deren Devise »leidenschaftlich glauben und leben« war, werden.

Nein, sie wollte auch nicht der KAB, der katholischen Arbeiterbewegung beitreten.

Nein, auch zu der ARG, der Alten- und Rentnergemeinschaft, wollte sie noch nicht gehören. Mag ja sein, dass es da enorm lustig zuging, wie Jens ihr versicherte.

Ganz kleinlaut hatte er zum Schluss der Diskussion gemeint: »Ich dachte ja nur. Vielleicht zu Recherchezwecken. Jedenfalls braucht niemand in unserer Kirchengemeinde einsam zu sein.«

Okay, sie hätte dagegenhalten können, dass sie überhaupt nicht einsam war. Doch wozu? Wo sie sich gerade wieder so gut verstanden.

Sie war auf dem Weg zu Carsten.

Konnte man am frühen Sonntagmorgen einen Mann aufsuchen, den man gar nicht kannte? Etwas unbehaglich fühlte sie sich schon. Warten wollte sie jedoch auch nicht. Gleich nach ihrer Rückkehr aus Lieberhausen gestern Nachmittag hatte Jens bei Gesine angerufen und sie nochmals über Carsten ausgefragt. Sie schien nicht gut auf Carsten zu sprechen gewesen zu sein. Immerhin hatte er auch sie damals Anfang der 1990er-Jahre schwer belastet. Die Anschuldigung, sie hätte ein Verhältnis mit Pfarrer Josef gehabt, verpuffte damals jedoch ganz schnell. Carsten, der bis dahin bei seinen Eltern auf der Bochumer Straße wohnte, war von heute auf morgen nicht mehr da. Geld soll geflossen sein, damit alles schnell und schmerzlos vonstattenging. Carstens Vater soll die Hand aufgehalten, und Pfarrer Josef gezahlt haben. Doch woher stammte das Geld, fragte Margareta sich. Etwa aus dem Klingelbeutel der Gemeinde?

Es folgten am Abend noch weitere Telefonate mit Mitgliedern aus dem Gemeinderat, während Margareta es sich auf Jens' weißem Ledersofa bequem gemacht hatte. Diese ganz neue Art von Gemütlichkeit stimmte sie mehr als zufrieden. Nichts zog sie nach Hause in die Zechensiedlung. So machte Jens ihr den Vorschlag, noch ein paar Tage bei ihm zu bleiben. Was war los mit ihm? Erst wollte er sie nicht in sein Reich lassen, und dann überraschte er sie mit so einem großzügigen Angebot. Das ließ sie sich natürlich nicht zweimal sagen. Morgen Abend wäre er allerdings nicht zu Hause, da die Gemeinderatsitzung stattfinden würde, und er als Vorstandsmitglied natürlich dabei sein müsste. Es wäre übrigens die erste Sitzung nach dem Ableben des Pfarrers, und es würde bestimmt spät werden, meinte Jens. Macht nichts, hatte sie erwidert, sie würde in der Zeit ihre Mutter besuchen, da sie schon ein schlechtes Gewissen hätte, weil sie sie am Telefon immer sehr kurz abgefertigt hatte.

Nun aber zuerst mal zu Carsten. Da forschten sie so lange nach diesem Mann, und er wohnte 300 Meter von seinem früheren Wohnort entfernt in derselben Straße. Die Bochumer Straße war nicht gerade die erste Adresse in Gelsenkirchen.

Das Haus, in dem er angeblich wohnen sollte, war ein Altbau aus der Gründerzeit mit ehemals prächtiger Fassade aus rotem Backstein. Und genau davor auch gleich eine freie Parkbucht, was wohl dem Sonntag geschuldet war. Kein einziger Baum zierte die eher dunkle Straße. Gegenüber befanden sich einige türkische Geschäfte. In der Parterrewohnung rechts hingen mehrere türkische Bewohner – eine Frau mit Kopftuch und drei Kinder – am Fenster und schauten neugierig. Margareta ging auf den Eingang zu und studierte die Klingelschilder. Ganz oben stand C. Höhne. Mutig drückte sie den Knopf. Einmal, zweimal, dreimal. Endlich knatterte der Türsummer, und Margareta konnte eintreten. Sie dachte kurz daran, einfach wieder zu verschwinden, verwarf den Gedanken jedoch sofort.

Sie betrat zögernd den Hausflur und nahm verschiedene Essensgerüche wahr. Die von Knoblauch und Brühe überwogen. Solche Altbautreppenhäuser hatte sie schon zur Genüge zu Gesicht bekommen, auch viel schlimmere als dieses hier. Langsam und bedächtig stieg sie die ausgetretenen Holzstufen hinauf. Auf der halben Treppe befanden sich noch immer kleine Kabuffs, in denen früher die Toiletten für die Bewohner waren. In einem offen stehenden konnte Margareta einen Abstellraum erkennen. Ihre Oma musste sich die Toilette auf dem Flur auch mit den Nachbarn teilen. Das hatte Margareta in äußerst ekeliger Erinnerung. Der dicke Nachbar der Oma verbrachte den halben Tag darin und hinterließ Gerüche, die sie heute noch wahrnehmen konnte, wenn sie nur daran dachte. Musste sie als Kind mal bei der Oma übernachten, durfte sie in der Nacht in einem Topf ihr Geschäft verrichten, da sie sich weigerte, das Treppenhaus zu betreten.

Aus einer Wohnung in der zweiten Etage trat ein fröhlich pfeifender Mann, der aussah, als wäre er zu einem Casting für Pornofilme geladen. Gegelte lockige Haare, braun gebrannt, Bauchfreiheit zwischen T-Shirt und Jeans. Kaugummi kauend grinste er sie an und taxierte sie. Schnell weiter, dachte Margareta nur. Aus der Nachbarwohnung schallte die Titelmelodie von Peter Lustigs Kindersendung. Kleine Kinder kreischten.

Endlich war sie in der dritten Etage angekommen. Ein hagerer Mann stand in der Tür zu seiner Wohnung und betrachtete sie neugierig. Ordentlich gekleidet in Jeans und rotem T-Shirt. Die mittelblonden Haare waren akkurat geschnitten.

»Carsten Höhne?«, fragte Margareta und musste erst einmal nach Luft schnappen. Der Herr Sportlehrer würde ihr völlige Untrainiertheit bescheinigen.

Der dünne Kerl schwieg noch immer.

»Ich bin Margareta Sommerfeld, die Freundin von Jens Eigenhardt. Sagt Ihnen der Name etwas?«

So langsam schien es ihm zu dämmern, und er trat einen Schritt zurück, um die Tür gleich wieder zu verstellen.

»Hören Sie, ich will mit der ganzen Geschichte von früher nichts mehr zu tun haben. Ich habe ein neues Leben angefangen und will einfach nur meine Ruhe.« Tränen traten in seine Augen, die in tiefen Höhlen lagen.

»Ich habe doch nur ein paar Fragen. Ganz privat. Ich bin nicht von der Polizei«, versuchte sie, ihn zu beruhigen.

Misstrauisch beäugte er Margareta und gab endlich die Tür frei.

»Fünf Minuten, mehr nicht.«

Die Wohnung machte im Gegensatz zum Treppenhaus einen erstaunlich gepflegten Eindruck. Es roch nach frischer Farbe, und der Linoleumboden, der in der gesamten kleinen Wohnung verlegt war, schien neu zu sein. Kein Krümel, kein Schmutzstreifen, kein Staub. Die Einrichtung wirkte eher spartanisch. Er führte sie in einen kombinierten Wohnschlafraum, an den auch gleich die Küche grenzte. Alles äußert sauber und aufgeräumt. Sie nahm auf einem Sofa, das er wohl von der Diakonie zu einem Schnäppchenpreis erstanden hatte, Platz. Er setzte sich ihr gegenüber in einen Sessel.

»Also was wollen Sie?«, fragte er mit gequälter Stimme, stützte seine Ellbogen auf die Knie auf und rieb sich mit den Händen übers Gesicht.

Für seine 49 Jahre, die er alt sein musste, sah er verhärmt und verlebt aus. Das Leben hatte diesen Mann gezeichnet.

Margaretas Blick blieb an dem Wohnzimmerschrank hängen. Original Gelsenkirchener Barock, jedoch äußerst gut erhalten. Ihre Oma hatte den gleichen Schrank besessen. In den offenen Fächern bewahrte sie allerhand Nippes auf, güldene Tässchen, Likörschälchen mit Goldrand und kleine Deckelväschen auf gestärkten Häkeldeckchen. In Carstens Schrank stellten sich Teddys zu Schau. Einer in Lederhose mit Tiroler Hut, die anderen nur in ihrem eigenen Pelz. Waren das seine Glücksbringer? Seine seelischen Krücken?

»Pfarrer Josef ist tot. Ermordet worden.« Margareta wusste nicht, wie sie anfangen sollte.

»Ich weiß. Doch wenn ich sagen würde, ich bin traurig darüber, würde ich lügen. Es erfüllt mich mit Genugtuung. Diese ganze heuchlerische Kirchenbande. Er hat mich aus der Gemeinde geekelt. Niemand hat sich für mich eingesetzt. Ich hatte eine tolle Jugendgruppe aufgebaut.«

»Ich weiß, ich kenne die Geschichte. Und alles nur, weil Sie sich damals vor ein Kind gestellt haben, dass er missbraucht hat.«

»Was wissen Sie schon! Das, was man Ihnen erzählt hat wahrscheinlich, hinter vorgehaltener Hand. Was da wirklich abging in der Gemeinde, davon hatte kaum jemand einen Schimmer. Alles unter dem Deckmantel der Frömmigkeit. Das mit dem Jungen war noch die harmloseste Sache. Ich will darüber nicht sprechen. Der Kerl hat mein Leben ruiniert, und nun ist er tot, was ich als gerechte Strafe empfinde. Ich war es nicht. Außerdem habe ich ein Alibi.«

»Keiner verdächtigt Sie.«

Margareta war erschüttert. Ein gebrochener Mann saß vor ihr. Verängstigt, total am Ende, verletzlich wie eine gerade erblühende Blume.

»Ich war auf einem so guten Weg. Doch er hat mir alles kaputtgemacht. Kurz vor dem Examen sorgte er dafür, dass ich von der Bildfläche verschwand. Ich hielt mich mit Gelegenheitsarbeiten über Wasser. Das Studium konnte ich vergessen.«

Nachdem er Margareta eine Tasse Kaffee serviert hatte, erzählte er ihr seine ganze Lebensgeschichte, die sie echt zu Tränen rührte. Als hätte er nur darauf gewartet, endlich das Ventil zu öffnen und alles Unangenehme, was ihn bedrückte, herauszulassen. In seinen Sprechpausen, in denen er sich erholen musste, berichtete Margareta ihm von Jens und ihren Ermittlungen, von Lieberhausen, dem Herbergsvater und dem aktuellen Geschehen in der Gemeinde.

Ab und zu schmunzelte er, was ihn sofort um Jahre jünger aussehen ließ. Margareta schien ihm zu gefallen.

Irgendwann zwischen zwei Doppelkeksen, die er knabberte, machte er ganz plötzlich dicht, räumte hektisch Tassen und Kekse weg, straffte sich, atmete tief durch und schaute sie lange an.

»Ich kann Ihnen da auch nicht helfen. Ich will ein neues Leben anfangen nach meinem Alkoholentzug.«

»Ein neuer Anfang im Schatten der Kirche, wo Sie so viel Übles erlebt haben? Wieso sind Sie nicht in Hamm geblieben, nachdem Sie aus der Klinik entlassen wurden?«

»Tja, wenn ich das wüsste. Meine Eltern sind tot, hier kennt mich kaum jemand mehr. Wieso also nicht hier den Neuanfang wagen?«

»Und wer der Junge war, den der Pfarrer missbraucht hat, wollen Sie mir nicht erzählen?«

»Nein, mit der alten Sache möchte ich nichts mehr zu tun haben. Sage ich es, habe ich morgen die Polizei am Hals. Verstehen Sie mich bitte. Genaues weiß ich außerdem nicht.«

»Aber der Pfarrer hat doch ein Zimmer mit Ihnen geteilt. Haben Sie denn nicht gemerkt, wenn er sich nachts vom Acker geschlichen hat?«

»Damals hatte ich noch einen festen Schlaf.«

Er ging zur Wohnungstür, was bedeutete, dass Margareta endlich verschwinden sollte.

»Eine Bitte habe ich noch. Verraten Sie niemandem, dass ich hier wohne. Okay, einige wissen es längst, sonst hätten Sie ja heute nicht hergefunden. Treten Sie es nicht breit. Bitte.«

»Nein, natürlich nicht. Ich verspreche es.«

Margareta drehte sich noch einmal um. »Sagen Sie, wen verdächtigen Sie? Wer könnte Ihrer Meinung nach den Pfarrer aus dem Weg geräumt haben? Denken Sie auch, dass es mit der alten Sache zusammenhängt?«

Carsten sagte lange Zeit nichts, schien zu überlegen. »Wen ich verdächtige? Ich weiß ja nicht, was sich in der Zwischenzeit in der Gemeinde abgespielt hat. Ob es mit der Kirchenfreizeit zusammenhängt? Ich weiß es echt nicht. Ich habe mich oft gefragt, wieso Jan damals so teilnahmslos war und nur zugeschaut hat. Immerhin war er einige Jahre älter als die anderen Jungen. Entweder war er blöd oder er hatte auch Angst vor Pfarrer Josef. Ach, ich will einfach nur meinen Frieden finden.«

Total fertig verließ Margareta die Wohnung in der Bochumer Straße. Der Mann in dieser Behausung hatte sie tief betroffen gestimmt. Wie ordentlich er sich sein neues Zuhause hergerichtet hatte. Sie wünschte ihm von ganzem Herzen, dass sein Neustart gelingen möge.

Sollte tatsächlich Pfarrer Josef an allem, was diesem jungen Mann widerfahren war, schuld sein? Kurz vor dem Examen vertrieben, weil er den Pfarrer angeblich angezeigt hatte, ein Verhältnis mit seiner Pfarrhaushälterin Gesine zu haben? Carsten hatte ihr gerade eben versichert, dass das nicht stimmte. Josef hätte nur nach einem Vorwand gesucht, ihn – wieso auch immer – aus der Gemeinde verschwinden zu lassen. Nach Dortmund geflüchtet, dem Alkohol zugesprochen, gescheiterte Beziehung, Job verloren, den nächsten und übernächsten ebenfalls, zweifacher Alkoholentzug und Depressionen. Das hörte sich nicht nach Bilderbuchkarriere an.

Carsten hatte sie ganz zum Schluss noch gefragt, wieso sie sich so in diese Sache reinhänge. Sie musste lachen. Ja wieso eigentlich, fragte sie sich wieder einmal. Vielleicht, weil ich nichts Besseres zu tun habe?

Sie hatte ihm noch ihre Visitenkarte in die Hand gedrückt. Eine warme weiche Hand. Für alle Fälle, hatte sie gesagt.

Völlig verstört setzte Margareta sich wenig später an Jens' Küchentisch, der, fröhlich das Kirchenlied »Laudato si, o-mi Signore« pfeifend, seinen Auflauf servierte. Gemüsecouscous mit Hähnchenbrust.

Strahlend wartete er auf ihr Statement. »Na, wie schmeckt es dir?«

Lustlos rührte sie in der gelblichen Masse herum. Es erinnerte sie an das Erbrochene der nierenkranken Nachbarskatze. Wenn es so schmeckte, wie es aussah, dann Gute Nacht, dachte sie. Vorsichtig schob sie sich eine Gabel voll davon in den Mund. Es schmeckte nach nichts. Eine vollkommen neutrale Masse befand sich in ihrem Mund. Oder kam das, weil sie noch unter Schock stand? Da hatte der Mann sich so viel Mühe gegeben. Lobe ihn!

»Ich kann noch gar nichts schmecken. Der Besuch bei Carsten hat mich echt fertiggemacht. So ein lieber Mensch. Wenn es tatsächlich stimmt, was er mir erzählt hat, dann war der Pfarrer echt eine ganz linke Bazille.«

»Ich kann mir denken, dass er dir die Wahrheit erzählt hat. Er hatte immer einen ausgeprägten Gerechtigkeitssinn. Schon damals als Kind fand ich es furchtbar, dass Carsten gehen musste, obwohl ich gar nicht genau wusste, was da geschehen war.«

Während sie versuchte, möglichst viel von der neutralen Masse herunterzuwürgen, erzählte sie ihm haarklein, was sie soeben erlebt hatte.

»Glaub mir, Margareta, ich weiß, wieso ich nicht mitgekommen bin. Ich wollte mir meine gute Nach-dem-Urlaub-Stimmung nicht vermiesen lassen. Da habe ich mich lieber an den Herd gestellt und was Schönes für dich gekocht.«

Er strahlte sie an. Sie brachte jedoch kein Lob über ihre Lippen.

»Es schmeckt dir nicht, sei ehrlich? Ich finde Couscous herrlich.« Das konnte man ihm auch ansehen, denn er langte ordentlich zu.

»Es schmeckt echt total neutral. Ich dachte immer, Couscous wäre was ganz Tolles. Als Kind sah ich mal einen Film im TV. ›Angst essen Seele auf‹ hieß der, glaube ich. Die alte Putzfrau in den Film musste für den viel jüngeren Ali ewig Couscous kochen. Damals dachte ich, Couscous wäre irgendeine Sauerei, bis mein Vater mir erklärte, dass es ein arabisches Gericht sei. Hätte ich damals schon gewusst, wie es schmeckt, hätte ich den Kerl nie verstanden.«

»Danke für dein Lob«, kam es gespielt enttäuscht von Jens.

»Du willst doch, dass ich ehrlich bin, oder nicht? Es ist echt nicht meins. Vielleicht ohne diese Körner, also nur das Gemüse und das Fleisch.«

»Dann wäre es aber keine Couscouspfanne. Schon okay, ich kann damit leben.«

Der kalte Riesling, den sie dazu tranken, versöhnte sie wieder halbwegs. Ihre Gedanken wanderten nach Lieberhausen und den letzten recht harmonischen Urlaubstagen. Ein Urlaub unter Geschwistern und trotzdem schön. Auch hier in seiner Wohnung spielte er wieder den Asexuellen, nachdem sie das einmalige Angebot im Käte-Strobel-Haus stillschweigend abgelehnt hatte. Sie bekam sein Gästezimmer zugewiesen, als wäre es das Selbstverständlichste der Welt. Akzeptiere es, sagte sie sich immer wieder. Wenn ihre Mission erfüllt war und der Mörder von Josef hinter Gittern saß, würden sie wieder getrennte Wege gehen, war sie sich sicher. Vielleicht war sie ja ganz einfach nicht sein Typ.

Nein, sie würde Blauländer nichts von dem Besuch bei Carsten erzählen, schließlich hatte sie es dem Mann versprochen. Es wurde Zeit, dass er endlich ein Leben in Frieden mit sich führte.

Bei Kaffee und Kuchen im Garten sitzend, hechelten sie noch einmal den Carsten-Besuch sowie die Motive ihrer Tatverdächtigen durch. Gegen Abend gab es noch von Jens live gesungene Cat-Stevens-Songs, auf der Gitarre begleitet. Einziger Wermutstropfen: Jan und seine Manuela gesellten sich dazu. Die Gute brachte Jens eine selbstgemalte Einladung zu ihrem Geburtstag.

Jens verstand den Blick, den Margareta ihm zuwarf. Er antwortete auf gleiche Weise: »Nein, von Carsten erzählen wir den beiden nichts!«

Dankbar lächelte sie ihn an.

23. KAPITEL

Buntes Treiben im Garten des Pfarrhauses der St.-Michael-Kirche, inmitten einer Großstadt. Ausgelassene Kinder, die ihr Vergnügen in einem Planschbecken suchten und sich gegenseitig neckten. Auf dem angrenzenden Kirchhof befand sich neben einem Grillstand, an dem der Sakristan Jan mit hochrotem Kopf Steaks und Würstchen grillte, ein Getränkestand. Durchgeschwitzte Rotgesichter der Gemeinde redeten sich heiß, einer wollte den anderen übertrumpfen, irrwitzige, in die sonnige Umgebung verkündete Weisheiten, wer denn nun den Pfarrer ermordet haben könnte.

Ist der Mörder vielleicht unter ihnen, fragte Margareta sich.

Da ging es in dem herrlichen mit einigen Bäumen bestandenen Pfarrgarten etwas gesitteter zu. An Festzeltgarnituren saß die Crème de la Crème der Gemeinde, überwiegend Frauen, um sich bei selbst gebackenem Kuchen sowie frischem Kaffee ebenfalls die Köpfe heiß zu reden, wer Pfarrer Josef denn nun auf dem Gewissen hatte. Den Kuchenstand hatte das Geburtstagkind Manuela Dopatka fest in der Hand. In Jeans und gelbem Top, beides knalleng, wollte sie ihrem Alter trotzen. So oft sie konnte, riss sie ihre Oberarme hoch und präsentierte jedem stolz ihre Achselhaare. Na ja, schön war anders, dachte Margareta, es sollte jedoch Kulturen geben, in denen Achselbehaarung bei Frauen das Sexsymbol Nummer 1 war.

So ein Aufstand, nur weil die Kirchenputzfrau 45 Jahre alt wurde? Und das alles so kurzfristig auf die Beine gestellt? Würde Pfarrer Josef noch leben, würde diese Veranstaltung hier nicht stattfinden. Der kaffeebraune Pater saß abseits unter einem Sonnenschirm und grinste nur. Klar, als Neuling konnte er wohl kaum sein kleines Maul aufreißen.

»Wer hat all diese Kuchen gebacken?«, fragte Margareta Jens, der neben ihr herging.

»Was weiß ich. Wahrscheinlich Manuela mit Unterstützung der Frauengruppe. Du hast aber auch Sorgen. Freu dich doch und suche dir was Leckeres aus.«

Jens grüßte hierhin und dahin, schien bei der Damenwelt der Gemeinde äußerst beliebt zu sein.

»Das wüsste ich aber. Igitt, wer weiß, wer das gebacken hat. Meine Mutter hat mich immer vor selbstgebackenen Kuchen unklarer Herkunft gewarnt.«

Jetzt musste Jens lachen. »Beim Bäcker könnten sie genauso gut in den Teig gerotzt haben.«

Besonders begehrte Teile waren Erdbeerkuchen und üppige Sahnetorten.

Margareta hatte die drei Frauen ihrer Verdächtigenliste, Gudrun, Lisbeth und Gesine, gleich erkannt, als sie mit Jens an ihrer Seite den idyllischen Pfarrgarten betrat. Als Paar waren sie ein echter Hingucker. Margareta im gelben Sommerkleid und mit frisch gestyltem Haar, Jens in rot kariertem Hemd und beigefarbener Cargohose. Zur Feier des Tages hatte er sich sogar seine Engelshaare schneiden lassen. Genau noch zwei Plätze waren frei für sie und Jens an dem Mördertisch, und sie mussten sich zwangsläufig dazu setzen. Vielleicht auch gut so, dachte Margareta und hoffte, etwas zu erfahren. Viel lieber hätte sie allerdings am Nebentisch bei Marc und Leonie gesessen, die ihr freudig zuwinkten.

Die Frauen am Tisch hatten jeweils einen Kuchenteller mit verschiedenen Hausfrauenbackwerken vor sich stehen. Margareta musste schmunzeln, wenn sie an Waltrauds Warnung bezüglich solcher Kuchen dachte. Sie konnte ihre Stimme regelrecht hören und den mahnenden Finger sehen: »Kind, das darf man nicht essen. Das haben fremde Leute gebacken. Wer weiß, was die da reingetan haben. Und wer weiß, ob die nicht mit schmutzigen Händen hantiert haben.« Jens hatte recht. Ob sich die Mitarbeiter in den Bäcker- und Konditoreien immer die Hände wuschen, bevor sie ans Werk gingen, war auch ungewiss.

Völlig unverkrampft setzte sich Jens mit an den Tisch, so als wären es seine besten Freunde. Margareta grüßte kurz und nahm ebenfalls Platz.

Die kauenden Weiber konnten ihre bösen Zungen einfach nicht im Zaum halten. Margareta schnappte Satzfetzen wie »die Welt rächt sich«, »widerfahrene Gerechtigkeit«, »Bereinigung von unsauberen Seelen« und »Gottes Mühlen mahlen langsam, aber sie mahlen« auf und schüttelte den Kopf. Es konnte sich nur um den Mord an Pfarrer Josef handeln. Der Beliebteste schien er nicht gewesen zu sein.

»Vielleicht sitzt der Mörder ja hier an unserem Tisch«, ließ Margareta verlauten. Sie konnte nicht anders, nachdem so viel Blödheit ihr Hirn geflutet hatte.

»Wie können Sie so etwas sagen?«, erboste sich die mächtig aussehende Lisbeth in ihrem luftigen schwarzen Tüllumhang.

»Ich lasse es aus meinen Lippen fallen, ganz einfach.« Grinsend hielt Margareta ihrem Blick stand. »Ja, vielleicht hat eine Person hier am Tisch die Welt von so einer *bösen Kreatur* bereinigt? Hat den lieben Gott gespielt und den Pfarrer ermordet. Wer weiß das schon.«

Jens grinste ebenfalls und holte sich bei Manuela, nachdem er ihr – viel zu ausgiebig, wie Margareta fand – zum Geburtstag gratuliert hatte, ein Stück Erdbeertorte.

Ach ja, gratulieren müsste ich der ja auch noch, fiel Margareta ein, verschob es jedoch auf später. Das Gemeinschaftsgeschenk, Geld, das in der Kürze der Zeit gesammelt worden war, hatte man dem Geburtstagskind wohl schon vor ihrem Eintreffen gegeben.

Das Gesprächsthema am Tisch war natürlich weiterhin der Mord an Pfarrer Josef.

Blauländer und Jenny Gehrke waren inzwischen mehrmals vor Ort gewesen, während Jens und Margareta in Lieberhausen weilten. Streifenpolizisten waren von Haus zu Haus gezogen, um zu fragen, ob vielleicht jemand etwas Verdächtiges bemerkt hatte; guckten nach jedem verdächtig abgestellten Fahrzeug und hängten in allen auch noch so kleinen Straßen Fahndungsplakate auf. Die Menschen waren bequem, und man konnte sich nicht darauf verlassen, dass sie zur Polizei kommen und eine Aussage machen würden.

Gesine, die Margareta schräg gegenübersaß, lächelte sie an.

»Sie gefallen mir, Margareta. Ich darf Sie doch so nennen? Endlich mal eine, die sich traut, den Mund aufzumachen.« An Jens gewandt: »Ich gratuliere dir zu deiner Freundin, Jens. Die ist in Ordnung.«

»Schau mal, Margareta, dort drüben am Getränkestand stehen die Leute vom Presbyterium. Ich staune, denn sie sind vollzählig anwesend. Bis auf mich natürlich. Ich sitze ja hier.« Jens freute sich wie ein kleiner Junge. »Ich gehe da mal hin«, verkündete er und war auch schon verschwunden.

»Was ist denn das Besondere am Presbyterium?«, rief sie ihm noch hinterher, bekam jedoch keine Antwort mehr.

Sie schüttelte den Kopf. Gesine lachte. »Ja, das frage ich mich auch oft. Die kommen sich vor, als wären sie die Allmacht Gottes.«

»Presbyterium hört sich irgendwie an wie Märtyrertum. Schon vergleichbar, oder?«

»Unbedingt, Margareta. Allein die Gestik und Mimik der Presbyter drücken Leiden aus. Dabei haben sie sich doch freiwillig zur Wahl gestellt.« Gesine lachte.

»Ich hole mir mal eine Bratwurst«, sagte Margareta zu Gesine und lief auf den Grillstand zu, an dem es gerade ziemlich ruhig war.

Jan verschlang sie regelrecht mit seinen Blicken, die jedoch eher wütender Natur waren. »Ah, Frau Sommerfeld höchstpersönlich gibt sich die Ehre. Was darf es denn sein?« Er verbeugte sich blödsinnig.

»Ist dir die Sonne zu Kopf gestiegen? Was soll dieses alberne Gehabe?«

»Nein, mir geht es glänzend. Und selbst? War es schön in Lieberhausen? Hattet ihr Spaß?«

Margareta war die plumpe Art, die er an den Tag legte, mehr als lästig. Außerdem hatten sie schon am Sonntag ausgiebig über Lieberhausen gesprochen. War er etwa noch beleidigt, dass sie nicht mit ihm Kaffee trinken wollte? Oder seine private Kirchenführung ablehnte?

»Ich wüsste nicht, was dich das angeht. Gib mir eine Bratwurst und halte ganz einfach deinen Mund.«

Nun war er geschockt und blickte sie böse an. Damit

hatte er nicht gerechnet. Wut schäumte in ihm hoch. Noch so eine barsche Abfuhr bekam ihm überhaupt nicht. So nahm er mit der Grillzange eine besonders dunkle Wurst vom Rost, die schon fast ungenießbar war, und hielt sie ihr ohne Teller, ohne Brötchen und ohne Ketchup oder Senf entgegen.

»Die kannst du gleich aus der Hand essen.« Ein schmutziges Lachen verließ seinen Mund.

In dem Moment, in dem er die Grillzange öffnen wollte, um die Bratwurst einfach auf ihre Hand fallen zu lassen, schlug sie gegen seinen Arm, sodass die Wurst im hohen Bogen auf der Wiese landete.

»Sag mal, hast du sie nicht mehr alle beisammen?« Wütend drehte sie sich um und ging auf Jens zu, der wenige Meter weiter am Getränkestand in frommer Runde redseliger Männer weilte.

»Oh das tut mir leid, Margareta, verzeih mir. Komm, ich gebe dir eine andere Wurst.« Gespielt besorgt und reumütig rief Jan ihr hinterher und senkte den Blick.

Wütend machte sie ihrem Ärger Luft und erzählte Jens von Jans unmöglichem Verhalten. Doch der spielte es nur herunter, wollte ihr keinen Glauben schenken. »Warum sollte Jan dich so behandeln? Vielleicht ist ihm die Wurst heruntergefallen.«

»Er hielt mir das total verkohlte Ding ohne Teller oder Serviette entgegen und wollte mir damit die Hand verbrennen.«

»Warum sollte er das tun? Jan ist mein Freund.«

»Eben«, meinte Margareta nur und setzte sich wieder an den Tisch zu Gesine. Doch auch hier stieß sie auf taube Ohren, dabei hätte Gesine den Vorfall beobachtet haben müssen. Gesine glaubte ihr ebenso wenig.

Die verschwitzten Kirchenwichtigen am Getränkestand tranken weiterhin Bier, redeten und lachten laut. Mitten unter ihnen Jens, der irgendwie nicht in diese Runde passte, sich jedoch ungeheuer wichtig vorkam. Margareta stellte einmal mehr fest, dass er irgendein Problem haben musste. Den feuerspeienden Drachen verbarg er in den letzten Tagen zwar gut, doch Margareta traute dem Frieden nicht.

Als Gesine Streit mit Lisbeth und Gudrun wegen der Altarkerzen anfing, setzte sich Margareta zu Marc und Leonie an den Nachbartisch. Im gleichen Moment trafen Matthias und Ina ein und gesellten sich dazu.

»Warum spielst du nicht mit den anderen Kindern, Leonie?«, wandte Margareta sich an das Mädchen, das mit einer Gabel Ritzen in den Tisch zog und sich anscheinend langweilte.

»Ach, die sind doch alle viel jünger. Soll ich mich etwa zu denen in das Planschbecken setzen? Ich bin schon acht Jahre alt.«

Ja, das erklärt natürlich alles, dachte Margareta.

»Sie ist sauer. Ich muss am Samstag arbeiten, und sie soll zur Oma, da ihre Freundin übers Wochenende wegfährt.« Marc schien müde und abgespannt, wusste nicht so recht, wie er seine Tochter trösten konnte.

»Kannst auch zu uns kommen«, bot Ina dem Mädchen an. »Du warst doch schon öfters bei uns.«

»Ja, aber ihr habt immer so viel zu tun, da störe ich doch bloß.«

»Was hältst du davon, wenn wir beide was zusammen unternehmen?« Kaum waren die Worte ausgesprochen, bereute Margareta sie auch schon. Was sage ich denn da, fragte sie sich. Bei mir würde sie sich sicherlich auch langweilen.

Das Gesicht des Mädchens fing an zu strahlen. »Ja gerne.«

»Darf ich, Papa?«, an ihren Vater gewandt.

»Wenn Margareta Zeit hat, bringe ich dich zu ihr.« Marc schaute Margareta so erwartungsvoll an, dass sie nun keinen Rückzieher mehr machen konnte.

»Klar, wir machen es uns richtig schön. Jens und ich wollten zwar morgens joggen, doch das können wir auch auf Sonntag verschieben. Und nimm was zum Spielen mit. Für alle Fälle.«

»Ich kann ein paar Barbies mitbringen.« Die Augen des Kindes wurden hinter den starken Brillengläsern immer größer.

»Das wird klasse. Ich freue mich auf dich.« Und das meinte Margareta plötzlich so, wie sie es sagte. Auf Joggen hatte sie sowieso keine Lust. Erst gestern quälte sie sich durch den Stadtwald, den Jens unbedingt kennenlernen wollte.

»Na siehst du, es gibt doch noch eine Lösung für unser Problem.« Marc schien aufzuatmen. Lächelnd zwinkerte er Margareta zu.

»Sag mal, was war denn da eben los am Grillstand?«, wechselte er das Thema.

Noch voller Wut erzählte Margareta die komische Geschichte mit der Bratwurst und wie blöd Jan ihr gekommen war.

»Siehst du, was habe ich dir gesagt«, wandte sich Matthias an Marc. »Der dreht langsam durch, hat sich total verändert. Ewig kreuzt er bei uns auf und nervt. Dauernd kommt die alte Sache auf den Tisch. Das will ich einfach nicht. Habe ich ihm auch gesagt. Doch meinst du, der hört auf? Immer wieder fängt er davon an.«

Marc blickte zu Leonie. Man merkte ihm an, dass er über die »alte Geschichte« nicht sprechen wollte. »Jan ist schon komisch. Vielleicht hat er zu viel getrunken. Seine Manuela hat ihn schon mehrfach zusammengestaucht deswegen. Es passt ihm nicht, dass Margareta mit Jens befreundet ist. Dass sie mit mir Kaffee getrunken hat, schon mal gar nicht.« An Margareta gerichtet: »Ach Margareta, vergiss ihn einfach.«

»Nein, das kann ich nicht vergessen. Das wird er mir büßen.«

Alle schauten Margareta überrascht an. Ina lachte. Für so rachsüchtig hatten sie Margareta gar nicht gehalten.

»Heute Morgen rief er uns schon um sieben Uhr an. Könnt ihr euch das vorstellen? Wir wollten gerade los zur Arbeit. Und wisst ihr, was er wollte?« Ina war ganz aufgeregt.

»Ach lass, Ina, das interessiert doch hier niemanden.« Matthias wollte darüber nicht sprechen, die Sache nicht unnötig aufbauschen.

»Doch, mich interessiert es, Ina. Erzähl doch mal«, forderte Margareta Ina auf.

Ein wütender Blick ihres Ehemanns ließ sie jedoch verstummen. Dafür ergriff Matthias das Wort. »Er hat rausgekriegt, dass du am Sonntag bei Carsten warst, und wollte nun wissen, was es da gegeben hat.«

»Na, der Buschfunk hier in Ückendorf scheint ja hervorragend zu funktionieren. Deswegen ruft er bei euch an?« Margareta konnte es kaum fassen.

Matthias wollte nicht weiter darüber sprechen. Nicht mit Margareta, der Freundin von Jens, und doch war er ihr eine Antwort schuldig. »Ja, nachdem er bei Jens auf Granit gebissen hat, versuchte er es bei uns.«

»Woher er bloß wusste, dass ich bei Carsten war?«

»Schau dich doch mal um. Die Pappnasen vom Presbyterium und vom Gemeinderat tragen alles weiter. Falls du mal was verkaufen willst, vergiss Ebay, erzähl es einem von denen!«

Jetzt musste Margareta lachen.

Niemand am Tisch traute sich, nach Carsten zu fragen. Ein unangenehmes Schweigen machte sich breit, bis Manuela dem ein Ende bereitete. Sie steuerte mit einem Teller Erdbeertorte auf den Tisch zu und ließ sich erst einmal zum Geburtstag gratulieren, bevor sie neben Margareta Platz nahm.

Jens gedachte noch immer nicht, diesen Kerlen den Rücken zu kehren und sich wieder zu Margareta zu gesellen. Ab und an schaute er schuldbewusst zu ihr herüber.

Ist schon ein großes Kind, dachte Margareta. Er glaubte ihr nicht, schlug sich für seinen angeblichen Freund in die Bresche. Das würde ein Nachspiel haben, auch wenn es nur um eine blöde Bratwurst ging. Außerdem hatte er ihr nicht erzählt, dass Jan ihn angerufen hatte. Ließ er nicht gestern erst verlauten, sie müssten an einem Strang ziehen? Einer vorne und einer hinten, oder wie?

Einige Stunden später, die Sonne wollte sich gerade verabschieden und hinter der Häuserfront der Bochumer Straße verschwinden, sah die Sache schon anders aus. Marc und Jens schwelgten in Lieberhausen-Erinnerungen des gemeinsamen Wochenendes vor gut zwei Wochen. Es war wohl dem Alkohol geschuldet, dass sie mit dem Örtchen nur Positives verbanden, vergessen schienen der Pfarrer und der missbrauchte Junge, wer immer es auch gewesen war.

Bei Margareta hatte der Alkoholkonsum eine melancholische Wirkung. Sie sah wieder diesen Eis schleckenden Jungen in dem orangefarbenen Poloshirt, der dem Pfarrer davonlief.

»Sag mal, Marc, damals in Lieberhausen, bei dieser Kinderfreizeit 1985, hattest du da mal ein orangefarbenes Poloshirt an?«

Jens schaute sie böse an. Ja, sie hatte ihm versprochen, Marc nicht darauf anzusprechen. Es war nur ein Traum, hatte er es abgetan, und doch konnte sie es nicht lassen, ihn danach zu fragen.

Matthias, Ina, Jan und Manuela schauten abwechselnd von Margareta zu Marc, konnten nicht verstehen, was die Frage zu bedeuten hatte.

»Ja, ich hatte so ein Poloshirt. Ein ganz schrilles Teil. Ich habe es gehasst, weil es überhaupt keinen Kontrast zu meinem roten Haar bot. Alle Kinder lachten über mich, wenn ich es trug. Duracell, der rote Kupferkopf, hat ein Shirt passend zu seiner Birne, hieß es dauernd. Wieso fragst du?«

»Ach nur so.« Für Margareta war der Fall klar. Marc war der missbrauchte Junge.

»Woher weißt du von dem Shirt?« Marc schaute sie traurig an. Eben noch fröhlich und ausgelassen, war für ihn Schluss mit lustig. Wahrscheinlich kamen alte Erinnerungen hoch.

»Sie hat Fotos von früher bei mir gesehen«, versuchte Jens, die Situation zu retten. Ein böser Blick vom feuerspeienden Drachen traf Margareta.

Die Stimmung war von jetzt auf gleich gekippt. Nichts mehr mit ausgelassener Fröhlichkeit. Gesine gähnte, jammerte, dass ihr Hüfthalter schmerzen würde, und stand vom Tisch auf, um ihre Wohnung aufzusuchen. Besonders herzlich verabschiedete sie sich von Margareta und nahm ihr das Versprechen ab, sie demnächst zu besuchen.

Matthias und Ina nutzten die Gelegenheit, um ebenfalls aufzubrechen. Jan, der inzwischen mit am Tisch saß, goss sich und seiner Manuela noch ein Glas Wein ein. »Was wirst du dir von dem Geld kaufen, das man dir heute geschenkt hat?«, wollte er von seiner Frau wissen.

Sie sah ihren Gatten böse an. »Was weiß ich, was Schönes zum Anziehen vielleicht.«

»Wir könnten davon die Wachmaschine reparieren lassen. Ich habe es gezählt, es würde reichen.«

»Wann hast du es gezählt?« Wütend griff Manuela nach dem einem Tennisschläger ähnlichen elektrischen Insektenvernichter, der auf dem Tisch lag, und schwang ihn hin und her.

»Als ich auf dem Klo war«, grinste er sie frech an.

»Du hast den Umschlag aus meiner Tasche genommen?«

»Ja und? Wir sind verheiratet. Da gibt es kein mein und dein, sondern nur ein unser.«

Manuela schaltete das Gerät ein und schlug ihrem gegenübersitzenden Ehemann damit links und rechts auf die sonnenverbrannten Lauscher. Die summenden Laute, die dabei entstanden, amüsierten die nur noch wenigen Anwesenden. Jan schrie auf, hüpfte von der Bank und rannte wie ein Irrer auf und ab.

Leonie lachte, wie nur ein Kind lachen konnte. Marc nahm seine Tochter an die Hand und verabschiedete sich kopfschüttelnd.

Zeit auch für Margareta und Jens aufzubrechen. Während des Heimwegs sprachen die beiden kaum miteinander. Als Jens zu einer Ermahnung ansetzen wollte, unterbrach Margareta ihn.

»Erspare dir deine Belehrungen. Ich fahre morgen früh heim. Heute Abend geht leider nicht mehr, da ich zu viel getrunken habe.«

»Jetzt weißt du, wer es war. Na und? Obwohl ich mich frage, wie man so einen Traum haben kann, in dem man realistische Dinge sieht, von denen man gar nichts wissen kann.«

»Nichts na und. Du hättest es mir längst erzählen können, wer der Junge war. So viel Vertrauen hast du zu mir. Was ist denn das für eine Freundschaft?«

Jens' Gesicht verfinsterte sich. Er zuckte bloß mit den Schultern.

Margareta hatte kapiert. Zuerst kam seine Kirche mit allem, was dazu gehörte, dann seine Freunde und ganz zum Schluss sie. Er schien das Interesse, den Mord aufzuklären, gänzlich verloren zu haben. Oder wusste er schon, wer es war?

24. KAPITEL

Gesine fühlte sich leicht und beschwingt. Mit tänzelnden Bewegungen schritt sie durch die Sakristei, ein Wasserglas mit dem kostbaren Messwein in der Hand. Der Grauburgunder ging aber auch runter wie Öl, stellte die alte Frau fest und goss sich wieder und wieder davon nach. Irgendwo musste doch das Mützchen von Dolly, ihrer geliebten Puppe, geblieben sein. Sie hatte ihr hoch und heilig versprochen, es zu suchen. Doch hier unten in der Sakristei?

Wieder schritt sie zum Bord unter dem Wandspiegel, auf dem sie die Weinflasche abgestellt hatte, und goss den letzten Rest in das Glas. Die leere Flasche stellte sie wieder in den Schrank, allerdings ganz weit hinter die vollen Weinflaschen. Hoffentlich würde Jan nichts merken. Ein klein wenig plagte sie das schlechte Gewissen. Dabei hatte sie sich geschworen, nie wieder den Messwein anzurühren. Daran waren nur diese beiden Weiber schuld, die heute Morgen an der Tür Sturm klingelten und um Einlass winselten. Sie sei gerade beim Kochen, hatte sie mit leiser Stimme verkündet. Die beiden dreisten Frauen kannten jedoch keine Gnade, drängten sich an ihr vorbei in die Pfarrwohnung.

»Macht doch nichts, dann leisten wir dir eben Gesellschaft beim Kochen. Was gibt es denn?« Neugierig hielt Lisbeth Saborowski ihre dicke Nase über den Herd und wollte gerade den Deckel eines Topfes anheben.

»Untersteh dich«, warnte Gesine. »Was wollt ihr schon wieder hier?« Tränen traten in ihre wasserblauen Augen.

»Was kochst du denn da?«, wollte Gudrun wissen und platzierte sich dreist an den Küchentisch, griff sogar nach Gesines Haushaltsbuch, das geöffnet auf dem Tisch lag.

»Hühnerfrikassee mit Reis, dazu grünen Salat. Doch das wird er auch wieder nicht essen. Eigentlich wollte ich ja gar nicht mehr für ihn kochen, nachdem er meine Frikadellen verschmäht hatte. Er will, dass ich für ihn indisch koche. Doch Pustekuchen! Hier ist ein deutscher Haushalt, und hier wird deutsch gekocht. Pfarrer Josef hat nie gemeckert. Der mochte mein Essen.« Emsig rührte die alte Frau in dem Frikassee und schaute nervös auf die Uhr. Innerlich hatte sie mit ihrem Job als Pfarrhaushälterin schon abgeschlossen und sehnte den Oktober herbei. Dann könnte sie endlich ihre Sachen packen und zurück in ihre Heimat ziehen. Doch was erwartete sie dort auf dem Lande im tiefsten Bayern? Die meisten ihrer Verwandten waren verstorben. Ihr Bruder war alt und bewirtschaftete mit seinem Sohn einen Bauernhof. Die würden nicht scharf darauf sein, die alte Frau aufzunehmen. Sie würde für Miete und Verpflegung allerdings gut zahlen, schließlich würde ihre Pension nicht schlecht ausfallen, hatte sie sich ausrechnen lassen.

»Also los, was wollt ihr hier?« Inzwischen saß auch Lisbeth am Tisch und notgedrungen musste sie, als vorbildlich lebende Christin, den beiden Hexen einen Tee kochen. »Eine halbe Stunde habt ihr, dann kommt der Pater zum Essen.« Wütend riss sie Gudrun ihr Haushaltsbuch aus den Händen.

»Wir wollten mit dir über Mittwoch sprechen. Hat Jan noch was erzählt? Er und seine Manuela waren ja ganz schön abgefüllt.« Lisbeths riesige Augen schauten neugierig bis in die kleinste Ecke der Küche. Ihr altmodisches Georgettekostüm in schrillem Grün sah aus wie ein indischer Sari und knisterte erbärmlich.

»Na und? Manuela hatte Geburtstag. Da konnten sie doch mal ein Gläschen trinken.«

»Jaja, der Alkohol. Es gibt eben Menschen, die trinken gerne und viel«, meinte Gudrun und sah Lisbeth an. Beide fingen laut an zu lachen.

»Was sollen diese Anspielungen? Ich habe am Mittwoch nur ein einziges Gläschen Wein getrunken. Kann ich doch wohl!«

»Natürlich, Gesine. Diese Margareta hat sich ja auch ordentlich einen hinter die Binde gegossen. Freche Frau. So groß schien die Liebe zwischen Jens und ihr auch nicht zu sein. Viel zu schade ist dieser Mann für sie. Was will die überhaupt hier? Weltbewegendes hat sie ja bisher auch nicht rausgekriegt. Ich dachte, die hätte ein Händchen für solche Kriminalfälle? Bei Carsten ist sie gewesen. Am Sonntag. Weißt du was davon, Gesine?« Lisbeth beobachtete die alte Frau wie ein Luchs.

»Nein, ich weiß nichts. Und wenn, würde ich es euch ganz bestimmt nicht erzählen. Ihr seid so ein gehässiges Pack. Margareta ist eine nette Frau. Jens und sie passen gut zusammen. Sie lässt sich eben nichts gefallen. Ist doch gut so.«

Gesine schob das Frikassee von der Herdplatte und setzte sich seufzend zu den Frauen. »Jan mag sie auch nicht. Ich glaube jedoch, dass er nur eifersüchtig ist. Margareta wird mich bald besuchen. Ich habe schon überlegt, sie mit zur Beerdigung von Pfarrer Josef nach Bayern zu nehmen. Sicherlich könnte sie mir nützlich sein.«

Gudrun und Lisbeth starrten die alte Frau mit offenen Mündern an.

»Was ist denn das für eine Schnapsidee? Was soll die denn da in Bayern?« Lisbeth schüttelte den Kopf.

»Jan wird schon wissen, wieso er sie nicht leiden kann, diese Margareta. Außerdem soll sie schon mit Marc losgezogen sein. Vielleicht hat sie ja ein Verhältnis mit dem.« Gudrun verstand es, Gift zu verspritzen.

Gesines Gesicht war ein einziges Fragezeichen. »Marc

und Margareta? Das ist doch Quatsch. Wieso könnt ihr eure bösen Zungen nicht im Zaun halten? Gerade du, liebe Gudrun, solltest deinen Mund nicht zu voll nehmen. Du hast ein Techtelmechtel mit dem Metzger, was schon schlimm genug ist.«

Gudrun lächelte hämisch. »Bist du neidisch?«

»Auf diesen hässlichen Atheisten?« Gesine musste sich schütteln.

»Ja, wir sind eben auch nicht untätig, was die Aufklärung des Mordes angeht. Wir halten unsere Augen und Ohren offen und haben unsere Informanten. Sonst hätten wir ja auch nicht erfahren, dass der Schlag auf den Kopf des Pfarrers gar nicht tödlich war. Nein, er ist hinterher noch erstickt worden. Es gibt also zwei Täter!« Stolz erhob Lisbeth ihr derbes Kinn.

»Das hat euch der Kommissar letzte Woche erzählt«, schlussfolgerte Gesine.

»Von wegen! Aus ermittlungstechnischen Gründen ging da noch nichts an die Presse. Da staunst du, was wir alles wissen, oder?« Gudrun lachte ihr schmutziges Kneipenlachen.

»Ich habe keine Lust mehr, mich mit euch darüber zu unterhalten. Verschwindet jetzt, Pater Jaspal kann jeden Moment kommen.«

Mit sich zufrieden, verließen die Frauen die Pfarrwohnung. Sie hatten erreicht, was sie erreichen wollten, reichlich Zwietracht gesät und die alte Frau total verunsichert.

Nachdem der Pfarrer Gesines Hühnerfrikassee mit Reis und grünem Salat tatsächlich gegessen und ihr ein Lob geschenkt hatte, ging es ihr zwar schon besser, jedoch nicht gut genug, um sich oben in ihrer Wohnung ein wenig aufs Ohr zu legen. Ihre Gedanken hätten sie nicht zur

Ruhe kommen lassen. So suchte sie die Kirche auf, setzte sich in eine der Bänke und weinte ein paar Tränen.

Trost konnte ihr nur noch der Wein bringen, dabei hatte sie sich geschworen, ihn nie wieder anzurühren.

Als Jan Gesine gegen 16 Uhr schlafend im Beichtstuhl fand, war sie sturzbetrunken. In der Sakristei entdeckte er oben auf dem Bord eine halbvolle Flasche Riesling und im Schrank versteckt eine leere Flasche vom Grauburgunder.

»Gesine, Gesine«, fluchte er leise vor sich hin. »Es wird echt Zeit, dass du hier deine Zelte abbrichst. Lange kann ich dich nicht mehr decken, altes Mädchen.«

Er wartete bis nach 18 Uhr, bis es um die Kirche herum ruhiger wurde und der Pfarrer vom Hof fuhr, schnappte sich die zarte alte Frau, schmiss sie sich über die Schulter und brachte sie nach oben in ihre Wohnung.

Gegen 19 Uhr verließ Jan das Pfarrhaus wieder. Ihn erwarteten vor der Tür die beiden größten Klatschtanten der Gemeinde. Wie zwei Laufenten trippelten Lisbeth Saborowski und Gudrun Karpa nervös über den Kirchplatz.

»Nein, das darf einfach nicht wahr sein. Was wollt ihr denn schon wieder hier?« Seufzend wischte Jan sich mit der Hand über sein Haar. Nass geschwitzt war er. Gesine war zwar ein mageres Vögelchen, doch sie bis in den zweiten Stock zu tragen, hatte den armen Mann an seine Grenzen gebracht. Seine Knie schmerzten.

»Was ist mit Gesine? Warum hast du sie nach oben getragen?« Gudrun grinste wissend.

Warum fragt sie überhaupt, dachte Jan. Sie wusste doch genau, was Sache war. Oder vielleicht doch nicht?

»Was lungert ihr hier herum? Ihr habt die arme Frau schon heute Morgen ganz verrückt gemacht. Warum lasst ihr sie nicht in Ruhe? Habt ihr denn nichts anderes zu tun, als den ganzen Tag hier herumzulungern und Unruhe zu stiften?«

»Wir wissen genau, was mit Gesine los ist. Sie hat heute Nachmittag wieder Orgel gespielt. Das macht sie immer dann, wenn sie betrunken ist. Sie säuft heimlich den guten Messwein aus und wird auch noch gedeckt. Die Kirche ist sowieso ein Meister im Vertuschen von Skandalen. Was stimmt nicht mit ihr? Steckt sie hinter dem Mord an Pfarrer Josef?« Lisbeth war ganz nah an Jan herangetreten.

»Was kriechst du mir so nah ins Gesicht? Willst du wissen, ob ich getrunken habe? Lasst die alte Frau in Ruhe und bleibt mal auf dem Teppich. Skandal! Dass ich nicht lache. Vielleicht habt ihr ja den Pfarrer um die Ecke gebracht. Ewig habt ihr mit ihm gestritten. Ich werde Kommissar Blauländer mal einen Tipp geben.«

»Mach das, du alter Heuchler.« Gudrun grinste ihn an.

Diese hart gesottenen Weiber ließen sich nicht einschüchtern.

Wie soll ich das hier bloß noch bis zur Rente durchhalten, fragte Jan sich. So einen bescheuerten Posten für so wenig Geld. Am Nachmittag durfte er in der Nachbargemeinde verstopfte Toiletten wieder benutzbar machen. Mit seiner leisen bescheiden klingenden Stimme hatte Pater Jaspal ihn dazu aufgefordert, und er hatte sich nicht dagegen gewehrt. Klein und kaffeebraun bedeutete nicht, dass er seinen Anweisungen nicht Folge leisten musste. Chef war Chef, ob klein oder groß.

»Schleicht euch, ihr alten Schlangen.« Jan zog sein

Schlüsselbund aus der Tasche und schritt auf den Seiteneingang der Kirche zu.

»Ich an deiner Stelle würde den Mund nicht so voll nehmen, Küster«, rief Lisbeth ihm hinterher.

»Was willst du von mir?« Böse schaute Jan sie an.

»Die Spatzen pfeifen es von den Dächern, dass du und die alte Gesine unter einer Decke stecken und was mit dem Pfarrermord zu tun haben. Es soll da eine alte Geschichte vertuscht worden sein. Kindesmissbrauch auf einer Kirchenfreizeit.«

Jetzt reichte es Jan. Er ging auf Lisbeth zu, griff wütend an den Kragen ihrer weißen Bluse und zog sie damit zu sich heran. Ein Knopf flog im hohen Bogen auf den Kirchplatz.

»Pass mal gut auf, du olle Schnepfe. Soll ich mal rumerzählen, in welche Machenschaften du verstrickt bist? Du weißt genau, was ich meine. Sei vorsichtig, wenn du mich als Mörder beschuldigst.« Er ließ sie los und stieß sie zurück, woraufhin sie fast gefallen wäre. Doch Lisbeth war hart im Nehmen, fing sich im letzten Moment ab.

»Ich habe nicht gesagt, dass du der Mörder bist. Kann jedoch sein, dass du den Mörder deckst. Ach Jan, wir alle tragen auch Böses in uns. Wer weiß, was im dunkelsten Winkel deiner Seele verborgen liegt? Wurdest *du* vielleicht vom Pfarrer missbraucht, du armer Mensch? Wolltest dich rächen an dem alten Josef, der ja auch das Böse in sich hatte, wie wir alle es haben.«

Jan hatte es die Sprache verschlagen. Er schaute in Lisbeths große Glotzaugen, die jeden Moment herauszufallen drohten. Seine Hand zuckte. Am liebsten hätte er ausgeholt und ihr ins Gesicht geschlagen. Solch eine Blöße gab er sich jedoch nicht. Darauf legte sie es doch nur an.

Ihre aufgemotzte Freundin Gudrun, dieses skandalträchtige Metzgersliebchen, grinste noch immer und hätte ihm am liebsten zugerufen: »Ja, knall ihr eine!«

»Du jedenfalls hast Böses für drei in dir.« Er winkte ab und sagte nichts mehr. »Geh morgen zur Beichte, kann ich dir nur raten.«

Ein Blick zur Kirchentür sagte ihm, dass sie einen Spaltbreit offenstand. Hatte er sie vorhin aufstehen lassen? Ihm war, als schaute jemand durch diesen Spalt. Wer hielt sich dort in der Kirche auf? Sein Puls beschleunigte sich. Er war nie sonderlich ängstlich, doch jetzt spürte er Gefahr auf sich zukommen. Wartete der Mörder auf ihn? War er der Nächste, der in der Kirche den Tod fand?

Während die beiden Frauen schnatternd den Heimweg antraten, öffnete er mutig die schwere Tür, die ihn ins Innere des Gotteshauses führte.

Gegen 22 Uhr erwachte Gesine auf ihrem geblümten Sofa im Wohnzimmer. Es war dunkel im Raum, der Fernseher war ausgeschaltet. Wo bin ich hier?, fragte sie sich und setzte sich zögerlich auf. Sie blickte hinüber zum Lehnstuhl, auf dem Dolly mit ihren zwei neuen Freundinnen saß. Nur schemenhaft konnte sie die Puppen erkennen und griff zum Schalter der kleinen Tischlampe neben sich, um sie einzuschalten. Schlagartig fiel ihr ein, wo sie war. Beruhigt lehnte sie sich wieder zurück und dachte nach. Totaler Filmriss. Sie versuchte krampfhaft, sich die letzte Szene wieder ins Gedächtnis zu rufen, in der sie mitgespielt hatte. Sie stand auf, ging zum Fenster und schaute hinaus in die Nacht. Einige erleuchtete Fenster der Zechensiedlung konnte sie sehen. Sogar bis zu Jens' Haus, das völlig im Dunkeln lag, konnte sie schauen. Ob

Margareta bei ihm war? Immerhin wusste sie wieder, wie die Freundin von Jens hieß.

Plötzlich fiel ihr auch die letzte Szene vor ihrem Filmriss ein.

Kirche!

Orgel!

Messwein!

Lisbeth und Gudrun!

Doch wie bin ich in meine Wohnung gekommen? Ob Jan mich hierher gebracht hat? Lieber guter Jan! Sie holte ihr Handy aus der Tasche und schrieb ihm, in der Hoffnung, dass seine Manuela bereits schlief, eine SMS.

Hast du mich gerettet?, lautete diese.

Die Antwort kam prompt, ebenfalls per SMS.

Ja, du warst betrunken, geh zu Bett.

Können wir telefonieren? Gesine musste einfach mit jemandem reden. Sie fühlte sich so schrecklich allein.

Geht nicht, Feind hört mit. Morgen Früh!, antwortete Jan.

Gesine schaltete den Fernseher an, konnte sich jedoch nicht auf das Programm konzentrieren.

Es wurde wirklich Zeit, dass sie von hier verschwand, bevor noch mehr Menschen dahinterkamen, was mit ihr nicht stimmte. Sie hob Dolly aus dem Sessel, drückte sie an sich, streichelte ihr über das seidige echte Haar.

»Ja ich weiß, Dolly, dein Mützchen. Morgen suche ich weiter. Ich werde es finden. Versprochen!«

25. KAPITEL

Die hatte aber auch Einfälle, diese Gesine. Mit nach Bayern zur Beerdigung wollte sie sie nehmen. Während Margareta um acht Uhr morgens an ihrem Küchenfenster hing und auf Leonie wartete, fiel ihr der Anruf der alten Gesine gestern am späten Abend ein. Sie hatte bereits im Bett gelegen und in einem Buch gelesen, als das Telefon klingelte. In freudiger Erwartung, dass Jens am anderen Ende sei und ihr mitteilen wollte, ohne sie nicht schlafen zu können und sie bitten würde, noch ein paar Tage zu ihm zu ziehen, nahm sie den Anruf entgegen.

Sie erkannte die ruhige dunkle Stimme von Gesine sofort, fragte sich, woher sie ihre Telefonnummer wusste. Natürlich von Jens, den sie kurz zuvor angerufen hatte, erzählte ihr Gesine gleich zu Beginn des Gesprächs. Anschließend kam sofort der Vorschlag, sie zur Bestattung des Pfarrers Anfang nächster Woche nach Bayern zu begleiten. Ein verlockendes Angebot, musste Margareta zugeben. Es entstünden ihr keine Kosten, sie würden bei der Schwester des Pfarrers unterkommen, und die Fahrt würde Gesine mit dem Gemeindegolf übernehmen. Und Urlaub hatte Margareta in der nächsten Woche auch noch. Sie versprach der alten Frau, die auf sie irgendwie verstört wirkte, darüber nachzudenken und sie alsbald zurückzurufen. Vorher wollte sie unbedingt mit Jens darüber sprechen.

Die zuschlagende Autotür und das fröhliche Mädchen, das voller Freude aus dem schwarzen Audi gestiegen war und zum Küchenfenster hoch winkte, holten sie in die Realität zurück. Sie sprach vom Fenster aus ein paar Worte mit Marc, der kurz das Auto verlassen hatte, und deutete Leonie, wo sich die Eingangstür befand.

Wehmütig blickte Margareta in den frühmorgendlichen Sommerhimmel, bevor sie das Fenster schloss und zur Tür eilte. Stadtbummel mit Eisdielenbesuch wäre ihr jetzt lieber gewesen, als nicht zu wissen, was auf sie zukam. Vielleicht konnte sie ja mit Leonie einen gemeinsamen Einkaufsbummel unternehmen. Sie öffnete die Wohnungstür und ließ das Mädchen, das eine große braun-pinke »Pferdefreunde-Tasche« trug, in ihre Wohnung. Das schlanke Kind hatte die dunklen Haare zu einem Zopf gebunden und trug ein rotgeblümtes Sommerkleid. Das Einzige, was das hübsche Gesicht entstellte, war die Brille mit dem dunklen Horngestell.

»Du wohnst in einem Turm? Ist ja irre.« Leonie stampfte direkt durch ins Wohnzimmer und leerte ihre Tasche auf dem Sofa aus, bevor sie zum Fenster lief und hinausschaute. »Was man von hier oben alles sehen kann. Wahnsinn!«

Margareta starrte auf den Inhalt der Tasche, der sich aufs ganze Sofa verteilte. Sie hätte nie gedacht, dass so viel in eine einzige, wenn auch große Tasche passte. Unzählige Bücher, Zeichenblock, Stifte, Puzzle, drei filzköpfige Barbiepuppen mit dazugehöriger Kleidung, Jeans, ein T-Shirt sowie ein kleines Fotoalbum. Mitten in dem Wirrwarr eine Tüte mit Brötchen, die Leonie Margareta stolz überreichte.

»Oder hast du schon gefrühstückt?«, fragte Leonie und hüpfte dabei vor Freude auf und ab.

»Nein, noch nicht, aber den Tisch habe ich schon gedeckt. Da kann ich ja mein Toastbrot wieder wegpacken. Brötchen schmecken natürlich besser.« Margareta ging mit Leonie im Schlepptau in die Küche. Hier war für das Mädchen das Interessanteste das Fenster mit Blick über die Zechensiedlung.

»Ich hoffe, du hast Nutella im Haus?«

»Aber klar doch. Dein Vater hat mir erzählt, dass du keinen anderen Belag auf Brot oder Brötchen magst.«

Bevor Leonie sich setzte, drehte sie das Radio lauter.

»Und was wollen wir nach dem Frühstück unternehmen? Hast du Lust, in den Zoo zu gehen?«

Geschickt schnitt das Mädchen ein Brötchen durch und bestrich es fingerdick mit der Nussnougatcreme. »Och nö, da war ich schon so oft. Du hast erzählt, hier in der Nähe wäre der Stadtwald. Lass uns dort hinlaufen.«

Ja, es stimmte. In Lieberhausen hatte sie ihr vom Stadtwald erzählt und auch vom Friedhof.

»Auf den Rückweg könnten wir bei meiner Mutter vorbeischauen. Die wohnt auch hier in der Siedlung. Da gibt es sicherlich ein Mittagessen für uns.«

Erfreulicherweise hatte sich Waltraud sofort bereit erklärt, einen Kartoffelsalat zu zaubern und Würstchen zu besorgen, als Margareta ihr erzählte, wen sie zu Gast haben würde. Keine blöde Bemerkung, wieso sie sich ein Kind einlud, nichts dergleichen folgte. Ihre Mutter schien bedrückt. Nichts mehr mit der totalen Euphorie und den tausend Unternehmungen, mit denen sie noch vor wenigen Tagen so prahlte. Wie vermutet, steckte ein Mann dahinter. Thomas, 75 Jahre alt, wohnhaft im tiefsten Erle, hatte sie im Bürgerbüro kennengelernt, als sie beide sich über irgendeine Kleinigkeit, die Margareta entfallen war, beschweren wollten. Die kurze Liaison dauerte so lange, bis Thomas feststellte, dass Waltraud zu ungelenk, unsportlich und für ihn viel zu träge wäre. Sie verwöhnte ihn mit ihren Ruhrpottgerichten, bis er ihr mitteilte, dass sich andauernd satt zu essen nicht alles sein könnte und ihm ihre Schnittchen mit den blödsinnigen Mayonnaisetüpfchen zum Halse heraushingen. Ab da gingen sie wieder getrennte Wege, und Waltraud war erleichtert, der Reha-Sportgruppe, den Wanderfreunden und dem Bauch-Beine-Po-Kurs Adieu sagen zu können.

»Heute Nachmittag könnten wir Barbie spielen, okay?« Leonie griff schon zum zweiten Brötchen. Es schien ihr zu schmecken. Dabei war sie fast schon als zu dünn zu bezeichnen.

»Okay, spielen wir Barbie.«

Schon am Strand der Aggertalsperre musste Margareta mit einer Barbiepuppe in der Hand in sämtliche Frauenrollen schlüpfen und Eifersuchtsszenarien durchspielen, sich gar von einer anderen Barbie, gelenkt von Leonie, andauernd auf den Kopf schlagen lassen. Barbie A nahm Barbie B die Kleidungsstücke weg, sodass sie schlussendlich plastiknackt am abendlichen Strand auf der Wiese lag, nur weil sie sich bei Barbie A nicht entschuldigen wollte.

»Mein Papa hat heute Nacht wieder geschrien«, erzählte das Mädchen plötzlich und schaute Margareta aus traurigen Augen an.

»Dein Vater schreit nachts? Und davon wirst du wach?« Oh, Mann, dachte Margareta. Marc schien ja ernsthafte Probleme zu haben. Für sie bestand kein Zweifel daran, dass er der missbrauchte Junge war. Doch war er auch der Mörder des Pfarrers?

»Ja, er sagte, das wären Albträume und ich brauchte mich nicht zu ängstigen. Aber schön ist das nicht.«

»Hat er das schon lange?«

»Ein paar Wochen.«

Margaretas Kopfkino war soeben angesprungen. Hätte der tote Pfarrer mich nicht wenigstens heute in Ruhe lassen können, fragte sie sich seufzend.

»Trink deinen Kakao aus, dann können wir los.«

»Der schmeckt nicht. Ich mag keinen selbst angerührten Kakao. Ich trinke nur den von Tuffi und nur lauwarm.«

Waren alle Kinder so wählerisch? Margareta räumte den Kakao weg und goss ihr ein Glas Fanta ein. Und das am frühen Morgen.

Der Weg zum Stadtwald führte durch die Siedlung und den sich anschließenden Friedhof. Leonie sprang an Margaretas Seite auf und ab. So ein aktives Kind hatte sie noch nie kennengelernt. Kein Wunder, mit Kindern hatte sie so gut wie keine Erfahrungen. Margaretas Gedanken wanderten einige Jahre zurück, als sie das Gemeinschaftsfeld »Garten der Erinnerung« passierten. Hier hatte man Sabine, das Mädchen vom Reiterhof, tot aufgefunden. Mit Sabine begann ihre Karriere als Hobbyermittlerin.

Sie setzten sich auf die kleine Steinbank am Ende des Feldes. Margareta holte aus ihrem Umhängebeutel ein Päckchen Capri-Sonne, welches Leonie ihr fast aus der Hand riss. Sie stach den Strohhalm hinein und trank gierig einen großen Schluck. Mit dem Rest beträufelte sie die Ameisen, die vor der Bank um die Wette liefen. Was für ein fantasievolles Kind.

Margaretas Blick ging zu der Eisenstatue am Ende des Feldes. Genau dort hatte Sabine gelegen, tot, mit einer Rose in der Hand.

Was wohl Jens gerade macht, überlegte Margareta. Sie erinnerte sich an die gemeinsamen Tage in Lieberhausen. Recht harmonische Stunden waren darunter, aber auch weniger gute Erfahrungen, die den Urlaub trübten. Er hatte zwei Gesichter, dieser fromme Engel. Gerade, wenn sie sich ihm ganz nahe fühlte, sie auf einer Wellenlänge schwammen, schaffte er es, sie innerhalb von Sekunden auf die Palme zu bringen, indem er irgendeinen dummen Spruch von sich gab, der sie kränkte. Auch machte es ihm überhaupt nichts aus, wenn sie sich mal einige Zeit nicht meldete, dann wieder bombardierte er sie mit Anrufen, spielte den zuverlässigen Freund. Er war beziehungsunfähig, war sie überzeugt. Es wunderte sie deshalb nicht, dass er – bei seinem Aussehen müssten die Weiber Schlange stehen – in keiner festen Beziehung lebte und erst ein einziges Mal eine Freundin gehabt hatte. Das war nicht normal. Eine der wenigen Gemeinsamkeiten, die sie hatten, war tatsächlich, Miss Marple und Mister Stringer zu spielen, obwohl Mister Stringer mittlerweile ganz schöne Ermüdungserscheinungen zeigte.

Wusste dieser Mann überhaupt, was verliebt sein bedeutete? Hatte er nicht mal den Wunsch, das Objekt seiner Begierde in die Arme zu reißen und mit Zärtlichkeiten zu überschütten? Sich auf einem Bärenfell vor dem Kamin zu wälzen, zum Beispiel. Okay, Kamin war nicht vorhanden. Er suchte jedenfalls so gar nicht ihre körperliche Nähe. Was diese Einlage in Lieberhausen sollte, als er aus dem Bad kam und sich nackt auf sein Bett warf, wusste sie noch immer nicht. Wollte er sie testen? Oder sich selbst? Eines konnte sie mit Gewissheit sagen: Nein, verliebt war sie nicht mehr in ihn, und auch als Freund ging er ihr mittlerweile unheimlich auf den Keks. Mal Engel, mal feuerspeiender Drache. Sollte er sich doch eine andere suchen, eine, die zu ihm passte. Sie musste lachen, da es so eine Frau ihrer Meinung nach gar nicht gab.

»Gehen wir endlich weiter?« Leonie war ungeduldig, nachdem sie 435 Ameisen mit einem weiteren Trinkpäckchen gebadet hatte. »Was starrst du dieses Ding da hinten so an?«

»Nur so«, antwortete Margareta. Was sollte sie einem achtjährigen Mädchen schon erzählen? Da lag mal eine Leiche, eine hübsche junge Frau, die ermordet worden war?

Doch Leonie war nicht dumm. »Lag da etwa eine Leiche? Jan hat erzählt, du findest überall Leichen, obwohl du gar nicht bei der Polizei bist. Du bist nur eine Verkäuferin. Stimmt das?«

»Das hat Jan erzählt? Wie kommt er darauf?« Margareta schüttelte den Kopf. Was bildete dieser Küsterfutzi sich eigentlich ein?

»Sie haben sich unterhalten, mein Papa und er. Da hat er das erzählt.«

»Jan ist dumm. Woher will er das denn wissen?«

Jetzt lachte Leonie und zeigte dabei ihre blinkende Zahnspange. »Komisch, vorhin im Auto hat mein Papa gesagt, dass Jan ihm unheimlich auf den Keks geht.«

»Warum?«

»Weil er so oft auftaucht. Meistens, wenn ich schon im Bett liege. Manchmal schlafe ich noch nicht, dann lausche ich an der Tür, was die beiden so erzählen. Gestern Abend war er auch da. Da hat mein Papa gesagt, er soll ihn endlich in Ruhe lassen. Er möchte nicht immer daran erinnert werden, was früher war. Weißt du, was er meinte? Hat Pfarrer Josef was Schlimmes gemacht mit meinem Papa? Jan hat gesagt, er hätte ihn oft getröstet, und dafür wäre er gut gewesen. War das in Lieberhausen in diesem Käte-Strobel-Haus? Wollte mein Papa deshalb nicht, dass ich dahin fahre mit dem Pfarrer?«

War dieses Mädchen tatsächlich erst acht Jahre alt? Margareta war sprachlos. Wurde man so, wenn man fast nur mit Erwachsenen zusammen war? War es das, was man früher altklug nannte?

»Ach Leonie, Pfarrer Josef ist tot, und wir sollten ihn in Frieden ruhen lassen. Wichtig ist es, den Mörder zu finden.«

Margareta war geschockt. Da stritten sich Jan und Marc abends, und das Mädchen hörte alles mit. War Marc also tatsächlich das missbrauchte Kind? Jan hatte ihn getröstet? Das war ihr neu.

»Zum Schluss war mein Papa ganz schön böse auf Jan und hat ihn rausgeworfen. Geh zu deiner Scheuer-Maus und lass mich in Ruhe, hat er gerufen. Lass endlich Gras über die Sache wachsen.«

»Da hat dein Papa sicherlich recht. Komm, lass uns weitergehen zum Stadtwald. Wir brauchen nur noch die Straße zu überqueren.«

»Wer war denn nun der Mörder von Pfarrer Josef?«

»Tja, wenn ich das wüsste«, seufzte Margareta. Sie musste unbedingt Jens davon erzählen. Er musste Marc warnen. Solche Gespräche waren für Leonies Ohren definitiv nicht geeignet. Oder sollte sie selbst mit Marc reden?«

Nachdem es im Stadtwald ja sooo langweilig war, gingen die beiden zurück zur Siedlung und suchten Waltraud auf. Auch die Geschichte, die Margareta ihr über das alte Bootshaus, eine wahre Augenweide, erzählt hatte, konnte das Mädchen nicht begeistern. Es war ihr egal, ob Margaretas Mutter dort früher auf dem kleinen See Boot gefahren war und die Familie dort Kaffee getrunken hatte, als das Bootshaus noch bewirtschaftet wurde.

Neugierig sah Leonie sich in Waltrauds Puppenstubenwohnung um, bestaunte die vielen bunten Deckelvasen, die bestickten Sofakissen und den Nippes, der hinter Glas im Wohnzimmerschrank aufbewahrt wurde.

Margaretas Zweifel, ob Waltraud auch nett zu Leonie sein würde, waren unbegründet. Freundlich und aufgeschlossen begrüßte Waltraud, die rausgeputzt war wie eine Bilderbuchoma, das Mädchen, strich ihr über das lange Haar und seufzte.

»Ach ja, so ein Enkelkind hätte ich auch noch gerne.«

Der Esstisch im Wohnzimmer war festlich gedeckt, ein kleiner Strauß mit orangefarbenen Röschen stand in der Mitte. Servietten mit Bärchen und das bunte Geschirr zierten den Tisch. Freudig setzte sich Leonie endlich, nachdem sie auch hier von Fenster zu Fenster gelaufen war, um hinauszuschauen. Freudig griff sie nach dem Paket Minischokoküsse, das neben ihrem Platz lag, und riss es auf.

»Hast du denn keine Enkelkinder?«

»Doch, mein Sohn hat zwei Jungen, doch die sind schon groß.«

»Aber ich bin auch schon acht Jahre alt, und wenn Margareta ein Baby kriegen würde, hättest du ja zuerst ein ganz kleines Enkelkind.«

Waltrauds Augen leuchteten auf und starrten auf den flachen Bauch ihrer Tochter. Hoffnung keimte in ihr auf. Sollte ihre Tochter tatsächlich schwanger sein, fragte ihr Blick.

Margareta ahnte, was ihre Mutter dachte. »Vergiss es, Waltraud. Ich bin nicht schwanger. Von wem auch? Ich habe noch nicht mal einen Partner.«

»Aber du hast doch Jens. Ich denke, er ist dein Freund. Schließlich seid ihr auch gemeinsam im Urlaub gewesen.« Waltraud setzte ihren beleidigten Blick auf.

»Jens und ich sind gute Kumpel, mehr nicht.«

»Aber Jan hat gesagt, du würdest dich an jede Hose ranschmeißen. Vielleicht bekommst du ja ein Kind von einem anderen Mann«, meldete sich das altkluge Mädchen zu Wort.

Margareta blieb das Würstchen im Halse stecken. »Das hat Jan gesagt? Ich glaube, ich muss mir den Mann echt mal vorknöpfen. Zu eurer beider Info: Ich bin nicht schwanger. In meinem Alter wäre das rein biologisch auch kaum mehr möglich. Und ich schmeiße mich bestimmt nicht an jede Hose ran.«

Margareta schäumte vor Wut. Wäre Jan hier gewesen, hätte er mit den Konsequenzen seiner dummen Sprüche rechnen können. Ein Schlag ins Gesicht wäre das Mindeste gewesen.

Waltrauds berühmter Kartoffelsalat mundete Margareta nun gar nicht mehr. Auch Leonie zog ein Gesicht, als würde sie gezwungen, Hundefutter zu essen. Mit der Gabel stocherte sie lustlos darin herum, schob die Masse von links nach rechts. Auch das Würstchen fand bei ihr kaum Anklang.

»Ich mag keine heißen Würstchen und Kartoffelsalat schon gar nicht.« Stattdessen schob sie sich noch die halbe Packung Minischokoküsse, Stück für Stück nacheinander, in den Mund.

Ein kaltes Würstchen, das zum Glück noch bei Waltraud im Kühlschrank lagerte, gab es obendrauf. Die angebotenen Nudeln, die Waltraud ihr kochen wollte, lehnte Leonie ab, weil Waltraud nicht das richtige Ketchup hatte.

Als Margareta und Leonie gerade aufbrechen wollten, meldete sich Margaretas Handy. Ein Blick aufs Display stimmte sie nicht gerade fröhlich. Helmut Blauländer. Was der Kommissar wohl wollte? Annehmen oder ignorieren, überlegte sie kurz, entschied sich jedoch dafür, das Gespräch anzunehmen.

Kein Vorwurf kam über die Lippen des Kommissars, nur liebe Worte, wie es ihr denn so ginge, wie der Urlaub war, und ob sie vielleicht inzwischen etwas in Erfahrung bringen konnte.

Sie berichtete ihm kurz von der Geburtstagsfeier im Pfarrgarten und Gesines Vorschlag, mit zur Beerdigung des Pfarrers in die bayerische Provinz zu reisen. Konnte sie nicht mal jemand zu einem anständigen Urlaub einladen? Was waren denn das für Reisen? Recherche in Lieberhausen, einem Nest im Oberbergischen und eine Beerdigung im tiefsten Bayern. Spitze! Den Besuch bei Carsten verschwieg sie.

Und nun folgte noch eine Einladung auf einen Kaffee am Montagmittag auf dem Wolterhof, ausgesprochen vom Ersten Hauptkommissar des KK11 aus reiner Neugierde.

Sie machten sich auf den Heimweg zu Margaretas Wohnung. Eine bleierne Hitze lag über der Zechensiedlung. Die Aussicht, nun oben in ihrer zum Glück kühlen Wohnung Barbiepuppen gegeneinander kämpfen zu lassen, stimmte Margareta nicht gerade fröhlich. Sie schaute auf die Uhr. In einer Stunde würde Marc Leonie abholen.

Vielleicht lud er sie und seine Tochter ja auf eine Pizza in einen schattigen Pizzeriagarten ein, keimte Hoffnung in ihr auf.

26. KAPITEL

Ich war Luft für *ihn*. Eigentlich sollte ich mich freuen, nun wieder bei meinen Freunden im Zimmer zu sein. Doch ein Glücksgefühl stellte sich nicht ein. Mir war alles egal. In der Nacht wurde ich ein paarmal wach, konnte nicht wieder einschlafen. Da der Saft nun wegfiel, war ich auch weniger müde. Und da war die Angst. Die Angst, dass *er* gleich zur Tür hereinkommen und mich wieder mitnehmen würde. Gegen Morgen fiel ich in einen Dämmerschlaf, schreckte jedoch immer wieder auf, weil ich *ihn* sah. Seine dunklen fast schwarzen Augen, sein hämisches Grinsen, seine prallen Wurstfinger, die nach mir griffen.

Er ignorierte mich vollkommen. Spielte *er* abends am Lagerfeuer auf seiner Gitarre, und ich sah das Loch in dem edlen Teil, hätte ich laut lachen können. Ich wusste, dass es *ihn* schmerzte, dass ich sein bestes Stück beschädigt hatte.

Ansonsten ließ *er* mich tatsächlich in Ruhe. Ob ich die elende Augenwurst beim Abendbrot – ich packte mir provokativ fünf Scheiben auf den Teller – nun aß oder liegen ließ, ob ich beim Trinken schlürfte, so laut ich konnte, oder am Tisch vor allen anderen Jungen laut pupste, *er* hielt seine Klappe.

Meine Freunde konnten die Lage nicht richtig einschätzen. Sie schauten mich manches Mal an, als wäre ich ein seltenes Tier im Zoo.

An einem sonnigen Nachmittag der letzten Ferienwoche, beim freien Spiel, gingen wir zu viert in den kühlen Wald. Ich hatte mir von *ihm* mein gesamtes Taschengeld auszahlen lassen, was *er* mit kritischem Blick vor meinen Augen vorzählte, kaufte für jeden von uns ein Eis und bat meine Freunde, mit in den Wald zu kommen. Dort setzten wir uns auf eine Bank unter eine ausladende Kiefer vor einer Futterkrippe. Nachdem ich mein Eis vertilgt hatte, schob ich mein T-Shirt hoch und zog meine Jeans herunter, um meinen Freunden die Reste meiner unzähligen blauen Flecken zu zeigen. Die Stellen, die nur stark gerötet waren, sah man nun leider nicht mehr. Entsetzt starrten sie auf die Überbleibsel der nächtlichen Quälereien. Auf die Fragen, was *er* sonst noch alles mit mir gemacht hat, zuckte ich nur mit den Schultern. *Er* hatte mir den Saft gegeben, der mich betäubte, danach konnte *er* mit mir tun, was *er* wollte. Meine Freunde bestürmten mich weiterhin mit Fragen, was *er* gesagt, ob ich was gespürt oder irgendwo Schmerzen gehabt hätte. Ich verneinte, obwohl ich schon oft ein starkes Brennen am Unterleib wahrgenommen hatte am anderen Morgen. Dann folgten kluge Ratschläge, dass ich sofort, als ich die Folgen der Misshandlungen an meinem Körper bemerkte, zu einem Arzt gemusst hätte. Ich schrie sie an, dass keiner mir geglaubt hat, wenn ich davon erzählen wollte. Bis auf Carsten, und den hatte *er* eingeschüchtert. Letztendlich hatte ich ihm zu verdanken, dass das Elend ein Ende fand.

Wirst du es deinen Eltern sagen, wollten sie wissen. Ich erzählte ihnen, dass *er* meine Mutter am Telefon dermaßen auf seine Seite gezogen und mich als total krank hingestellt hatte. Bis wir wieder daheim wären, würden die Flecken ganz verschwunden sein, doch die schrecklichen Erinnerungen würden bleiben.

Sie malten mir die schlimmsten Horrorszenarien aus, rieten mir ab, etwas davon breitzutreten. Ich würde vor Gericht müssen, und man würde nur *ihm*, dem großen Kirchenmann, glauben. Anschließend würde ich als Lügner dastehen, der Schmutz auf den Pfarrer geworfen hatte. Alle würden mit dem Finger auf mich zeigen, darum sollte ich mir gut überlegen, was ich nun tun würde.

Ich war total fertig, bekam noch mehr Angst und ging auf ihren Vorschlag ein, die Sache einfach zu vergessen, schließlich würde ich noch leben, und bis auf ein paar blaue Restflecken würde man ja nichts mehr sehen. Und was war mit meiner Seele? Mit meinen Träumen? Mit meinen Ängsten? *Er* hatte mich fertiggemacht, und ich war so wütend auf *ihn*. Hätten mir meine angeblichen Freunde vorgeschlagen, *ihn* gemeinsam zu ermorden und im Wald zu vergraben, hätte ich sofort zugestimmt. Carsten hätte uns bestimmt geholfen. Doch Schiss hatten sie genau wie ich. Ich bereute bereits, denen ein Eis ausgegeben zu haben. Sie waren es nicht wert.

Sie versicherten mir noch, niemandem zu Hause in Gelsenkirchen davon zu erzählen, und letztendlich stimmte ich zu, die Sache unter den Teppich zu kehren. Was hätte ich auch tun sollen? Mit hängenden Schultern gingen wir schweigend zurück zum Käte-Strobel-Haus.

Das mit dem Auszahlen des Taschengeldes sah *er* wohl als Vertrauensbruch, denn am nächsten Morgen bei der Andacht, noch vor Schmierkäsebrötchen und Malzkaffee, sprach *er* mich direkt an: »Jesus Christ starb für dich, und was tust du für ihn?« In seinem weißen Polohemd und der weißen Hose erinnerte *er* mich an einen Krankenpfleger oder an einen Skipper eines maroden Bootes. *Er* wiederholte seine blöde Frage und schaute in den Raum, ob auch alle Kinder zuhörten und aufnahmebereit für seine Gardinenpredigt, die nun folgen würde, waren. Gleichzeitig war *er* auf meine Antwort gespannt. Die sollte *er* haben.

»Was ich für Jesus mache? Das kann ich Ihnen sagen. Können auch alle hören. Ich werde schweigen und niemandem erzählen, was Sie nächtelang mit mir getrieben haben. Jawohl, Sie haben Dinge mit mir gemacht, die man nicht tun darf. Und wissen Sie, wovor ich am meisten Angst habe? Dass Sie sich ein anderes Kind suchen und so quälen, wie Sie mich gequält haben.«

Nun fing *er* laut an zu lachen, schaute in die Runde der verängstigten Kinderaugen. »Was soll ich dazu sagen? Du bist krank. Sehr krank. Deine Eltern sollten mit dir zum Arzt gehen, wenn wir in ein paar Tagen wieder zu Hause sind.«

»Dafür ist es zu spät«, sprach ich fast flüsternd. »Das hätte ich sofort tun sollen. Doch wer hätte mir geglaubt? Und wie wäre ich zu einem Arzt gekommen?« Ich fing an zu weinen und verließ den Raum.

»Lasst uns das Lied ›Laudato si, o-mi Signore‹ singen und danach für unseren kleinen Bruder beten.« *Er* musste jedoch allein singen. Kaum einem im Raum war nach Singen zumute. Carsten spuckte auf den Boden und verließ ebenfalls den Raum.

In der letzten Nacht unserer ach so tollen Kirchenfreizeit wurde ich schweißgebadet wach. Ich hatte einen furchtbaren Albtraum. Das Pfarrhaus brannte lichterloh, Gesine konnte den Flammen entkommen, doch für den Pfarrer kam jede Hilfe zu spät. *Er* wollte sich aus dem Fenster seines Schlafzimmers retten, sprang hinaus und knallte auf den Asphalt. Seine Birne zersprang, eine rosa Masse quoll heraus und verteilte sich auf dem Kirchplatz. Gesine schaute zu und lachte. »Wollen wir nicht die Feuerwehr rufen?«, rief ich ihr zu. Doch sie lachte bloß und fragte: »Wieso?«

Wenig später schlichen sich zwei schwarze Katzen heran und fraßen die Hirnmasse auf, leckten sich anschließend zufrieden die kleinen Mäuler und verschwanden wieder.

Mein Schlafanzug war klitschnass, meine Haare ebenfalls. Ich verspürte am ganzen Körper Schmerzen, und mein Kopf fühlte sich heiß an. Wenn ich krank war, nahm man mich vielleicht gar nicht mit nach Hause und ich musste hierbleiben, in dem ollen unheimlichen Krankenzimmer. Das durfte nicht sein!

Was tun? Um mich herum das ruhige Atmen meiner Freunde. Ich ging auf den Flur. Eine Notbeleuchtung brannte. Tränen liefen mir die Wangen herunter. Ich wollte nach Hause. Sofort!

Ich lief bis zur Eingangstür, doch sie war verschlossen.

Da sah ich *ihn* den Flur entlang kommen. *Er* trug seinen ekeligen befleckten Bademantel. Nein! Nicht schon wieder! Ich wollte wegrennen, *ihm* entkommen, meine Beine waren jedoch schwer wie Blei.

»Bleib stehen, mein Junge«, rief *er* und kam näher.

Zitternd schaute *er* mich an. *Er* hatte ebenfalls Tränen in den Augen.

»Es tut mir leid«, hauchte *er* flüsternde Worte in den nächtlichen Flur. »Ich habe das nicht gewollt. Verzeih mir!«

Als *er* seine Hand nach mir austreckte, lief ich, so schnell ich konnte, zurück auf mein Zimmer.

Ihm verzeihen? Nein, niemals!

27. KAPITEL

Margareta hatte kein gutes Gefühl, wenn sie an das Treffen mit Blauländer heute Nachmittag auf dem Wolterhof dachte. Kaffee trinken im ländlichen Idyll am Stadtrand von Buer, einschließlich Bauernhofgeruch. Er würde sie wieder ausfragen, bis sie Löcher im Bauch verspürte, worauf sie überhaupt keine Lust hatte. Besonders nicht nach dieser unruhigen Nacht. Ein Albtraum jagte den nächsten. In einem stand sie mitten in der Nacht auf dem Deck der MS Astor mit einem Stoffsack voller Wechselgeldrollen. Dabei hasste sie Traumschiffreisen. Sie konnte ja nicht einmal schwimmen. Schwer lastete der Sack in ihren Händen. Ein Steward kam ihr entgegen, dem sie den schweren Geldsack entgegenhielt. Mit einer Hand zog sie auch noch einen Block aus ihrer Hosentasche und bat ihn, ihr den Empfang des Wechselgeldes zu quittieren. Doch er sprach ausländische Worte, die sie nicht verstand, lachte sie mit seinen weißen Zähnen, die man sogar im Dunkeln erkennen konnte, an und wehrte mit den Händen ab. Wieder und wieder wollte sie das Geld loswerden, doch keiner nahm es ihr ab. Die ganze Nacht rannte sie auf dem Albtraumschiff hin und her. Am Morgen brach sie weinend an Deck mit ihrem Sack voll Wechselgeldrollen zusammen. Niemand wollte ihn haben. Schweißgebadet wachte sie auf. Du hast Urlaub, sagte sie sich. Du brauchst nicht zur Arbeit.

Seit Neuestem war sie in dem Kaufhaus an der Kasse eingesetzt, besonders an Samstagen, wenn diese ununterbrochen klingelte, und das behagte ihr überhaupt nicht. Nun träumte sie sogar schon im Urlaub davon. Was wollte ihr dieser Traum sagen?

Suche dir endlich etwas Neues, liebe Margareta, sprach eine innere Stimme. Ja, ich suche mir neue Arbeit. Ich will nicht länger Leute bedienen, Zarske parieren und den untersten Knecht spielen. Warum mache ich nicht endlich das, was ich schon so lange vorhabe? Sollte es nur am Geld scheitern? Notfalls angle ich mir einen reichen alten Knacker, greife seine Knete ab, um mich als Privatdetektivin ausbilden zu lassen. Nach der Prüfung bekommt er einen Tritt in den Hintern oder was in den Kaffee. Ja, er würde eine Gegenleistung erwarten. Hm, das war das Problem. Nichts im Leben gab es schließlich umsonst.

Sie trank ihren Tee und schaute aus dem Fenster. Wieder dachte sie an diesen realistischen Traum. Endlich wollte sie das tun, wozu sie Lust hatte und alles andere so gut es ging meiden. Dazu zählte auch das Treffen mit Blauländer. Sie sagte es ab. Anschließend meldete sie sich bei Gesine an. Eine innere Stimme riet ihr, nach Ückendorf zu fahren, da man dort auf sie wartete. Sie musste schmunzeln. Jens würde ausrasten. Erst gestern, als er jammernd auf ihrem Sofa saß, musste sie ihm versprechen, nichts mehr im Alleingang zu erledigen. Die ganze Mordermittlung würde sich zuspitzen, und er hätte Angst um sie. So ein Quatsch. Ich bin alt genug, sagte sie sich, und packe das jetzt an. Dieser jammernde Rauschgoldengel, der sich sogar schon im Beichtstuhl bei Pater Jaspal ausgeweint hatte, war kein guter Mister Stringer. Und als Freund, geschweige denn als Partner, taugte er ebenfalls nicht. Ich muss endlich raus aus diesem Sackbahnhof, in dem ich feststecke.

Sie blickte an dem wunderschönen Backsteingebäude, das früher als Kloster gedient hatte, empor. Das war kein sozialer Wohnungsbau, das war gediegene Wohnkultur. Drei Klingelschilder, das obere trug den Namen Gesine Habermüller. Schon nach dem ersten Klingeln surrte der Türöffner, und Margareta betrat den wohnlichen Hausflur. Der durchaus angenehme Geruch erinnerte sie an frühere Zeiten, an Geborgenheit und Märchenerzählstunden. Die Treppen waren mit rotem Teppich belegt, an den Wänden befanden sich dunkles Holz sowie hin und wieder ein gerahmtes Foto vom Pfarrer. Pfarrer Josef im Garten, Pfarrer Josef predigend am Altar, Pfarrer Josef im Wald. Ansonsten alles äußerst gepflegt.

Unten in der Pfarrwohnung wohltuende Stille, ebenso im ersten Stockwerk. Mittagszeit. Musste Gesine nicht für den Pater kochen? Oder blieb montags die Küche kalt? Im Dachgeschoss angekommen, sah sie die alte Frau schon in der Eingangstür zu ihrer Wohnung stehen. Sie lächelte herzlich und bat sie freundlich hinein. Zitternd reichte sie

Margareta die Hand. Sie trug eine graue Strickjacke, darunter eine weiße Bluse mit Stehkragen. Der blaue Glockenrock schlackerte um ihre dünnen Beine. Okay, wir hatten heute nur 20 Grad und draußen war es trüb, doch musste man sich gleich so warm anziehen?

Staunend betrat Margareta Gesines Dachgeschoss-Puppenstubenwohnung. Gemütlichkeit pur, ein wahres Schmuckkästchen. So richtig was zum Träumen.

»Da sind Sie ja endlich.« Aus großen Augen starrte die alte Frau Margareta an.

»Ich hoffe, ich komme nicht ungelegen? Es ist Mittagszeit, und der Pfarrer will doch sicherlich essen, oder?«

»Nein, der ist heute auf einem Seminar. So bleibt die Küche kalt. Kommen Sie, Margareta.« Gesine ging voraus ins Wohnzimmer und bat Margareta, in der gemütlichen Sofaecke Platz zu nehmen. Der kleine Tisch war liebevoll gedeckt. Weiße Häkeltischdecke, uraltes Porzellan mit Rosen und Goldrand, dazu passende Servietten und Kerzenleuchter. Auf einer Glasplatte, ebenfalls mit Goldrand verziert, wartete ein Königskuchen darauf, angeschnitten zu werden.

»Selbst gebacken?«, fragte Margareta neugierig.

»Ja, heute Morgen. So komisch es auch klingen mag, ich wusste, dass Sie heute kommen würden. Als dann das Telefon klingelte, war ich mir sicher, dass Sie es sein würden.

»Tee oder Kaffee?«, fragte Gesine.

Margareta entschied sich für Tee, was eine gute Idee war, denn Gesine servierte ihr einen frisch gebrühten Früchtetee aus losen getrockneten Früchten, den sie sich regelmäßig aus ihrer Heimat schicken ließ, wie sie erzählte. Die Frau hatte Geschmack, stellte Margareta schon nach dem ersten Schluck fest. Allein wie sie den Tee servierte, die

Kanne auf einem Stövchen platzierte, den Kandis in einem kleinen Schälchen reichte, das alles war eine Offenbarung.

Während Margareta den Blick nicht von dem wunderschönen Blumenmuster-Lehnstuhl mit den drei herrlichen Puppen wenden konnte, erzählte die alte Frau, wie sie zu ihren drei Mitbewohnerinnen gekommen war.

Margareta lauschte den Worten Gesines, dabei wanderten ihre Blicke immer wieder durch den mit Biedermeiermöbeln eingerichteten Raum. Als ihr Blick wieder bei Dolly angekommen war, fiel ihr das blaue Samtkleidchen auf. Das dazu passende Hütchen sah im Gegensatz zum Kleid schon arg verwaschen aus, und ein dunkler Fleck zierte es. Margaretas Alarmglocken schlugen an. War das etwa ein Blutfleck? Fand man in Hals und Lunge des toten Pfarrers nicht Stoffpartikel? Wollte Gesine die Blutflecken von der Haube entfernen und hatte sie daher gewaschen? War sie deshalb so verblichen? Margareta spürte, dass Gesine sie scharf beobachtete. Konnte sie vielleicht Gedanken lesen? Ahnte sie, dass Margareta dabei war, hinter ihr Geheimnis zu kommen? Möglichst unauffällig wandte sie den Blick von der Puppe ab, lächelte Gesine freundlich zu und übte sich in harmloser Konversation.

»Nun essen Sie schon, Margareta. Oder schmeckt Ihnen mein Kuchen nicht?« Der Blick aus den trüben blauen Augen der alten Frau fixierte Margareta.

Margareta hielt die goldene Kuchengabel in der Hand und hörte abrupt auf zu kauen. Der Königskuchen mit dem zarten Buttergeschmack blieb ihr regelrecht im Halse stecken. Was, wenn die Alte nicht nur den Pfarrer ermordet hatte, sondern nun auch ihr ein Ende bereiten wollte? Vielleicht war sie ja wirklich nicht mehr ganz dicht im

Oberstübchen. Hatte Jens ihr nicht erzählt, dass sie sich regelmäßig mit dem Messwein betrank und Jan sie nicht mehr lange würde decken können?

»Was starren Sie so auf Dollys Mütze, Margareta? Stimmt etwas damit nicht? Stellen Sie sich vor, die Mütze war tagelang verschwunden, und plötzlich habe ich sie wieder gefunden. Dolly war schon ganz traurig, hat jede Nacht nach der Mütze geweint. Und wissen Sie, wo sie war? Im Opferstock für die Kerzen lag sie. Und ganz schmutzig, voller Flecken war das gute Stück. So musste ich es erst einmal waschen. Alles ging natürlich nicht raus. Aber Hauptsache, die Mütze ist wieder da, nicht wahr?«

Margareta wurde heiß und kalt, der Kuchen in ihrem Mund brannte. Was hatte sie dem Kuchen beigefügt? Irgendein langsam wirkendes Gift? Drehe jetzt nicht durch, mahnte sie sich, schließlich aß sie ja auch davon.

»Ja, auf jeden Fall. Mit der Zeit wird der Fleck schon rausgehen.« Margareta hatte noch nie solch eine dominant dreinblickende Puppe gesehen.

Die Alte hatte die totale Klatsche und war auch noch gefährlich. Doch traute sie ihr tatsächlich einen Mord zu? Margareta wusste keine Antwort darauf. Wieder und wieder starrte sie Dolly an und hatte plötzlich das Gefühl, sie würde sie angrinsen und ihr mit dem rechten Auge zuzwinkern.

Wie komme ich bloß hier wieder unbeschadet raus, fragte sie sich und bereute schon bitter, Blauländer oder Jens nicht von ihrem Besuch hier informiert zu haben. Andererseits wollte sie doch die Mordermittlung vorantreiben. Hier und jetzt bot sich die Gelegenheit.

Gesine fing plötzlich laut an zu lachen. Ihr Haarband öffnete sich dabei und gab das zu einem Knoten zusammengezurrte graue Haar frei, das sich auf ihre Schultern zu einem Kragen ergoss.

»Ach wie schön, dass Sie mich heute besuchen. Wollen wir ein Gläschen Wein trinken?« Den Hinweis, dass sie noch fahren müsse, wischte die alte Frau beiseite. »Ach, ist doch egal. Ein Glas kann man doch!«

Wankend, wieso auch immer so plötzlich, ging sie zum Wohnzimmerschrank und entnahm ihm eine Flasche Rosé und zwei Weingläser. Ob das nun Messwein war oder ein ganz normaler Rebensaft, vermochte Margareta nicht zu sagen.

Gesine goss die nicht gerade kleinen Gläser randvoll. Vorsichtig nippte Margareta an dem Getränk, da Gesine den Blick nicht von ihr wandte.

»Na, wen halten Sie denn nun für den Mörder, Margareta? Wer war es? Was meinen Sie?«

Sag jetzt bloß nichts Falsches und hüte deine Zunge, dachte Margareta und zuckte nur mit den Schultern.

»Tja, wenn ich das wüsste.«

»Was meint denn Jens?« Laut schlürfte Gesine den Wein in sich hinein. Königskuchen, und das nicht zu knapp, dazu Früchtetee und nun Wein. Was so Gedärme aushalten mussten.

»Der weiß es auch nicht. Haben Sie denn jemanden in Verdacht?«

Gesine schaute sie aufmerksam an. »Ach, darüber zerbreche ich mir nicht mehr den Kopf. Josef ist tot. Möge er in Frieden ruhen. Haben Sie es sich inzwischen überlegt, ob Sie mich zur Beerdigung begleiten? Das wird bestimmt lustig. Auf dem Dorf wird da beim Leichenschmaus richtig ein Fass aufgemacht. Die haben bestimmt extra ein Schwein für ihn geschlachtet. Ein Schwein für ein Schwein.« Schallend fing sie an zu lachen und warf sich nach hinten. Ihre Haare standen ihr plötzlich wie vertrocknetes Nistmaterial zu Berge.

Margaretas Herz begann wild zu klopfen. Jetzt drehte sie total durch. Das fehlte ihr gerade noch, mit dieser Suffuhle über die Autobahn bis nach Bayern zu jagen. Vermutlich mit einer alkoholsüchtigen Mörderin am Steuer.

Wie mache ich mich bloß vom Acker, ohne dass sie misstrauisch wird, fragte Margareta sich. Vielleicht schlage ich ihr einen Kirchenbesuch vor, damit ich schon mal hier aus dieser Dachbude rauskomme. Margareta konnte weder weiter vom Kuchen essen, noch den Tee austrinken, geschweige denn den angeblich guten Tropfen. Mag ja sein, dass sie der Alten unrecht tat, indem sie diese für eine Mörderin hielt, doch irgendwas stimmte hier nicht.

Raus hier, ich muss raus hier!

»Schön haben Sie es hier, Gesine, wirklich schön.« Sie durfte die Alte nicht reizen, musste sie bei Laune halten. Wenn Gesine erst genug Alkohol im Blut hatte, würde sie fliehen, nahm sie sich vor.

»Ja, nicht wahr? Jan kommt auch immer wieder gerne hierher. Jammert sich über seine Manuela aus, sucht bei mir Trost. Über Pfarrer Josef hat er sich auch immer beklagt.«

Jan! Jan war ihr Komplize? Die beiden ein ausgebufftes Gaunerpärchen? Ergab das einen Sinn? Den Pfarrer erst niederzuschlagen und ihm mit dem Mützchen den Rest zu geben? Margareta ging nach wie vor davon aus, dass die beiden Taten unabhängig voneinander verübt worden waren. Oder doch nicht?

Musste die Alte denn nicht mal aufs Klo? Bei so viel Flüssigkeit? In der Zeit könnte sie Jens anrufen. Oder besser gleich verschwinden? Vielleicht bildete sie sich ja auch alles nur ein, und für die verschmutzte Mütze gab es eine ganz logische Erklärung. Warum war sie verschwunden gewesen und Gesine hatte sie tagelang gesucht? Frag sie bloß nicht danach, nahm Margareta sich vor. Bloß keine schlafenden Hunde wecken.

Während Gesine kurz in die Küche ging, goss sie den Inhalt ihres Weinglases in den Topf des Gummibaums rechts neben sich.

Gesine öffnete das Fenster und setzte sich seufzend aufs Sofa, nachdem sie eine weitere Flasche Wein geöffnet hatte. Den Rest der ersten Flasche verteilte sie auf beide Gläser. Für ihr Alter hatte sie einen ganz schönen Zug.

Margareta nahm Grillgeruch von draußen wahr. In der Baumkrone der großen Kastanie im Garten zankten sich zwei Stare.

»Und Sie wollen wirklich nicht mitfahren nach Bayern? Wir könnten uns schöne Tage machen. Kommen Sie denn wenigstens zur Chorprobe heute Abend? Jens kommt auch. Wir proben heute nicht im Gemeindesaal, sondern in der Kirche, wegen der Akustik. Ich hoffe, Jan und Manuela richten alles schön her.« Versonnen sah Gesine aus dem Fenster und schien weit weg zu sein.

»Ach, bis nach Bayern, das ist schon ziemlich weit. Trauen Sie sich denn diese Fahrt noch zu?«

»Ja sicher. Und singen? Heute Abend?« So schnell gab Gesine nicht auf.

»Ach, singen ist nicht so mein Ding!«

Skeptisch beäugte die alte Frau Margareta. Ihre Gesichtszüge wurden plötzlich hart. Hatte sie auch zwei Gesichter, ein böses und ein engelhaft gütiges?

Wie komme ich hier weg, ohne sie zu beleidigen, überlegte Margareta noch immer krampfhaft und hatte Angst, ebenfalls mit der Mütze im Hals irgendwo hier oben zu verenden.

Kreideweiß saß Gesine da und starrte vor sich hin. Hin und wieder nahm sie ein Schlückchen Wein.

»Sie essen nicht und Sie trinken kaum. Stimmt irgendetwas nicht?« Gesines freundlicher Gesichtsausdruck war gänzlich verschwunden, ihre Hände begannen zu zittern.

Verlasse diese Bude. Margareta fühlte sich benebelt im Kopf. Doch was, wenn sie die Tür verschlossen hatte? Völlig verzweifelt überlegte sie, was sie tun könnte.

Der plötzlich einsetzende Klingelton ihres Handys kam ihr wie ein Geschenk des Himmels vor. Hastig zog sie es aus der Hosentasche und nahm den Anruf an. Ihre Mutter Waltraud, hatte das Display gezeigt.

»Jens, das ist schön, dass du anrufst«, schrie Margareta fast in den kleinen Apparat. »Ja, ich bin bei Gesine, ganz in deiner Nähe. Ja, gerne komme ich gleich mal rüber, wenn es so wichtig ist.«

»Hast du einen Schuss, mein Mädchen?« Waltraud war total verblüfft und kam nicht auf den Gedanken, dass ihre Tochter in Not sein könnte. »Was ist denn los?«

»Ich vermisse dich auch, Jens. Bis gleich!«

Hastig drückte sie das Gespräch weg und lächelte die versteinert dasitzende Gesine gezwungen freundlich an.

»Jens will, dass ich sofort vorbeikomme. Er hat etwas ganz Wichtiges herausgefunden.« Und schon erhob Margareta sich und eilte zur Tür, in der Hoffnung, dass diese nicht verschlossen war.

Seufzend folgte Gesine ihr. »Na, dann gehen Sie doch, wenn Sie unbedingt wollen.«

Beleidigt reichte sie Margareta nicht mal die Hand zum Abschied, die ihr ihre höflich entgegenhielt.

»Wegen Bayern gebe ich Ihnen dann noch Bescheid«, rief sie halb im Hinausgehen und war heilfroh, dass die Wohnungstür unverschlossen war. Einen Teufel werde ich tun, dachte Margareta. Angewidert stellte sie sich das Schlachtfest-Dorf-Begräbnis vor und musste sich schütteln. Falls wir tatsächlich jemals in Bayern ankämen, bei der Fahrweise dieses Schickerbolzens.

Unten auf dem Kirchplatz angekommen, atmete Margareta erst einmal tief durch, um sich zu beruhigen. Hatte sie überreagiert? War die alte Frau gar keine Mörderin und nur ein bisschen tüttelig? Margareta wusste keine Antwort darauf.

28. KAPITEL

»Hattest du eine Erscheinung, oder weshalb bist du so blass?« Jan saß auf den Stufen des Seiteneingangs der Kirche und legte eine Pause ein. Mit der rechten Hand fuhr er sich durch sein fettiges zurückgekämmtes Haar. Vor dem Eingang parkte ein Caddy mit geöffneter Heckklappe.

»Ich war bei Gesine. Puh, die kann ganz schön anstrengend sein.« Margareta atmete erst einmal tief durch.

»Da sagst du was. Die ist zwar eine Seele von Mensch, hat aber echt ihre Mucken. Was wolltest du von ihr?«

»Sie hat mich zum Kaffee eingeladen, und ich bin der Einladung gefolgt. Spricht was dagegen?« Kaum ein wenig freundlich zu dem Kerl, schon wird er wieder mutig, dachte Margareta.

»Mir doch egal.« Müde stand er von der Treppe auf, nahm den blauen Müllsack, der neben ihm stand, und verlud ihn in den Caddy.

»Na, das glaube ich nicht, dass dir das egal ist, wenn ich hier überall meine Nase reinstecke. Und du? Was machst du? Ordnung schaffen für heute Abend?«

»Ich entsorge den Müll von Manuelas Geburtstagsfeier.« Jan machte nicht gerade den Eindruck, als strotze er vor Arbeitseifer.

»Heute erst? Hast du den Müll in der Kirche zwischengelagert?«

»Ja, hinter der Sakristei ist eine Art Abstellkammer, da lagern wir schon mal was. Du bist aber auch neugierig.«

»Berufsbedingt«, antwortete Margareta cool.

Jan schickte ein fettes Lachen über den Kirchenhof. »Als Verkäuferin muss man neugierig sein?«

»Nicht als Verkäuferin, jedoch als Detektivin. Falls es sich noch nicht bis zu dir herumgesprochen hat, ich schule um, zur Privatdetektivin. Bin schon angemeldet.« Haue ruhig ordentlich auf den Putz, sagte sie sich, der Kerl hat es verdient.

»Komisch, hat mir Jens gar nicht erzählt. Ist sowas nicht teuer?« Jan kratzte sich sein unrasiertes Kinn.

»Klar kostet das eine Stange Geld. Das verdiene ich mir auf dem Straßenstrich an Schloss Berge.« Todernst blickte sie ihm ins Gesicht.

»Bei dir weiß man nie, ob du es nun ernst meinst oder ob es ein Spaß ist.«

»War ernst gemeint.« Ihr fiel die Bratwurst von Mittwoch wieder ein, und sie fand, dass er es verdient hatte, ein wenig verulkt zu werden.

»Willst du ihn mal sehen, den Abstellraum? Ich meine, vielleicht kannst du als Detektivin daraus irgendwelche Schlüsse ziehen.«

Wieso nicht, dachte Margareta sich und nickte Jan kurz zu, der daraufhin die Kirche betrat.

Er schlurfte mit seinen abgetragenen Wildlederschuhen vor ihr her Richtung Sakristei. Margareta folgte ihm.

»Es sieht hier ziemlich chaotisch aus«, stellte sie mit einem Blick in die Kirche fest. »Wo ist denn Manuela?«

»Manuela ist beim Zahnarzt. Außerdem habe ich ja noch ein paar Stündchen Zeit, bis die Chormitglieder eintrudeln.«

Neben der Sakristei befand sich tatsächlich eine völlig unauffällige Tür, die Jan nun öffnete. Anschließend betätigte er den Lichtschalter. »Hier, das ist die Abstellkammer, wenn du mal reinschauen möchtest.« Er machte ihr den Weg frei.

Ein winziger Raum, mit etlichen blauen Müllsäcken vollgestopft, präsentierte sich ihr.

»Da gibt es doch überhaupt nichts zu sehen. Ein vollgemüllter kleiner Raum. Willst du mich verarschen?«

»Wie käme ich dazu?« Er grinste sie unverschämt an.

Dieser Trottel, dachte Margareta wütend. Doch wo sie schon mal hier war, konnte sie ihm gleich den Kopf waschen. Ihre kleine Freundin Leonie, die des Öfteren abends die Gespräche zwischen Jan und ihrem Vater mitanhören musste, fiel ihr wieder ein.

»Sag mal, wieso rückst du Marc abends dauernd auf die Bude? Leonie hat mir erzählt, dass sie oft mitbekommt, über was ihr sprecht. Sie ist total verstört und wollte von mir wissen, was damals in Lieberhausen geschehen ist. Und wo wir schon dabei sind: Wie kommst du dazu zu behaupten, ich würde jeder Hose nachrennen und wäre scharf wie Nachbars Lumpi? Sag mal, geht es noch? Willst du eine Verleumdungsklage am Hals haben? Kein Problem, sag mir nur Bescheid.«

Jans Gesicht wurde feuerrot, sein Hals drohte zu platzen. »Was erzählt das Mädchen da? Zwei Mal war ich abends bei Marc gewesen, mehr nicht. Kann ich wissen, dass die Göre uns belauscht?« Auf die Anschuldigung, er hätte behauptet, sie würde jeder Hose nachrennen, ging er gar nicht ein.

»Zwei Mal zu viel. Marc hat sich schon bei Leonie beklagt, dass deine Besuche ihm total auf den Keks gingen.«

Nun rastete der große Mann in seinem grauen Kittel völlig aus und kam ihr ganz nah ins Gesicht gekrochen. »Ich gehe ihm auf den Keks, ja? Wer hat sich denn wochenlang bei mir ausgeheult? Tag für Tag und auch noch nachts. Wer hat sich denn vor Angst beschissen, weil sein Kind mit dem alten Josef auf Kirchenfreizeit fahren sollte?«

Margareta schmunzelte unauffällig. Bingo! Dachte sie sich doch, dass ihre Strategie aufging. Dass sie diesen Proleten nur ordentlich in Rage bringen musste, damit er auspackte.

»Marc war also der Junge, der damals vom Pfarrer missbraucht wurde? Wieso habt ihr das bloß unter den Teppich gekehrt? Du warst schon älter als die anderen. Leider nicht vernünftiger. Wieso hast du nichts unternommen?

Oder Carsten? Wieso deckte man so einen geilen Pfarrer?« Margareta schrie ihn regelrecht an, so wütend war sie auf ihn.

Jan war nicht minder aufgebracht, rannte vor dem Altar auf und ab, raufte sich die Haare. »Wir wussten doch alle nichts Genaues. Außer ein paar blaue Flecken hatte Marc doch keine Beweise. Angeblich hatte Josef ihn jeden Abend mit Saft betäubt. Klar, er war in einem Krankenzimmer untergebracht. Klar, lief da was ab. Doch wir hatten Angst vor dem Pfarrer. Auch ich, mit meinen fast 15 Jahren, zitterte vor ihm. Was meinst du, wie oft ich mir Vorwürfe gemacht habe? Du hast ja keine Ahnung! Dann schien plötzlich alles vergessen zu sein. Der Alltag hatte uns schnell wieder. Wäre der alte Josef nicht auf die Idee gekommen, eine letzte Kinderfreizeit zu veranstalten, würde er wahrscheinlich noch leben.«

Jan setzte sich in eine Kirchenbank und stützte den Kopf auf seine Arme, die er auf der Bank vor sich abgelegt hatte. Plötzlich fing er hemmungslos an zu schluchzen.

»Die Zeit hatte wahrscheinlich die Wunden seiner Seele geheilt, die diese angekündigte Fahrt nun wieder aufriss.« Margareta blickte zum Kerzenopferstock, hinter dem zwei einsame Kerzen auf dem Ständer brannten. Hatte Jan die beiden Kerzen für sich und Manuela angezündet? Der Schlitz des Opferstocks war breit genug, um eine Puppenmütze darin verschwinden zu lassen. »Wer hat den Schlüssel zu diesem Opferstock?«

»Häh? Wie kommst du jetzt darauf?« Jan war irritiert. »Gesine ist dafür zuständig.«

Die Spusi hatte eindeutig geschlampt, stellte sie fest. »Entschuldigung, ich habe dich unterbrochen. Erzähle weiter.«

»Keiner von uns hätte gedacht, dass die alte Sache noch mal auf den Tisch kommen würde. Marc kam vor ein paar Wochen zu mir und heulte sich aus. Er könne keine Nacht mehr schlafen, müsste ständig an damals denken. Der war so fertig, dass er krankgeschrieben war. Und *er* beschwert sich jetzt, wenn ich ihn abends mal aufsuche? Der war doch völlig neben der Spur, fragte mich, was er machen soll. Leonie nicht mitfahren lassen, würde Gerede geben. Außerdem würde Leonie das nicht verstehen. Sie mitfahren lassen, auch auf die Gefahr hin, dass sich die alte Sache wiederholte? Ich redete wie ein Vater auf ihn ein, wollte ihn beruhigen. Der Pfarrer stand doch nur auf kleine Jungen, der vergreift sich nicht an Mädchen, habe ich ihm klarzumachen versucht. Außerdem war drei Jahrzehnte Ruhe, nie wieder war was vorgefallen. Trotzdem gab er keine Ruhe. Der ging regelrecht ein wie eine Primel. Da musste was geschehen.«

»Ja, da musste was passieren. Der Alte musste weg. Das war wahrscheinlich die beste Lösung, hat der Mörder sich gesagt. Habt ihr im Freundeskreis darüber beraten, den Alten umzubringen? Wer hat es getan?«

»Sag mal, bist du bescheuert? Natürlich haben wir nie in Erwägung gezogen, den Alten auszuschalten. Obwohl danach schon Ruhe einkehrte irgendwie.«

»Wer war es? Du?«

Wieder stand er von der Bank auf und lief ruhelos auf und ab.

Komm schon, gestehe mir, dass du ihn niedergeschlagen hast. Margareta war so gespannt auf sein Geständnis. Endlich würde sie erfahren, wer nachgelegt hatte. Obwohl für sie feststand, dass nur Gesine dem Pfarrer etwas in den Hals geschoben haben konnte. Und zwar die Puppenmütze.

»Ja, ich habe ihm den Kerzenständer über die Rübe gezogen. Der hat mich an diesem Samstagmorgen total fertiggemacht, hat an mir rumgemeckert, nichts habe ich gut genug erledigt. Mecker, mecker, mecker. Nächtelang habe ich schon wachgelegen, weil mir Marc nicht mehr aus dem Kopf ging. Der Kerl hatte schon zehn Kilo abgenommen, und ich habe echt gedacht, er tut sich was an. Springt von der Autobahnbrücke oder sonst was. Das Mädchen hat schon keine Mutter mehr, verliert jetzt auch noch den Vater. Dann wieder den Alten im Nacken, dem nichts gut genug war. Ihm fiel auf, dass Messwein fehlte. Verdächtigte mich, heimlich davon zu saufen. Als ich ihn auf den Kindesmissbrauch ansprach, lachte er nur, stritt alles ab. Die ganze Zeit schon hielt ich mich an dem Kerzenleuchter fest, meine Hand zitterte, während der Pfarrer hinter mir laberte und laberte. Als er dann noch Manuela schlecht machte und sie der Trunksucht bezichtigte, nahm ich den Ständer, drehte mich um und schlug ihm damit über seine mickrige Birne. Ein kräftiger Schlag genügte, und er sackte zusammen, dieser dicke Knubbel. Ich spürte nur Erleichterung, wischte den Ständer mit einem Lappen ab, stellte ihn zurück aufs Bord und verließ die Kirche. Während ich das Portal öffnete, weil ich dachte, gleich kommen sie und holen mich, keimte Hoffnung in mir auf. Vielleicht würden sie mich ja gar nicht verdächtigen. Vielleicht konnte man es einem anderen in die Schuhe schieben. So ging ich in den Pfarrgarten, setzte mich dort auf eine Bank, ließ mich von der Morgensonne bescheinen und wartete ab.«

»Was wollte der Pfarrer schon so früh in der Kirche?«

»Was weiß ich? Senile Bettflucht hatte der. Der kroch oft nachts in der Kirche rum, erzählte mir Gesine. Und nun ruf deinen Kommissar an.«

»Hast du jemandem davon erzählt? Deinen Freunden? Oder Manuela?«

»Nein, wieso?«

»Du bist an dem Morgen nicht Gesine begegnet?«

»Erst später, als Manuela den Pfarrer fand, tauchte Gesine auf. Die hatte sich am Abend vorher total betrunken. Ich fand sie mal wieder im Beichtstuhl und musste sie nach oben schleppen. Wieso fragst du?«

Jan zitterte am ganzen Körper. Schweiß lief ihm aus den Haaren. Die Augen weit aufgerissen, verströmte er die Aura des Bösen. Der Teufel höchstselbst stand vor ihr. Plötzlich fing er hysterisch an zu lachen. »Hast du keine Angst? Ich bin ein Mörder. Vielleicht bringe ich dich ja auch noch um!«

»Du bist kein Mörder! Du hast Josef zwar niedergeschlagen, aber er war noch nicht tot. Da kam noch einer nach dir und hat ihm den Rest gegeben.«

»Erzähle keinen Quatsch. Das sind doch bloß dumme Gerüchte, die da grassieren.«

»Nein, Josef wurde erstickt. Mit der Mütze von Dolly, Gesines Puppe. Gesine muss kurz nach dir gekommen sein und bemerkt haben, dass er noch lebte und ihm die Mütze, die sie, wieso auch immer bei sich hatte, in den Rachen geschoben haben. Kurz darauf hat sie diese wieder entfernt und hier in den Opferstock gesteckt. Sie war die Mörderin.«

»Das hat sie dir erzählt?«

»Nein, die Indizien sprechen jedoch für sich.«

»Ich glaube dir kein Wort, Sommerfeld.« Und doch keimte ein klein wenig Hoffnung in ihm auf. Kein Mörder? Er war kein Mörder? Er hatte Josef nur niedergeschlagen? Also war es nur versuchter Mord. Vielleicht auch nur versuchter Totschlag. So genau kannte Jan sich mit den Gesetzen nicht aus.

»Es stimmt, was Margareta sagt.« Wie ein kleiner schmaler Geist stand Gesine plötzlich im Mittelgang der Kirche. Ihr Alkoholpegel schien noch nicht gesunken zu sein. Ihre Augen waren feuerrot umrandet, das Haar hing ihr noch immer wirr vom Kopf. Bedächtig kam sie näher und stellte sich zwischen Margareta und Jan.

»Ja, ich habe ihn da liegen sehen, den Kopf in der riesigen Blutlache. Ist er also tot, dachte ich. Ich wusste nicht, wer es gewesen war. Ich hatte dich, lieber Jan, allerdings in Verdacht. Ich wusste, wie Josef dir zugesetzt hatte und wie schlecht es dir die Tage davor ging. Da war aber auch noch dieser Mann, mit dem Josef einen Tag zuvor in Streit geraten war. Sie sind wütend auseinandergegangen, als er kurz vor dem Mittagessen im Pfarrhaus aufkreuzte. Ich weiß nicht, worum es genau ging, Josef hat mir nichts erzählt, ist jedoch die ganze Nacht unruhig hin und her gelaufen, hat mehrmals das Pfarrhaus verlassen.

Nun lag er da. Plötzlich gab er schnaufende Laute von sich und riss die Augen auf, wollte auf sich aufmerksam machen, konnte sich allerdings nicht bewegen. Seine Augen schauten mich voller Panik an, wollten sagen, dass ich ihm helfen sollte, irgendetwas tun. Ja, ich mache was, sollte ihn mein Blick beruhigen. Meine Hände zitterten. Wie in einem Film spulten sich die 30 Jahre im Pfarrhaus vor meinen inneren Augen ab. All die Demütigungen kamen wieder in mir hoch. Er hatte meine Liebe verschmäht. Ich kam mir ausgenutzt vor. Meine rechte Hand fühlte plötzlich die kleine Mütze in meiner Hosentasche. Die Mütze, die ich reparieren wollte und seit Tagen mit mir herumschleppte. Ich griff danach, kniete mich neben den Pfarrer und stopfte sie tief in seinen offen stehenden Mund. Danach schaute er mich flehend an, röchelte noch einige Male, woraufhin ich die Mütze noch tiefer in seinen Rachen schob. Dann ging alles ganz schnell. Wenig später sackte er in sich zusammen, die Augen starrten an die Decke. Nun bekam ich Panik. Ich wollte nicht ins Gefängnis. Die Jahre hier waren schon Gefängnis genug für mich gewesen. So zog ich die Mütze wieder heraus und verließ die Sakristei. Blut war an dem Häubchen. Das Kirchenportal stand auf, ich hörte Stimmen. Wohin mit der Mütze, fragte ich mich und steckte sie kurz entschlossen in den Opferstock gleich neben mir, lief anschließend durch den Seiteneingang zurück ins Pfarrhaus. Danach verdrängte ich die Tat, goss mir ein ordentliches Glas Wein ein, richtete mein Haar und ging zurück in die Kirche, wo inzwischen Manuela den Toten entdeckt hatte. Ich vergaß sogar die Mütze. Erst Tage später fiel mir wieder ein, dass ich sie in den Opferstock gesteckt hatte.«

Jan schüttelte den Kopf. »Ich begreife das nicht, Gesine. Warum nur?«

»Ja, warum?« Die alte Frau schaute ihn lächelnd an. »Warum wolltest *du* ihn töten? Er hat uns beide fertig gemacht, und sein Tod war nur die gerechte Strafe dafür. Unsere gemeinschaftliche Tat.« Sie fing wie eine Irre an zu lachen. Schien auch noch stolz auf ihr Werk zu sein.

»Für die ihr beide in den Knast gehen werdet.« Margareta zückte ihr Handy und suchte Blauländers Nummer.

Gesine verging schlagartig das Lachen. Sie schlug Margareta das Handy aus der Hand.

»Nein, ich gehe nicht ins Gefängnis und Jan auch nicht. Schließlich war da auch noch die Sache mit Marc.

Ungestraft hat Josef 30 Jahre lang sein Leben weitergelebt. Das war nur gerecht, dass er tot war. Los, Jan, schnapp sie dir. Wir stecken sie in die Abstellkammer, dann knebelst und fesselst du sie, packst sie mir in meinen Kofferraum. Morgen entsorge ich sie unterwegs auf einem Rastplatz, wenn ich nach Bayern zur Beerdigung fahre. Sie hat ja gesagt, sie sei sich noch nicht schlüssig, ob sie mitfahren würde. Jetzt nehme ich ihr die Entscheidung ab.«

Jan machte jedoch keine Anstalten, Margareta zu packen. Er schaute sie nur aus traurigen Augen an.

»Ach Gesine, mach nicht alles noch schlimmer. Du halbe Portion schaffst es niemals, Margareta aus dem Kofferraum zu heben. Außerdem will ich nicht doch noch zum echten Mörder werden, indem ich Margareta umbringe. Es ist vorbei.«

Langsam bückte er sich, hob das Handy auf und gab es Margareta zurück.

»Wieso hat Blauländer denn nie was von einem zweiten Täter gesagt? Erst vorgestern war er wieder da und hat mich vernommen. Jens und Matthias übrigens auch.« Jan schüttelte den Kopf.

»Ich weiß nicht, was er damit bezweckte. So dicke sind Blauländer und ich auch wieder nicht.« Margareta schaute Jan lange an und verspürte sogar so etwas wie Mitleid. Er wollte sein Küken Marc beschützen, wie eine Entenmutter ihr Junges verteidigt hätte.

»Ich habe echt daran geglaubt, es würde sich ein anderer finden, der als Täter infrage kommt. Dieser Kerl zum Beispiel, der Josef einen Tag vor seinem Tod besuchte. Mein Gehirn hat nicht realisiert, dass ich selbst es war.«

»Hat sich doch ein anderer gefunden, Jan.«

Beide blickten auf Gesine, die durchgeknallte Pfarrhaushälterin, die aus niederen Beweggründen zur Mörderin geworden war.

Während Margareta mit Blauländer sprach, saßen die beiden erbarmungswürdigen Gestalten, der wuchtige Jan und die zarte Gesine, aneinander gelehnt in der Kirchenbank und harrten der Dinge, die da kommen würden. Margareta hatte nicht damit gerechnet, dass Jan so friedlich aufgeben würde. Sie hatte sich schon mit Kabelbindern an irgendein Wasserrohr gefesselt gesehen.

29. KAPITEL

Der fuchsige Rauschgoldengel kam in die Kirche gestürmt, als wäre er hier der Regisseur. Mimte Jens wieder den feuerspeienden Drachen? Böse blickend steuerte er direkt auf Margareta zu. »Ich habe dir doch gesagt, die Sache spitzt sich zu, und du sollst nichts im Alleingang unternehmen. Stattdessen begibst du dich hier in Gefahr.«

Helmut Blauländer, der neben Margareta am Altar stand, musste grinsen. »Nun mal langsam, junger Freund. Sie lebt ja noch.«

Uniformierte Polizeibeamte führten soeben bei donnerndem Kirchengeläut Gesine und Jan ab. Wer war bloß für diesen Krach verantwortlich? Sollten sie einen richtig lauten Abgang haben? Hatte Pater Jaspal das veranlasst?

Gesine brach in Tränen aus und schrie wie eine Wahnsinnige durch die hallende Kirche, wollte unbedingt ihre drei Puppen mit in die U-Haft nehmen. Jenny Gehrke beruhigte die Frau, versprach ihr, dass man ihre persönlichen Dinge bringen würde, verschwieg ihr allerdings, dass sie damit Wäsche und etwas Geld meinte.

Sogar die Spusi forderte Blauländer an, nachdem Margareta ihm von der Mütze im Opferstock berichtet hatte. Wieder einmal war Margareta Sommerfeld der Kripo zuvorgekommen, hatte Blauländer schmunzelnd verkündet. Dabei wären sie kurz davor gewesen zuzugreifen. Jan hätte seit Tagen schon im Visier der Ermittlung gestanden, man wollte nur den passenden Zeitpunkt abwarten.

Jens war im Begriff, Margareta an sich zu reißen, um sie zu trösten, zu herzen oder sonst was mit ihr zu veranstalten. Margareta machte jedoch einen Schritt zurück. Er ging ihr ganz einfach auf die Nerven mit seiner unberechenbaren Art. Erst war er passiv, unternahm absolut nichts, dann wollte er alles auf einmal erledigen und groß herauskommen. Er war als Mister Stringer vollkommen ungeeignet.

»Du hättest mich anrufen können«, beklagte er sich bei seiner Freundin.

»Nein, hätte ich nicht. Dazu war keine Zeit mehr. Nach dem Besuch bei Gesine traf ich draußen auf Jan, und alles nahm seinen Lauf.«

Seine blauen Augen füllten sich mit Tränen und vernebelten seinen Blick. Margareta konnte nur hoffen, dass er nicht noch laut losschluchzen würde.

»In der Zeit, in der du auf die Kripo gewartet hast, hättest du anrufen können. Besser noch, bevor du Gesine besucht hast.« Der Vorwürfehagel nahm noch kein Ende. »Was haben wir denn gestern besprochen?«

»Nein, konnte ich nicht, ich musste die beiden in Schach halten. Gesine trachtete mir nach dem Leben, wollte mich in ihren Kofferraum sperren und morgen auf der Autobahn entsorgen. Na ja, mit der Fahrt zur Beerdigung wird es ja nun nichts mehr. Was wir besprochen haben gestern? Was weiß ich.«

»Das hätte Jan doch aber niemals zugelassen, dass Gesine dir was antut. Auch er selbst hätte dir niemals auch nur ein Haar gekrümmt.«

»Bist du dir da so sicher?« Ihr fiel die Bratwurst ein.

Jens zuckte nur mit den Schultern. »Hättest trotzdem anrufen können. So musste ich es von Lisbeth und Gudrun erfahren, die bei mir geklingelt haben.«

Dazu sagte Margareta nun nichts mehr. Hier hinter dem Kanal machten Neuigkeiten erstaunlich schnell die Runde.

Blauländer und Margareta sahen sich verschwörerisch an und grinsten.

Pater Jaspal rief Jens zu sich. Der kleine Pater war vollkommen überfordert. Seine neue Pfarrhaushälterin eine Mörderin und der Sakristan ein Fasttotschläger?

»Mädchen, da bist du mir mal wieder zuvorgekommen. Aber jetzt im Ernst, dieser neue Freund, Jens Eigenhardt, das ist doch kein Mann für dich. Da war ja der Kommissar Stefan Kornblum noch tausendmal besser. Ist das überhaupt ein richtiger Mann?« Noch immer schaute Blauländer Jens hinterher, der vor dem Pater wild mit den Händen gestikulierte.

»Ich bin mir nicht sicher, ob er ein Engel oder ein feuerspeiender Drache ist.«

»Mit der katholischen Kirche verband ich immer gefestigte Charaktere. Der Schein trügt wohl. Wegen des Missbrauchs zu ermitteln, hat sich mit dem Tod des Pfarrers nun auch erledigt. Der Mörder beziehungsweise die Mörderin ist gefasst, der Fall somit erledigt.«

Lange schauten sich die beiden an. Margareta wurde plötzlich sentimental und warf sich Blauländer an die breite Brust, der sie tröstend in die Arme nahm, was Jens gar nicht zu gefallen schien.

»Und Ihr Engel hat nichts davon gewusst, dass sein Freund Jan den Pfarrer niedergeschlagen hat, dass er ihn ausschalten wollte?« Blauländer schaute Margareta, nachdem er sie aus seinen starken Armen entlassen hatte, neugierig an.

»Angeblich nicht. Jan selbst hatte die Tat verdrängt, bis er tatsächlich geglaubt hat, es wäre ein anderer gewesen. Dass Gesine den Pfarrer schlussendlich ins Jenseits befördert hat, da wäre ich niemals drauf gekommen. Diese Puppenmütze mit dem Blutfleck brachte mich darauf. Ist Gesine überhaupt schuldfähig? Sie soll doch ständig betrunken gewesen sein. Wahrscheinlich wusste sie gar nicht mehr, was sie macht. Dann erzählte sie, dass sie 30 Jahre lang beim Josef wie im Gefängnis gelebt und er ihre Liebe verschmäht hätte. Ich musste mir das Lachen verkneifen. Kein schlechtes Geständnis. Die bekommt als Pfarrhaushälterin mehr Taschengeld als ich Gehalt. Dazu freie Kost und Logis, einschließlich Fahrzeug.«

»Verschmähte Liebe ist kein seltenes Motiv. Sie wollen sich doch beruflich verändern. Lassen Sie sich auch zur Pfarrhaushälterin ausbilden.« Blauländer kam sich witzig vor, und Margareta lachte tatsächlich über diesen nicht ernst gemeinten Vorschlag.

»Nee, dieses ganze fromme Getue, nein danke!«

Seufzend blickte Blauländer auf seine Uhr. »Um 15 Uhr waren wir auf dem Wolterhof verabredet. Wenn wir uns beeilen, schaffen wir es noch rechtzeitig. Als Sie heute Morgen unser Treffen abgesagt haben, wusste ich gleich, dass Sie nun wieder zuschlagen würden.«

»Da wussten Sie mehr als ich. Mich zog es lediglich hierher. Was genau es war, wusste ich selbst noch nicht.«

»Die Gehrke war am Freitag bei Frau Habermüller in der Wohnung. Die blutbefleckte Puppenmütze ist ihr wahrscheinlich gar nicht aufgefallen. Im Vernehmungsprotokoll kein Hinweis auf einen Tatverdacht. Jetzt spielt sie sich hier wieder auf, unsere Profilerin.« Blauländers Blick ging zu Jenny Gehrke, die in ihrem geblümten Sommerkleidchen geschäftig zwischen Sakristei, Kirche und Abstellraum hin und her rannte. Dicht an ihrer Seite Jens, der mit begeistertem Blick auf sie einredete.

Die ist doch überhaupt nicht sein Beuteschema, dachte Margareta, musste allerdings zugeben, dass sie rein äußerlich ein tolles Paar abgaben. Auch Jens fuhr heute auf der billigen Schiene. Sein rotes Polohemd war nicht gebügelt, die Jeans voller Löcher, die Haare weder gewaschen noch gekämmt. Ihn umgab ein Hauch Verruchtes, was Margareta gar nicht von ihm kannte.

»Was spricht eigentlich dagegen, ein Stück Kuchen auf dem Wolterhof zu essen?« Margareta lächelte Blauländer verführerisch an.

»Ihr Kirchenengel zum Beispiel!«

»Der wäre der letzte Hinderungsgrund.«

»Ja von mir aus, lassen Sie uns losfahren. Die Gehrke übernimmt den Rest.«

Blauländer fasste Margareta an der Schulter und führte sie aus der Kirche. Als sie fast den Ausgang am Hauptportal erreicht hatten, kam Jens eiligen Schrittes hinter den beiden her.

»Margareta, wo willst du hin? Du kannst doch jetzt nicht einfach gehen?«

Seufzend drehte Margareta sich um und schaute in Jens' verdutztes Gesicht. Ein Kind, ein großes Kind stand vor ihr.

»Ich will mit Kommissar Blauländer noch einen Kaffee trinken.«

»Jetzt? Das kann nicht dein Ernst sein. Meinst du nicht, dass wir noch einiges zu besprechen haben? Denkst du auch mal an mich? Oder an Marc und Manuela? Kannst du dir vorstellen, wie die sich fühlen?«

»Also ehrlich gesagt, ist es mir vollkommen egal, wie Manuela sich fühlt. Für Marc kann es nur Erleichterung bedeuten, zu wissen, wer der Mörder war. Alles hat für ihn nun ein Ende, und er kann langsam zur Ruhe kommen. Ich werde ihn morgen anrufen. Vielleicht kann ich mich mal mit Marc und Leonie treffen.«

»Ach, und ich bleibe wieder außen vor, oder wie? Marc ist mein Freund, vergiss das bitte nicht.« Das Engelsgesicht war Geschichte, seine Gesichtszüge wurden mehr als böse, er spie wieder Feuer, der kleine Drache.

»Sag mal, was soll diese Show, die du hier abziehst? Wochenlang wolltest du mir nicht verraten, wer von euch der missbrauchte Junge war, und nun plötzlich machst du so einen Wirbel um Marc?«

Wütend stapfte Jens mit dem Fuß auf. »Was soll ich denen sagen, warum du nicht kommst? Wir treffen uns gleich alle bei mir im Garten zu so einer Art Krisensitzung.«

»Ach, erst nachdem du alles bereits organisiert hast, setzt du mich davon in Kenntnis? Ist mir egal, was du denen sagst. Erzähle ihnen von mir aus, ich hätte Bauchschmerzen.«

»Also meinetwegen können wir unser Kaffeetrinken gerne verschieben.« Helmut Blauländer hob abwehrend beide Hände. Er geriet ungern zwischen die Fronten. »Wenn Sie noch was Wichtiges zu klären haben.«

»Nein, nein, alles okay. Wir fahren zum Wolterhof!«

Doch so leicht wollte Jens nicht aufgeben. »M-a-r-g-a-r-e-t-a!«, schrie er ihr hinterher. »Du kannst jetzt nicht gehen!« Nun fing er auch noch an zu heulen wie ein trotziges Kind.

Margareta traten Tränen in die Augen.

»Junger Mann, es reicht. Lassen Sie Margareta gehen. Ist Ihnen eigentlich bewusst, was die Frau in den letzten Stunden mitgemacht hat? Dass sie selbst um ihr Leben bangen musste? Sie sind ein egoistischer Kindskopf!«

Während Blauländer Margareta in seinen BMW verfrachtete und ihren Autoschlüssel an einen Beamten weitergab, der ihr Fahrzeug nach Hause bringen sollte, brach Jens schluchzend in der letzten Kirchenbank zusammen und heulte sich aus. Gudrun Karpa und Lisbeth Saborowski, die vor der Kirche gewartet hatten, eilten herbei, um ihn zu trösten, wurden allerdings von uniformierten Polizeibeamten wieder der Kirche verwiesen.

»Und die engen Freunde von diesem Jan haben tatsächlich nichts von der Tat gewusst? Unfassbar!« Blauländer bestaunte den riesigen Sahneberg, der auf dem Megastück Apfelkuchen thronte, bevor er sich mit leuchtenden Augen vorsichtig daranmachte, mit der Kuchengabel den Berg zu verkleinern.

»Nein, angeblich nicht. Die haben alles totgeschwiegen. Ich wusste bis vor ein paar Tagen nicht mal, wer der missbrauchte Junge war.« Margareta hatte sich nur einen Roibuschtee bestellt. Nach Kuchen war ihr momentan nicht.

»Marc ist noch der netteste und bodenständigste von allen Freunden.« Margaretas Blick ging zu der Pferdekoppel auf der anderen Straßenseite. Die Sonne drängte sich zwischen den dunklen Wolken hervor, und es schien doch noch ein schöner Tag zu werden. Die Temperatur war um einige Grad angestiegen.

»Und wie geht es weiter mit Ihnen und diesem Jens? Lehrer ist er von Beruf?«

»Das war es wohl mit dem frommen Lehrer. Nur zur Info: Zwischen uns lief nichts. Der will erst vor den Traualtar treten, bevor er sich mit einer Frau körperlich vereinigt.«

»So was gibt es noch? Das glauben Sie doch wohl selbst nicht?«

»Hat er gesagt!«

»Lass da mal die Richtige kommen.«

»Ach, Sie meinen, ich bin nicht die Richtige?«

»Nee, sind Sie nicht. So ein frommes Weichei. Das ist doch kein Mann für Sie. – Einen Pfarrermord hatte ich übrigens noch nie aufzuklären. Und dann war der Pfarrer auch noch einer, der sich an ein Kind rangemacht hat. Ist die Kirche tatsächlich die Brutstätte von Kinderschändern? Doch kein Klischee?«

»Da wird schon was Wahres dran sein.« Margareta musste schmunzeln. *Er* hatte einen Pfarrermord aufgeklärt? Hatte er das tatsächlich gesagt? Lass ihn, wenn er das braucht, diese Selbstdarstellung.

»Was haben Sie nun vor? Wie wird die letzte Urlaubswoche aussehen? Können Sie heute Nacht überhaupt allein bleiben?«

»Oh, was ist, wenn nicht? Leisten Sie mir dann Gesellschaft? Hat denn Anni nichts dagegen?«

Sein Gesicht verfärbte sich rot. Eine Antwort blieb er ihr schuldig, grunzte nur ein paar Mal.

»Ich werde morgen Marc anrufen und was mit ihm und seiner Tochter unternehmen. Dieses Mädchen ist vielleicht eine Tussi. Aber süß ist sie.«

»Und beruflich? Nächste Woche wieder ab hinter den Kleiderständer?«

»Ich möchte gerne zur privaten Ermittlerin umschulen. Das Arbeitsamt will sich allerdings nicht an den Kosten beteiligen. Kennen Sie vielleicht jemanden, der mir die Sache sponsert, ohne gleich eine Gegenleistung in horizontaler Richtung zu fordern?«

»Nee, wüsste niemanden. Soll ich bei uns einen Zettel ans Schwarze Brett machen?«

Jetzt mussten beide lachen.

»Wie lange wird Jan sitzen? Und was wird mit Gesine?« Margareta orderte nun doch ein Stück Eierlikörtorte.

»Jan wird irgendwas zwischen zwei und 15 Jahren bekommen. Gesine? Wenn sie wirklich alkoholkrank ist, kommt sie dahin, wo alle glücklich und gut versorgt sind.«

»Oh, wo ist das? Wäre das nichts für mich?«

»Dumme Nuss!« Blauländer schüttelte lachend den Kopf.

EPILOG

Es regnete Bindfäden. Hin und wieder donnerte es und Blitze zuckten über das Bergische Land. Das Grün der Bäume und Sträucher war kräftiger und frischer als sonst. Der einzige Vorteil eines Regentages.

Eine Schnapsidee war dieser Ausflug nach Lieberhausen gewesen. Als sein Anruf kam, gestern gegen Mittag, saß Margareta in ihrer Sonnenliege auf der kleinen Wiese am Wohnturm und lackierte sich die Zehennägel. Sie atmete tief ein und aus, erfreute sich an dem ersten stressfreien Tag ohne Ermittlungen, ohne Arbeit, ohne nervige Mutter. Und dann war da Jens mit seinem wahnwitzigen Vorschlag, noch einmal gemeinsam nach Lieberhausen zu fahren, an den Ort, an dem sie sich vor wenigen Wochen zum ersten Mal begegnet waren. Gleich morgen hatte er gesagt, er wollte die Sache zum Abschluss bringen. Sie hatte sich gefragt, was genau er meinte. Die Mordermittlungen à la Miss Marple und Mister Stringer? Oder ihrer beider Sache, ihre Freundschaft oder was auch immer sie beide verband.

Nun saßen sie in der Bunten Kerke in Lieberhausen, hörten den Regen an die Fensterscheiben prasseln und starrten beide nach vorne zum Altar. Schon auf der Fahrt hatte Jens kaum etwas gesagt, vor sich hin geschwiegen und ständig zu ihr herübergeschaut. Besser als vorgestern sah er aus. Gepflegte Haare, frisch gewaschene Jeans, weißes gebügeltes Baumwollhemd.

Es roch muffig in der kleinen Kirche. Die Stille wirkte

auf Margareta bedrückend. Nebenan vom Gasthof hörte man ebenfalls nichts. Niemand saß draußen auf der Terrasse. Die Urlauber hatten sich wahrscheinlich in ihren Zimmern verkrochen.

Was sollte bloß dieser Ausflug? Bei diesem Wetter? So langsam wurde Margareta ungeduldig.

»Also los, was hast du auf dem Herzen? Lass es heraus!«

»Hier in der Kirche?«

»Wo sonst? Im strömenden Regen draußen? Oder ist es dir lieber, wir gehen in den Gasthof?«

»Nein, nein, ist schon okay so. Ich konnte ja nicht ahnen, dass heute so ein Unwetter herrscht. Ich dachte, wir wandern ein wenig, gehen hinterher schön essen.«

»Als krönenden Abschluss ein schönes Essen? Was wollen wir feiern? Unsere erfolgreiche Mordermittlung?«

»Wie schön, dass du *unsere* sagst. In den letzten Tagen war ich dir keine große Hilfe.« Aus traurigen Augen sah er sie an.

In den letzten Tagen? Du warst mir nie eine große Hilfe, eher ein Hemmschuh, wollte sie ihm an den Kopf werfen, ließ es jedoch lieber. Was brachte es?

»Was soll's, Josef ist tot, lass ihn in Frieden ruhen. Gesine und Jan sitzen hinter Gittern. Marc wird sich schnell wieder erholen. Ich fahre übrigens am Wochenende mit ihm und Leonie zur Nordsee. Hat er dir davon erzählt?«

Erstaunt sah Jens Margareta an und erwachte aus seiner Depri-Phase. »Nein, hat er nicht. Aber ich gönne euch ein paar schöne Tage. Vorgestern Nachmittag bei mir im Garten habe ich mir noch ernsthaft Sorgen um ihn gemacht. Brauchte ich anscheinend nicht. Manuela wird es ja überhaupt nicht passen, wenn sie davon erfährt. Für sie ist es jetzt auch nicht leicht. Den Kirchenposten kann sie vergessen. Die Leute werden mit Fingern auf sie zeigen, ihr Mann der Verbrecher. Außerdem bekommt Jan kein Gehalt mehr. Da wird sie sich schon was einfallen lassen müssen. Außerdem …«

»Lass gut sein, Jens«, unterbrach Margareta seinen aufkommenden Redeschwall. »Das ist mir sowas von egal, wie Manuelas Zukunft aussieht. Meinetwegen kann sie sich einen Job als Prostituierte suchen. Das kratzt mich überhaupt nicht. Komm mir jetzt nicht mit mangelnder christlicher Nächstenliebe. Ob es der Frau nun passt, dass ich mit Marc verreise oder nicht, ist mir echt egal.«

»Ich jedenfalls gönne es dir. Vielleicht wird aus euch ein Paar.«

Wütend stand Margareta aus der engen Bank auf. »Du kapierst nichts, Jens, redest daher wie meine altmodisch denkende Mutter. Wir machen uns ein paar schöne Tage, Marc, Leonie und ich, mehr nicht. Aus uns soll gar kein Paar werden. Eventuell gute Freunde. Doch auch das muss nicht sein.«

Er schaute sie schwer schluckend an, wusste nichts darauf zu erwidern.

»Lass uns das Essen vorziehen und dann heimfahren«, schlug Margareta genervt vor. »Oder wolltest du mir sonst noch was sagen? Wenn ja, dann lass es endlich raus!«

»Ich weiß nicht, wie ich es sagen soll. Es wird sich nicht richtig anhören.«

»Was denn? Nun sag schon!«

»Ich habe mich verliebt. In eine Kollegin. Sie ist neu an unserer Schule, aus Kassel hierhergezogen. Na ja, da habe ich mich ein wenig um sie gekümmert, auch jetzt in den Ferien.«

Sieh an, dache Margareta, deshalb hatte er oft tagelang keine Zeit, musste sich hinlegen und erholen. Das geschah wohl nicht allein.

Obwohl sie jetzt eigentlich eifersüchtig und verärgert reagieren müsste, freute sie sich für Jens, lächelte ihn an. Ihr fiel eine Last von ihren schmalen Schultern. Hurra! Ich bin ihn los, schrie eine innere Stimme.

»Das ist doch schön für dich!«

»Du bist nicht böse?« Verwundert starrte er sie an.

»Warum sollte ich? Werdet ihr heiraten?«

Völlig verblüfft schüttelte er den Kopf. »Nein, warum? Das hat doch Zeit. In meinem Alter sollte man nichts überstürzen.«

»Ach, und sie teilt deine Ansichten, was Sex betrifft? Sie wartet also so lange, bis der Segen Gottes ihr Absolution erteilt?«

Sein Engelsgesicht verfärbte sich puterrot. Sein Schweigen hatte die Frage bereits beantwortet.

Da hatte diese Frau, über die er nun Lobeshymnen noch und noch herausließ, es geschafft, was ihr nicht gelungen war, nämlich den frommen Engel zu verführen.

Katharina Arnold, 38 Jahre alt, Biologielehrerin aus Kassel, schlank, 180 cm groß, dunkler Pagenkopf, Naturschönheit mit wulstigen Lippen hatte es also fertig gebracht, diesen frommen Katholiken vom rechten Weg abzubringen. Das Foto, das er stolz aus seiner Börse kramte, sprach Bände. Ein warmes, liebes Lächeln, ansonsten eine nette jedoch unscheinbare Person, an deren Haut nur Wasser und Seife kam. Mögen sie glücklich werden, diese beiden Außenseiter!

»Sag jetzt bitte nicht, wir können Freunde bleiben. Los komm, ich habe Hunger!« Margareta hasste diese Lass-uns-Freunde-bleiben-Floskel, mit der nur das schlechte Gewissen beruhigt werden sollte.

Jens strahlte übers ganze Gesicht und nahm Margareta erleichtert in die Arme.

ENDE

Weitere Krimis finden Sie auf den folgenden Seiten und im Internet:

WWW.GMEINER-SPANNUNG.DE

MARGIT KRUSE
Rosensalz

978-3-8392-1924-9 (Paperback)
978-3-8392-5105-8 (pdf)
978-3-8392-5104-1 (epub)

DER CLUB DER TOTEN KÖCHE Vier Frauen, alle in der alten Zechensiedlung aufgewachsen, gründen einen Koch-Club und treffen sich regelmäßig, um füreinander so wie in den TV-Serien zu kochen. Deftige Ruhrpottgerichte kommen auf den Tisch. Nach einem Kochabend findet man Barbara tot, mit einem Gläschen Rosensalz in der Hand, unter dem Wohnturm, in dem Margareta Sommerfeld wohnt. Als nach einem weiteren Abend Inge spurlos verschwindet, geraten die anderen Damen in Panik. Sie bitten Margareta um Hilfe …

MARGIT KRUSE
Wer mordet schon im Hochsauerland?

978-3-8392-1780-1 (Paperback)
978-3-8392-4823-2 (pdf)
978-3-8392-4822-5 (epub)

BEDROHLICHE BERGWELT Wer schlug dem Förster des Alten Forsthauses in Rehsiepen den Schädel ein? Wieso gab es einen Toten am Hundegrab der Isolde von der Hunau? Warum hat der Heilstollen Nordenau dem smarten Guide den Tod gebracht? Weshalb landete der Knappenchorleiter aus dem Kohlenpott vor der Duisburger Hütte mit dem Kopf im Grillfeuer?

Mord und Totschlag im Hochsauerland. Begleiten Sie die Autorin auf ihrer mörderischen Reise in ihre zweite Heimat. Wälder und Täler, forellenklare Bäche und Flüsse sowie malerische Fachwerkdörfer wollen entdeckt werden.

Das Neueste aus der Gmeiner-Bibliothek

Unser Lesermagazin

Bestellen Sie das kostenlose Krimi-Journal in Ihrer Buchhandlung oder unter www.gmeiner-verlag.de

Informieren Sie sich …

www … auf unserer Homepage:
www.gmeiner-verlag.de

@ … über unseren Newsletter:
Melden Sie sich für unseren Newsletter an unter www.gmeiner-verlag.de/newsletter

f … werden Sie Fan auf Facebook:
www.facebook.com/gmeiner.verlag

Mitmachen und gewinnen!

Schicken Sie uns Ihre Meinung zu unseren Büchern per Mail an gewinnspiel@gmeiner-verlag.de und nehmen Sie automatisch an unserem Jahresgewinnspiel mit »mörderisch guten« Preisen teil!